प्यार तो
होना ही था

प्यार तो होना ही था

हिमांशु राय

www.prabhatbooks.com

प्रकाशक

प्रभात पेपरबैक्स

4/19 आसफ अली रोड, नई दिल्ली-110002

फोन : 23289777 • हेल्पलाइन नं. : 7827007777

इ-मेल : prabhatbooks@gmail.com ❖ वेब ठिकाना : www.prabhatbooks.com

संस्करण

प्रथम, 2019

अनुवाद

शिप्रा पांडेय

मूल्य

दो सौ रुपए

अ.मा.पु.स. 978-93-5322-164-5

मुद्रक

आर-टेक ऑफसेट प्रिंटर्स, दिल्ली

PYAAR TO HONA HI THA
novel by Shri Himanshu Rai
(Hindi translation of 'MY MUTE GIRLFRIEND')

Published by **PRABHAT PAPERBACKS**
4/19 Asaf Ali Road, New Delhi-110002
by arrangement with Srishti Publishers

ISBN 978-93-5322-164-5

₹200.00

यह प्रेमकथा उन सारे
युगल प्रेमियों को समर्पित है,
जिनकी प्रेम कहानी हमेशा के लिए
अधूरी रह गई...

धन्यवाद ज्ञापन

आज मैं जो भी हूँ, उसके पीछे मेरे पिता स्वर्गीय श्री प्रफुल्ल कुमार राय का मजबूत हाथ है। मुझे यहाँ तक पहुँचाने के लिए उनको धन्यवाद ज्ञापित करने के लिए मेरे शब्द कम पड़ जाते हैं।

मेरी प्रिय पत्नी सोना और बेटे रिद्म को अनेकानेक धन्यवाद। इस संपूर्ण यात्रा में एक साथ प्यार से जुड़े रहकर चलना किसी ईश्वरीय कृपा से कम नहीं है।

मेरी माँ श्रीमती मीरा राय का भी कोटिश: धन्यवाद, जिन्होंने मुझे मेरे सपने पूरे करने के लिए हमेशा प्रेरित किया और उसे बीच में छोड़ने नहीं दिया।

सृष्टि प्रकाशन के श्री जे.के बोस, श्री अरूप बोस का भी अनेक धन्यवाद, जिन्होंने मेरी कहानी पर भरोसा दिखाया और इसे मूर्त रूप देने में मेरी मदद की। कोई भी पुस्तक एक अच्छे संपादन के बिना अधूरी है। स्तुति का मैं तहे दिल से शुक्रगुजार हूँ, क्योंकि उन्होंने न सिर्फ मेरी कहानी का संपादन किया, अपितु इस हेतु अमूल्य सुझाव भी दिए।

गुरु रामदास इंजीनियरिंग कॉलेज के मेरे दोस्तों को भी मैं धन्यवाद देना चाहता हूँ, जो मेरी जिंदगी में हमेशा वटवृक्ष से रहे। मैं अनुराग ठाकुर, विनीत सिन्हा, के.के. प्रदीश को विशेष धन्यवाद देना चाहता हूँ, जिन्होंने कहानी में उनका नाम शामिल करने की मुझे अनुमति दी।

मेरे स्कूल सेंट जॉसेफ कॉन्वेंट का विशेष रूप से धन्यवाद, जिस कारण मेरी जिंदगी को एक दिशा मिली।

मेरे दोस्तों, परिवार एवं रिश्तेदारों का बहुत-बहुत शुक्रिया, जिन्होंने मेरे कार्य पर भरोसा रखा और हमेशा मेरा उत्साहवर्धन किया।

वर्ष-2003

मेरा नाम रोहन वर्मा है। उस दिन तो मेरी खुशी का ठिकाना ही नहीं था, और वो हवाएँ भी करीब 120 किमी/घंटे की गति से मुझे अपनी ओर खींचे जा रही थीं। मेरे लिए आँखें खोल पाना भी मुश्किल हो रहा था और मैं प्रकृति की सुंदरता से अभिभूत था। मैं एक मोबाइल टॉवर के शिखर पर करीब 100 मी. की ऊँचाई पर खड़ा था। जिस जगह मैं खड़ा था, वहाँ से हर चीज मुझे बहुत ही छोटी दिख रही थी। ऐसा लग रहा था, मानो वे सारी चीजें मैं अपनी जेब में ही रख लूँ।

मेरठ जिले के पास का एक शहर खतौली, मुझे उस ऊँचाई से लगभग सारा ही दिख रहा था। वहाँ से हरियाली से भरा पर्वत, उत्तर की ओर हरे-भरे खेत बहुत ही सुंदर दिखाई दे रहे थे। मैं रेलिंग का सहारा लेकर आगे की ओर झुककर देखने की कोशिश कर रहा था कि देखूँ तो मेरी इंडिका कार ऊपर से कैसे दिखती है, एक खिलौने जैसे कार की तरह।

शाम ढलने को थी और सूरज सुर्ख हुए जा रहा था और आकाश से मिलने को बेकरार था। चिड़िया वापस अपने घोंसलों में जाने के लिए उड़ान भर चुकी थी और मैं ऊपर बैठा गोया यह सोच रहा था कि पता नहीं यह चिड़िया ऊँची उड़ान भरते हुए सोचती होगी कि पता नहीं यह आदमी इतनी ऊँचाई में क्यों बैठा हुआ है! मैं पीछे की ओर मुड़कर खतौली के प्रसिद्ध हाइवे रेस्तराँ 'द चीतल ग्रांड' को देखने लगा कि कभी जाकर वहाँ के लजीज पकौड़े और चाय का स्वाद ले पाऊँ।

जमीन से टॉवर का शिखर बहुत ही पतला एवं सँकरा-सा लगता है, पर वहाँ का प्लेटफॉर्म इतना बड़ा है कि उसमें एक कार पार्क हो जाए। सितंबर की मस्त हवाओं का मजा लेने के लिए मैं उसी प्लेटफॉर्म में लेट गया और अपने हाथों को अपना तकिया बना, खुले नीले आकाश को निहारने लगा।

वह जगह तब तक बहुत ही शांत थी, पर अचानक आस-पास की किसी एक

मसजिद से अजान की आवाज आने लगी। ईश्वर को किसी भी रूप में याद करने के लिए हवा में गूँजती आवाजों को सुनना कर्णप्रिय लगता है। मैं यह सब सुन ही रहा था कि हवाओं के बीच से एक गाना मेरे कानों की लहरियों को छेड़ गया और मैंने अपने अंदाज में उसका जवाब दे डाला—

"मैं जिंदगी का साथ निभाता चला गया...हर फिक्र को धुएँ में उड़ाता चला गया...।"

इस गाने से याद आया कि सिगरेट सुलगाने के लिए यह जगह सुकूनभरी है। मैंने बड़े इत्मीनान से अपनी जेब से सिगरेट की डिब्बी से एक सिगरेट निकाली और अपने होंठों के बीच उसे बड़ी तसल्ली से दबा लिया और फिर अपनी जेब में माचिस की डिब्बी टटोलने लगा।

सनसनाती हवा बेरोक बहे जा रही थी और ऐसा लग रहा था मानो सिगरेट जलाने के लिए वह मुझे चुनौती दे रही हो। मुझे भी चुनौतियाँ बहुत भाती हैं। माचिस की पहली तीली तो मैं जला नहीं पाया, मगर इससे मेरे जज्बे में कोई कमी नहीं आई। इसलिए मैंने हवा से कहा, "मुझे चुनौती दे रही हो? मैं पिछले पाँच सालों से सिगरेट पी रहा है, तुम जैसे बड़े आए!"

मैंने होंठों में दबी सिगरेट को माचिस की डिब्बी के काफी पास लाकर हवा की गति से भी जल्द माचिस की तीली जलाने की कोशिश की कि कहीं ठंडी हवा लौ को बुझा न दे और फिर सिगरेट की एक कश के साथ मैंने विजयी दम भरा। मैं वहीं खड़ा रेलिंग पकड़े हुए और शांति से धुएँ के छल्ले उड़ाता रहा।

मैं अपने वेंडर को देखने के लिए थोड़ा नीचे की ओर झुका, जो करीब 50 मी. नीचे एक माइक्रोवेव एंटीना इंस्टॉल कर रहा था।

"क्या तुमने इंस्टॉल कर लिया या थोड़ा समय और बाकी है?" सिक्योरिटी बेल्ट पहने नीचे की ओर लटके हुए एक आदमी को देखकर मैं चिल्लाया।

"सर, थोड़ा और समय लगेगा, मैंने काम लगभग पूरा कर लिया है।" उसने भी चिल्लाकर जवाब दिया।

एक साल पहले मैं भी एक छोटी वेंडर कंपनी में काम करता था, जहाँ मैं बहुत ही बुरे हालातों एवं विपरीत परिस्थितियों में काम कर रहा था। कठिन परिस्थितियों में तो फिर भी काम किया जा सकता है, पर एक इंजीनियर होकर मजदूरों की तरह काम करना बड़ा ही शर्मनाक था। इसलिए मैं भगवान् का बड़ा शुक्रगुजार हूँ कि

उन्होंने मेरे इस संघर्ष को समाप्त करने में मेरी मदद की और अंततः मैंने मेरठ में एक मोबाइल ऑपरेटर के रूप में ज्वॉइन किया।

हम लोग जल्द ही उत्तर प्रदेश में इस कंपनी का मोबाइल ऑपरेशन लॉञ्च करनेवाले थे और मुझे इस काम की जिम्मेदारी दी गई थी कि मैं मोबाइल टॉवर साइट में जाकर इंस्टॉलेशन के काम का मुआयना करूँ और यह सुनिश्चित करूँ कि यह सारे काम समय रहते पूरे हो जाएँ।

उस समय, पूरे भारत में मोबाइल ऑपरेशन पूरी तरीके से शुरू नहीं हुए थे। वह समय बाजार में मोबाइल हैंडसेट की जड़ें जमाने का था। तब बहुत ही कम लोगों के पास मोबाइल होता था और वे लोग बहुत ही खास माने जाते थे। मैं भी एक अदना-सा इंजीनियर था और भाग्यवश कंपनी ने मुझे भी एक मोबाइल दिया था और मैं उस मोबाइल का प्रयोग लड़कियों के बीच रोब जमाने के लिए करता था।

मैंने अपनी सिगरेट का अंतिम कश लिया और सूरज की तरफ देखा, जो तब तक छिप चुका था और अपने पीछे एक गहराते रंग का आसमान छोड़ चुका था। मैंने जब आकाश में पहला तारा देखा, तो बचपन की बात याद आई कि "पहला देखे पापी…"

यह एक ऐसा खेल था, जिसे हम बचपन में खूब खेलते थे। आकाश के वो चार तारे हमारा भाग्य निर्धारित करते थे।

मुझे उस खेल की लाइनें अच्छे से याद थीं और उसे याद कर मन में एक गुदगुदी-सी भी हो रही थी। वो चार लाइनें थीं, "पहला देखे पापी, दूसरा देखे राजा, तीसरा देखे शैतान और चौथा देखे पूरा संसार…"

अब समय बढ़ रहा था और इससे पहले कि आकाश का रंग और गहरा हो जाए, उससे पहले मैं नीचे उतरने को हुआ। चारों ओर घूमकर देखने के बाद मैं टॉवर के चारों ओर मुड़ी हुई धातु की सीढ़ियों से नीचे उतरने लगा।

मेरी जेब में, मेरा मोबाइल काँपने लगा और आवाज करने लगा। मैं यह सोचकर उसे अपनी जेब से बाहर निकालने के लिए रुका कि कहीं वेंडर टीम का फोन न हो। मैंने सीढ़ियों की रेलिंग को जोर से पकड़ लिया और फोन को अपने चेहरे के बहुत पास लाकर मैसेज पढ़ने लगा।

'क्या हम बात कर सकते हैं?'—वैदेही

मैसेज पढ़ने के तुरंत बाद मेरी आँखों ने अचानक झपकना बंद कर दिया। मेरा दिल बैठ गया। ऐसा लगा कि मानो नसों में खून का बहना रुक-सा गया हो।

यह मैसेज उस खासम-खास का था, जिसके बारे में आज पूरे पाँच साल बाद भी मैं हर रोज सोचता हूँ।

मैंने रेलिंग में अपना सिर भिड़ाकर यह देखा कि क्या मैं अब भी जिंदा हूँ। "हाँ, यह सच है। उसने मुझे मैसेज भेजा है…।"

मैं उतरते हुए मुसकरा रहा था और मोबाइल को अपनी जेब में रखने की कोशिश भी कर रहा था, तभी अचानक—

"हे भगवान्!"

मेरा मोबाइल सीधे नीचे की ओर गिरने लगा। मैं उसे लपकने के लिए नीचे की ओर तेजी से जाते हुए अपने वेंडरों को चिल्लाकर कहने लगा—"सुनो! मेरा मोबाइल नीचे गिर गया है, उसे उठा लो।"

मैंने लंबे-लंबे डग भरे और इस बीच मुझे इस बात का कोई डर नहीं था कि मैं बीच में कहीं लटक जाऊँ या मुँह के ही बल गिर न पड़ूँ और अब कुछ दस कदम ही बाकी थे।

मोबाइल जैसे ही नीचे गिरा, वह टॉवर की रॉड से टकराया, इक्यूपमेंट रूम की छत से टकराते हुए, वह सीधे दलदल में जा गिरा।

मैं जल्दी-जल्दी दलदल की ओर जाने लगा और वहीं दूसरी ओर मेरे वेंडर किनारे खड़े मुझे देखते रहे।

"सर, वह उस तरफ जा गिरा है, जहाँ वह बड़ी सी भैंस बैठी है।"

बिना एक सेकंड की भी देर किए मैंने अपने हाथों को अपनी जाँघों में रखा और सीधे दलदल में घुस गया।

"सर, ऐसा मत कीजिए। यह मोबाइल अब खराब हो गया है। आपको ऑफिस से एक नया मोबाइल मिल जाएगा।"

पर उन्हें यह नहीं पता था कि अभी यह मोबाइल मेरे लिए कितना जरूरी है। आखिरकार उसमें वैदेही का मैसेज जो आया था। मैंने अपने पेंट को नीचे से मोड़ा और दलदल में तैरने लगा।

मै मोबाइल खोजने लगा। मैं उसे ढूँढ़ने में इतना बेसब्र था कि मेरा मुँह भैंस के करीब आ गया था, पर कुछ भी हो जाए, आज तो मैं अपना मोबाइल वहाँ उस गंदगी में भी नहीं छोड़ सकता था, क्योंकि उसमें मेरी वैदेही का मैसेज जो आया था।

मैं उसे तब तक ढूँढ़ता रहा, जब तक मेरे हाथ में कुछ न पड़ गया। आखिरकार मेरे हाथ में मेरा मोबाइल आ ही गया। मैंने पूरे उत्साह के साथ उसे यह सोचकर

बाहर निकाला कि मिट्टी एवं भैंस के गोबर में पड़े होने के बावजूद वह अभी भी काम कर रहा होगा, पर उसकी स्क्रीन भी टूट गई थी और उसमें अब कुछ भी नहीं बचा था, पर फिर भी मैं उस मोबाइल को वापस पाकर बड़ा खुश था। मैं पूरे आवेश से उसके बटनों को बार-बार, लगातार दबाता रहा।

मेरा सहायक, वेंडर ब्वॉय, जो मुझे बेहद आश्चर्य भरी निगाहों से देख रहा था, ने मुझे दलदल से बाहर निकालने के लिए अपना हाथ मेरी ओर बढ़ाया। अपने कपड़ों को बचाते हुए, उसने मुझसे दूरी बनाए रखी।

उसने मुझसे ऐसे कहा कि सर अब यह फोन तो गया, यह काम नहीं करेगा, जैसे कि मैं यह जानता ही नहीं था।

मैंने मुसकराते हुए उसे जवाब दिया कि अगर यह काम नहीं भी करेगा, तब भी मेरे लिए यह जरूरी है।

वह एक बाल्टी भर पानी और एक मग लाया। उसके सहारे मैंने अपना मोबाइल एवं खुद को साफ किया।

मैं दुःखी तो था, क्योंकि मेरे पास वैदेही का नंबर नहीं था, इसलिए मैं उसे वेंडर के फोन से भी कॉल नहीं कर सकता था। क्या पता, वह मेरे कॉल का इंतजार कर रही हो और अब तक उसने मेरे लिए यह सोच लिया हो कि मुझे अब उसमें कोई दिलचस्पी नहीं है।

मैं इक्यूपमेंट रूम की सीढ़ियों पर बैठ गया, जो टॉवर के बेस लगा हुआ था। तब तक घुप्प अँधेरा हो चुका था और वेंडर ने भी काम पूरा कर दिया था।

चूँकि मैं एक दिन के लिए उनके संपर्क में नहीं रहूँगा, इसलिए मैंने उन्हें आदेश दिया और कहा कि आप लोग अपना काम पूरा होने के बाद आराम करो। "कल रुड़की में नया काम शुरू करना है, मैं अभी देहरादून के लिए निकल रहा हूँ और कल नया हैंडसेट मिलने के बाद मैं फोन करूँगा। अब तुम लोग अपने काम पर लग जाओ।" मैंने अपने कंधे पर अपने लैपटॉप का बैग रखा और हाथों में जूतों को पकड़कर आगे बढ़ा। मैंने ड्राइवर से कहा कि वह कार लेकर आए, क्योंकि अब देहरादून के लिए निकलना है।

मैं कार में बैठा और हाई-वे की ओर चल पड़ा, चूँकि खतौली एक छोटा शहर है तो करीब 10 मिनट में हमने उसे पार कर लिया। मैं खुश भी था और थोड़ा असमंजस में भी, क्योंकि उसने पाँच साल के बाद मुझे मैसेज क्यों किया?

मैं आशा करता हूँ कि मेरे कॉलेज के पुराने दोस्तों ने मेरे साथ कोई मजाक न

किया हो। मेरे पास तो उसका नंबर भी नहीं था। हो सकता है, मेरे किसी दोस्त ने उसका नाम लेकर मेरे साथ मजाक करने की कोशिश की हो, पर अगर यह उसका नंबर हुआ तो ? मैं अब भी इसी उधेड़-बुन में था कि कार देहरादून हाई-वे पर पहुँच गई। मैंने सिगरेट जलाते हुए अपने ड्राइवर से कहा, "राजेश, हमें रात में देहरादून में ही रुकना है, इसलिए वहाँ समय पर पहुँचने की कोशिश करो।"

उसने कहा, "सर! आप बहुत सिगरेट पीते हैं।" मैं कार की खिड़की से बाहर झाँकते हुए मुसकराया और कहा, "हाँ, कुछ साल पहले किसी ने मुझे यह अच्छे-से समझा दिया था कि चाहे मैं जिंदा रहूँ या मरूँ, किसी को कुछ फर्क नहीं पड़ता है, तब से मैं खुद को मारने की कोशिश कर रहा हूँ।" यह सुनकर वह जोर-जोर से हँसने लगा।

राजेश पिछले एक साल से मेरा ड्राइवर है और तब से वह मेरे लिए एक दोस्त की ही तरह है। वह एक संघर्षशील लड़का है और जिंदगी में हमेशा बहुत कुछ सीखते रहना चाहता है।

ड्राइव करते समय इन पेड़ों से होकर गुजरते, उन छोटी झोंपड़ियों में पीले रंग के जलते बल्ब और रास्तों में लगे खोमचों को देख मुझे बहुत अच्छा लगता है, पर आज मेरा दिमाग कहीं और था। उसके खयाल मेरे दिल-ओ-दिमाग को कैद कर चुके थे और उसकी याद में मैं खो चुका था।

1998

सागर : मध्य प्रदेश का एक छोटा सा शहर

रात के 2:00 बज रहे थे और नाइट लैंप मेरी रसायन शास्त्र की पुस्तक पर प्रकाश डाल रहा था। लैंप की रोशनी कमरे के चारों कोनों में फैली हुई थी। पिछले साल ही स्कूल की पढ़ाई पूरी होने के बाद मैंने एक साल इंजीनियरिंग की प्रवेश परीक्षा के कारण ही ड्रॉप किया था। मेरे कमरे में ही घुप्प शांति थी। सिर्फ खिड़की से अंदर आते हुए कीड़ों की आवाज सुनाई दे रही थी।

अपनी उँगलियों में पेंसिल घुमाते हुए मेरी नजर डेस्क में रखे फ्रेम किए हुए फोटो पर पड़ी। वह फोटो मेरे स्कूल के समय की थी, जब मैं स्कूल कप्तान था। मेरी बगल में उप-कप्तान नव्या खड़ी थी, जो उस समय 11वीं कक्षा में थी। स्कूल में एक प्रैक्टिस के दौरान मैंने स्कूल एमब्लेम पकड़ा हुआ था, जहाँ कक्षा बारहवीं से स्कूल के कप्तान और कक्षा 11वीं के उप-कप्तान को स्कूल एमब्लेम पकड़ना

था। मेरे लिए एक गर्व का क्षण था और यह फोटो सिर्फ गौरवान्वित करने के लिए नहीं थी, क्योंकि इसमें नव्या की भी फोटो थी, जिसका मैं अपने स्कूल के अंतिम साल से प्रशंसक रहा हूँ या इसे यूँ कहें कि मैं उसे स्कूल के दिनों से काफी प्यार करता था। वह मेरा पहला प्यार थी और मेरा एक सपना था कि मैं हमेशा उसके साथ रहूँ। अपने स्कूल के अंतिम साल मैं तब भी हर रोज स्कूल जाता था, जब मेरे दोस्तों ने बोर्ड एवं अन्य प्रवेश परीक्षाओं के कारण स्कूल जाना बंद कर दिया था, पर मैं सिर्फ उससे मिलने जाता था।

मुझसे मिलते वक्त उसके चेहरे पर हमेशा एक मुसकान रहती थी, जिस कारण उससे स्कूल में मिलने के लिए मैं खिंचा चला जाता था। मुझे याद है, इस कारण बारहवीं में मैं सेकेंड डिवीजन में पास हुआ, क्योंकि मेरा पढ़ाई से ज्यादा ध्यान तो उसके बाएँ गाल के डिंपल पर था।

'हे भगवान्, मेरी मदद करो क्योंकि मैं पढ़ना चाहता हूँ और अपनी इंजीनियरिंग की परीक्षा पास करना चाहता हूँ।' मुझे पक्का पता था कि अगर मैं इंजीनियर बन गया तो मैं उसे प्रपोज करूँगा और वह 'न' नहीं कर पाएगी।

बारहवीं खत्म करने के बाद मैंने एक साल इंजीनियरिंग की परीक्षा की तैयारी के लिए समय लिया। मैंने उसे प्रपोज भी नहीं किया, क्योंकि मैं सोचता था कि किसी को प्रपोज करने के लिए मैं अभी बहुत छोटा हूँ। अपने सेकेंड डिवीजन के रिजल्ट को देखने के बाद मैंने निश्चय किया कि इंजीनियरिंग की प्रवेश परीक्षा के लिए पूरी लगन के साथ तैयारी करूँगा और उससे तभी मिलूँगा, जब एक अच्छे इंजीनियरिंग कॉलेज में दाखिला ले लूँगा।

मैंने कैमेस्ट्री की पुस्तक पर फिर से आँखें फेरीं और एमोरफस सॉलिड्स (Amor p hous solids) और क्रिस्टेलिन सॉलिड्स (Crystalline solids) की विशेषता को समझने की कोशिश की। मैंने रसायन शास्त्र पर पूरा ध्यान लगाया और परिभाषाओं को फिर से दोहराया और पुस्तक से दो बार पढ़ने के बाद मैंने पुस्तक बंद कर उसे दोहराया, पर हर बार मेरी आँखें डेस्क पर रखी फोटो पर अटक जातीं।

मैं खड़ा हुआ और अपने पीछे रखी कबर्ड की तरफ मुड़ गया। मैंने कबर्ड खोला और उसमें रखी सिल्वर डायरी निकाली, जिसके कवर में लाल गुलाब छपा हुआ था। यह मेरी कविता की डायरी थी। मैं जब 11 या 12 साल का था, तब से कविताएँ लिख रहा हूँ, पर उससे मिलने के बाद मैं ज्यादा गंभीरता से लिखने लगा।

मुझे लगा कि मैं उसके ऊपर और कविताएँ लिख सकता हूँ, जिससे मैं उसे अपने दिमाग से हटा सकूँ और अपनी पढ़ाई पर ध्यान दे सकूँ।

मैंने डेस्क से अपनी डायरी और पेन निकाला और बिस्तर पर चला गया। मेरा सुंदर-सा कमरा था और वह पढ़ने के लिए भी अच्छा था। कमरे के सारे कोने फॉर्मूले, पिरियोडिक टेबल और महत्त्वपूर्ण प्रश्नों से सजे हुए थे। कमरे में रखी उसकी तसवीर मुझे मेहनत से पढ़ाई करने की हिम्मत देती थी। जब मैं स्कूल में था तो उसके घर के लैंडलाइन फोन पर मैं उससे बात करता था, पर पिछले 6 महीने से मैंने उससे बात भी नहीं की थी। मुझे अब भी ऐसा लगता था कि वह मेरे कॉल का इंतजार कर रही होगी, पर मैंने यह ठान लिया था कि जब किसी इंजीनियरिंग कॉलेज में मेरा दाखिला हो जाएगा, तब ही उसे कॉल करूँगा। यह वह समय था, जब मैंने एक मजबूत और प्रतिबद्ध आदमी की तरह पेश आना शुरू कर दिया था, पर कहीं-न-कहीं मेरे दिल में हमेशा यह डर बैठा रहता था कि तब क्या होगा, जब उसे मुझसे भी ज्यादा बेहतर कोई मिल जाएगा!

जो भी हो, मुझे पक्का विश्वास था कि वह भी मुझे प्यार करती होगी और मेरा इंतजार करेगी। मैंने अपनी कविता लिखी और जब वह खत्म हुई तो मुझे नींद आने लग गई। उस दिन भी उसके डिंपलवाले गालों ने कैमेस्ट्री पर विजय पा ली।

मैं सोचता था कि पुस्तक में लिखी कैमेस्ट्री के अलावा दुनिया में और भी कई तरह की कैमेस्ट्री हैं, जैसे पहले प्यार की कैमेस्ट्री, आँखों की कैमेस्ट्री, मुसकराहट की कैमेस्ट्री। मुझे अपने जीवन के कैमिकल एक्सपेरिमेंट को सफल बनाने के लिए मेहनत से पढ़ाई करनी थी, पर मैं सो गया।

अगली सुबह मैं 6:00 बजे उठा, क्योंकि 7:30 बजे मेरा फिजिक्स का ट्यूशन था। मैं तैयार हुआ और अपनी क्लास के लिए चला गया। मेरी माँ मेरे लिए परेशान थीं, क्योंकि क्लास में जाने की जल्दी के कारण मैंने नाश्ता नहीं किया था। हालाँकि मेरी बड़ी बहन सुरभि मुझपर थोड़ा शक करती थी।

सुरभि मुझसे पाँच साल बड़ी थी। नव्या उसकी खास सहेली की कजिन थी, उससे अपनी दोस्त से स्कूल में मेरी सारी हरकतों की खबर मिल जाती थी। तब से वह मेरी माँ को यह साबित करने की कोशिश कर रही थी कि डेस्क में जो फोटो रखी है, वह कप्तान बनने के किसी गर्व के कारण नहीं, बल्कि इसलिए रखी गई है क्योंकि उसमें नव्या भी है।

पर उसने जब भी ये साबित करने की कोशिश की, मैंने अपनी माँ के सामने

एक भोला-सा चेहरा बनाकर, उन्हें यह बताया कि जलनखोरी के कारण वह ऐसा कर रही है, क्योंकि वह कभी स्कूल कप्तान नहीं बन पाई। हम एक-दूसरे से झगड़ते जरूर थे, पर मुझे पता था, जिस दिन मैं इंजीनियरिंग की पढ़ाई पूरी कर लूँगा, तब वह ही अपनी पक्की सहेली के जरिए नव्या से मेरी शादी कराने में मदद करेगी और मैं अपने उद्देश्य के लिए कड़ी मेहनत भी कर रहा था।

मैंने दो घंटे की लंबी क्लास की और फिर सुबह 10:00 बजे घर वापस आया। मैंने माँ से कुछ खाना देने को कहा, क्योंकि मुझे बहुत भूख लगी थी। मेरी बहन मेरे बगल में बैठी थी और ऐसे देख रही थी, जैसे भारत को कोई ओलंपिक गोल्ड मेडल मिला हो।

माँ ने गुस्सा होकर मुझसे पूछा, "रोहन, क्या तुम रात में नहीं पढ़ रहे हो?"

मैंने बड़ी मासूमियत से उन्हें देखा, मुझे पता था कि यह मेडल कहाँ लटका हुआ है।

मैंने उनसे पूछा, "क्या हुआ, मम्मी?"

मेरी बहन ने मेज की तरफ मेरी कविताओं की डायरी खिसका दी। मैंने यह गौर ही नहीं किया कि यह डायरी अब तक वहीं पड़ी है। मैंने फिर पूछा, "क्या हुआ?"

माँ ने कहा कि "तुम अपनी पढ़ाई पर ध्यान नहीं दे रहे हो और इस फोटोवाली लड़की पर अटके हुए हो। इसने तुम्हारी बारहवीं का रिजल्ट खराब किया और अब तुम अपनी प्रवेश परीक्षा का रिजल्ट खराब करोगे। तुम्हारे पिताजी हर रोज कितनी मेहनत कर रहे हैं, पर तुम्हें कुछ फर्क ही नहीं पड़ता। हमने तुम्हें कहा है कि पहले अपने कॅरियर पर ध्यान दो, फिर तुम जिससे शादी करना चाहोगे, हम उसी से तुम्हारा ब्याह कर देंगे।"

मैंने बड़ी मासूमियत से कहा कि "माँ, यह कविताएँ उसके लिए नहीं हैं। मुझे कविताएँ लिखना पसंद है और पिछली रात जगजीत सिंह की गजल सुनने के बाद मुझे यह लिखने का खयाल आया। मैं आपको विश्वास दिलाता हूँ कि मैंने रात के 2:00 बजे तक पढ़ाई की है। आप आज के ट्यूशन के टेस्ट के मेरे अंक देख लो, मुझे 20 में से 19 मिले हैं।"

मार्क्स देखने के बाद मेरी माँ थोड़ी शांत हुई और विजेता ने अपना मेडल ले लिया, क्योंकि थोड़ी ही देर पहले मेरी बहन को लग रहा था कि उसने मेडल जीत लिया है।

माँ ने सुरभि को डाँटते हुए कहा, "सुरभि, तुम हमेशा उसके पीछे क्यों पड़े रहती हो ? तुम्हें अपनी परीक्षा पर भी ध्यान देना चाहिए। मुझे भरोसा है कि वह बहुत मेहनत कर रहा है।"

मैं मुसकराता रहा, क्योंकि अब वह मेडल मेरे पास वापस आ गया था, क्योंकि मेरी बहन धोखा देते हुए पकड़ी गई थी।

सुरभि दी मेरी तरफ गुस्से से देख रही थी, पर मैं भी उन्हें घूरने लगा। उन दिनों मेरा एक ही काम था, खाओ और पढ़ाई करो। मैं दिनभर करीब 15 घंटे पढ़ाई करता था, तीन घंटे खाना खाता था और 6 घंटे सोता था। मेरा पिछले 6 महीनों में 15 किलो वजन बढ़ गया था और साथ ही मैं पढ़ते-पढ़ते थक भी गया था। मेरे परिवारवाले एवं रिश्तेदार इंजीनियरिंग की परीक्षा को पास करने का इंतजार कर रहे थे। उनमें से तो कुछ ने मुझे पहले ही इंजीनियर समझ लिया था। कुछ दिन पहले मेरे कजिन की बाइक स्टार्ट नहीं हो रही थी। मेरी चाची ने सोचा कि मैं उनकी बाइक इसलिए ठीक कर दूँगा, क्योंकि मैं इंजीनियर बनने की पढ़ाई कर रहा हूँ।

मेरी जिंदगी फिजिक्स, कैमेस्ट्री, गणित एवं डिंपल्स के बीच ही झूल रही थी, पर वे डिंपल्स, जो मेरे लिए सबसे जरूरी थे, अब मेरे लिए लगभग नगण्य हो चुके थे।

मेरी परीक्षा करीब थी और मुझे पढ़ाई में और ध्यान लगाने की जरूरत थी। मैं उन विषयों को दोहराने में व्यस्त था और यह जानने के लिए हर रोज मॉक टेस्ट भी ले रहा था, कि मेरी तैयारी कहाँ तक पहुँची है। मैं अगले कुछ महीनों के लिए उन डिंपल्स को भूल चुका था और अपने डेस्क से मैंने वह फोटो भी हटा दी थी और उसे अपनी डायरी के अंदर रख दिया था।

एक दिन, अपनी ट्यूशन क्लास के बाद मैं अपने दोस्तों के साथ फिजिक्स की कुछ समस्याएँ सुलझा रहा था कि तभी मेरी नजर रोड की दूसरी तरफ एक रेस्तराँ पर पड़ी। ग्लास के दरवाजे से मैंने देखा कि सुरभि दी किसी के साथ बैठकर कुछ खा रही थीं। मुझे लगा कि वह कॉलेज के बाद अपने दोस्तों के साथ घूमने आईं होंगी, फिर मैंने अपने दोस्तों के साथ अपनी बात जारी रखी।

पर मेरी आँखें चौंधिया गईं, जब मैंने देखा कि कुछ समय के बाद दीदी किसी लड़के के साथ बाहर निकलीं। वह बाइक की पिछली सीट पर बैठीं और वे दोनों चल दिए।

उसकी स्कूटी कहाँ है ? वह लड़का कौन है ?

यह देखकर मैं जोश से भर गया, ऐसा लगा कि मैंने अपना ही मेडल जीत लिया हो! पर मैंने सोचा कि मैं कभी इस प्रकरण का अपने फायदे के लिए ही इस्तेमाल करूँगा। हो सकता है कि यह प्रकरण मेरी आगे की लड़ाइयों में मददगार साबित हो।

मैं दोपहर में यह देखने के लिए वापस आया कि वह अब तक कॉलेज से वापस आईं हैं या नहीं। मैं अपने कमरे में पढ़ने के लिए चला गया, फिर उसके बाद एक और क्लास। जब मैं रात में वापस आया, तो मैंने देखा कि वह माँ के साथ घर के काम में हाथ बँटा रही हैं। मैंने यह सोचा कि मैं इसके बारे में बात नहीं करूँगा, अभी तो नहीं।

रात के भोजन के बाद सुरभि दी मेरे कमरे में पढ़ने के लिए आईं। मैं एक सवाल के साथ माथा-पच्ची कर रहा था। वह बिस्तर के एक किनारे में अपनी पीठ को एक तकिये पर टिकाकर बैठ गईं और उनके हाथों में पुस्तक भी थी, जबकि मैं स्टडी टेबल पर बैठा था।

अपनी पुस्तक पढ़ते हुए मैंने उनसे पूछा, "आपके साथ रेस्तराँ में कौन था?"

वह हैरान हो गईं, पर उन्होंने शांति से पूछा, "कौन? तुम क्या कह रहे हो?"

मैंने कुरसी के पीछे हाथ खींचते हुए, उसकी ओर आगे झुककर कहा, "मैंने तुम्हें आज सदर बाजार में एक लड़के के साथ देखा था, और तुम उसकी बाइक पर बैठकर गई थीं।"

उसे अब पता लग गया था कि वह अब पकड़ी गई है और वह मेडल अब मेरे हाथ में है। वह झुकने के लिए तैयार थी। उन्होंने अपनी पुस्तक बंद की और चेहरा बनाकर बिस्तर में मेरी बगल में आ बैठीं।

उन्होंने मुसकराते हुए कहा, "भाई, प्लीज मम्मी को नहीं कहना।"

मैंने शरारतपूर्ण तरीके से उनसे कहा कि मैं मम्मी को क्या नहीं बताऊँ? फिर उन्होंने कहा कि "वह मेरा ब्वॉय फ्रेंड है, मेरे साथ मेरी ही क्लास में पढ़ता है। मैं तुम्हें उससे मिलाने ले जाऊँगी। वह बहुत अच्छा है, पर प्लीज मम्मी को अभी कुछ मत बताना। जब सही समय आएगा, तब मैं उन्हें खुद बताऊँगी।"

मैंने उसे देखा और महसूस किया कि मैं और वह एक ही नाव पर सवार हैं और सही समय का इंतजार कर रहे हैं। जैसे मैं नव्या से और फिर अपने माँ-बाप से बात करने के लिए सही समय का इंतजार कर रहा हूँ। मुझे पता था कि एक सुरभि, जो मुझे इंजीनियरिंग पूरी होने के अगले पाँच साल बाद उस तक पहुँचाने में

मेरी मदद करेगी। मैं उससे किसी भी कीमत पर पंगा नहीं ले सकता, खासकर जब डिंपलवाली को बात हो तो।

मैंने थोड़ा तेज बनने की कोशिश की और उससे कहा, "घबराओ नहीं, मैं मम्मी को कुछ नहीं बताऊँगा, पर तुम्हें भी सही समय पर मेरी मदद करनी होगी।"

वह मुसकराई और उसने मुझे गले लगा लिया और कहने लगी, "भाई, आई लव यू।"

मैंने उसे भरपूर दिलासे के साथ देखा।

मैंने उससे कहा कि "मैं एक कविता लिखने जा रहा हूँ और तुम अब मम्मी से कुछ नहीं कहोगी।"

वह मुसकराई और उसने कहा, "मैं पढ़ना चाहती हूँ। और हाँ, मैं तुम्हें एक और बात बताना चाहती हूँ।"

मैंने पूछा, "क्या?"

उसने कहा, "तुम्हें पता है, मुझे कैसे पता चला कि तुमने कविताएँ लिखीं हैं?"

मैंने पूछा, "कैसे?"

उसने बुदबुदाते हुए कहा कि "मैं तुम्हारी प्रेम कविताएँ अपने ब्वॉय फ्रेंड अनुज के लिए कॉपी करके ले जाती थी।"

वाह! मैं इतना बड़ा कवि बन गया हूँ। मेरी कविता सब जगह जा रही हैं।

मैं उसे देखकर मुसकराया और मैंने उससे कहा वह कभी भी उन कविताओं का इस्तेमाल कर सकती है।

दोपहर का समय था और मेरी प्रवेश परीक्षाएँ पूरी हो चुकी थीं। मैं एक उन्मुक्त पंछी की तरह था।

मैं प्रतिबद्ध था कि अपना बढ़ा हुआ वजन कम करूँ। मैं अपने को कॉलेज की मस्त जिंदगी के लिए तैयार कर रहा था।

एक दिन मैं सुबह 5:00 बजे उठा कि अपने दोस्त विक्रम के घर तक जॉगिंग कर आऊँ। वह मेरा बचपन का दोस्त है। गरमी के मौसम की सुबहें बहुत ही सुहानी होती हैं। मैं उसे कुछ दूर से आता हुआ देख रहा था।

वह अपने पैरों को नीचे तक छूकर स्ट्रेच कर रहा था। विक्रम ने भी एक साल का ऑफ लिया था। हम दोनों ने साथ में पढ़ाई की थी, और कोचिंग क्लास भी साथ में की थी। उसने जैसे ही मुझे साथ में आते देखा, उसने मेरे साथ जॉग करना शुरू कर दिया और हम दोनों एक साथ मेन रोड की ओर चले गए।

जॉगिंग करते हुए उसने मुझसे कहा, "भाई, रोहन की तो ऐसी-तैसी हुई पड़ी है।"

मैं लगातार दौड़ता रहा, क्योंकि यह विक्रम का पेटेंट डायलॉग था। उसकी सुबहें ऐसी ही बातों से शुरू होती हैं।

मैंने उससे पूछा, "क्या हुआ?"

जब तक वह अपना जवाब देना शुरू करता, मैंने अपना तौलिया निकाला और पसीने से भरा अपना मुँह उससे पोंछा। "कल रात रेणु दीदी का फोन आया था और वह पापा को बता रही थीं कि आई.आई.टी. में प्रवेश मिलना बहुत कठिन हो गया है, क्योंकि कॉम्पिटीशन बहुत बढ़ गया है।" उनके अनुसार, मेरी तैयारी इतनी खास नहीं थी। उसकी बहन रेणु दीदी आई.आई.टी., दिल्ली में थी।

मैंने कहा, "तो तुम क्यों परेशान हो? तुम्हें तो पता है कि तुम्हारी आई.आई.टी. की प्रवेश परीक्षा अच्छी गई है।"

वह रुका, उसने अपनी कमर पर हाथ रखा और गहरी साँस ली।

मैंने पीछे मुड़कर उसे देखा और पूछा, "क्या हुआ, थक गए?" वह रोड की तरफ देखता रहा और कुछ सोचता रहा। मैं उसकी तरफ मुड़ा और उससे पूछा, "क्या हुआ बे, क्यों चिंतित है?"

उसने धीरे से कहा, "मैंने आई.आई.टी. रुड़की की प्रवेश परीक्षा ही नहीं दी थी।" मेरी आँखें फटी-की-फटी रह गईं।

मुझे यह तो पता था कि मैं आई.आई.टी. टाइपवाला लड़का नहीं हूँ, इसलिए मैंने वहाँ अप्लाई नहीं किया था, पर विक्रम? वह तो एक आई.आई.टियन का भाई है, और हमारी कोचिंग क्लास में उसे अगले आई.आई.टी. उम्मीदवार के रूप में देख रहे हैं।

मैं हैरान था और भौंचक्का भी। मैंने कहा, "क्या? अंकल और आंटी क्या इसके बारे में जानते हैं?"

"अगर उन्हें पता होता तो मेरी जान निकलने को होती क्या?"

"विक्रम, तुम मुझे शॉक पर शॉक दिए जा रहे हो, यह क्या कह रहे हो?"

उसके चेहरे पर पेशानियाँ उभरी हुई थीं और वह कहने लगा, "हाँ, यह सही है। मुझे पता है मैंने आई.आई.टी. के लिए पर्याप्त पढ़ाई नहीं की थी, तो प्रवेश परीक्षावाले दिन मैं फिल्म देख आया।"

मैंने उससे पूछा, "और फिर?"

उसने एक बेवकूफ की तरह जवाब दिया, "कुछ नहीं, पिक्चर बहुत अच्छी थी।"

"मैं तुमसे प्रवेश परीक्षा की बात कर रहा हूँ।"

उसने कहा, "मैंने अपने घर में सबसे कह दिया कि मेरी परीक्षा अच्छी नहीं गई है।"

मैं कुछ देर सोचता रहा और उसकी ओर मुसकराकर कहा, "जिस दिन रिजल्ट आएगा, उस समय लिस्ट में उन्हीं लोगों का नाम लिस्ट में होगा, जिन्होंने परीक्षा पास की है, इसलिए परेशान मत हो और खुश रहो।"

वह अभी भी परेशान था, पर उसने मुझसे पूछा, "रोहन, क्या तुम्हें पक्का पता है?"

मैंने उसे भरोसा दिलाया और कहा, "पक्का, परेशान मत हो अब।" मैंने उसके हाथ खींचे और उससे जॉगिंग करने को कहा। उसे थोड़ा आराम मिला और वह मुसकराया।

हम उस जगह पहुँचे, जहाँ से एक रोड स्कूल के लिए मुड़ती थी और दूसरी यू-टर्न लेकर उसके घर की ओर। विक्रम उस जगह पर रुक गया।

उसने कहा, "नव्या से मिलने का समय आ गया है, रोहन।"

मैंने बाएँ पैर से एक पत्थर को ठोकर मारी और कहा, "अभी नहीं मेरे दोस्त। मैंने अभी किसी भी इंजीनियरिंग कॉलेज में दाखिला नहीं लिया है।"

उसने एक लव गुरु की तरह जवाब दिया, "जो चीज तुम्हारा इंतजार कर रही है, उसे मत गँवाओ।"

मैंने उससे कहा, "अगर वह एक खोई हुई चीज होगी, तो वह मेरे लिए बनी ही नहीं थी।"

पर वह आज मेरी सुन ही नहीं रहा था। वह पीछे मुड़ना ही नहीं चाहता था। उसने मुझे स्कूल तक जॉग करने के लिए मजबूर किया। मैं भी उसकी एक झलक देखना चाहता था, तो इसलिए मैं भी तैयार हो गया और हम दोनों जॉग करने लग गए।

हम दोनों बड़े ही उत्साहित थे। जिस जगह हमने अपनी जिंदगी के 13 साल गुजारे, जहाँ हमारे दोस्त हैं, हमारे शिक्षक हैं, वे सारी लड़कियाँ हैं, जिन्हें देखते ही प्यार हो जाए, वह जगह हमारी याद्दाश्त से कैसे गायब हो सकती है!

हम अपने स्कूल के बाहर एक लोकल कैंटीन के पास रुक गए और वहाँ चाय का ऑर्डर दिया। हमारी आँखें स्कूल के मेन गेट से प्रविष्ट होती उन लड़कियों पर थीं, जो स्कूल बस से नीचे उतर रही थीं।

कैंटीनवाले ने हमें हमारी चाय दी और हम उस स्कूल बस के पहुँचने का इंतजार कर रहे थे, जिससे नव्या आती थी। अब तो लगभग एक साल हो गया होगा, नव्या को देखे।"

पर यह सोच रहा था कि जब तक मैं इंजीनियरिंग कॉलेज की पढ़ाई पूरी नहीं कर लेता, तब तक उसे प्रपोज नहीं करूँगा। हमने चाय की चुस्कियाँ लीं और स्कूल की बसें आती रहीं और स्कूली बच्चे उससे उतरते रहे।

मुझे यह समझ ही नहीं आता कि क्यों हमारा दिमाग हमारे दिल पर हावी रहता है और दिल, जो मानव शरीर का सबसे भ्रमित अंग है, दिमाग की क्यों सुनता है?

अब हमारा इंतजार खत्म हो रहा था, क्योंकि जिस मिनी बस से नव्या आती थी, वह बस स्कूल के गेट के पास आ चुकी थी। विक्रम ने मेरा कंधा जोर से पकड़ा और मैंने भी अपनी चाय बिना पलकें झपकाए नीचे रखी। विक्रम मेरे दिल की धड़कनें साफ-साफ सुन सकता था। मेरे पाँव काँप रहे थे और मेरा गला सूखे जा रहा था।

सारे विद्यार्थी एक-एक कर नीचे उतर गए थे, पर हम उसे देख नहीं पाए। मैंने यह सोचकर सारी उम्मीदें छोड़ दीं कि हो सकता है कि आज वह स्कूल आई ही न हो।

विक्रम ने कहा, "भाई, हो सकता है आज वह आई ही न हो!" पर बिना निराश हुए मेरी आँखें बस पर ही टिकी हुई थीं। इतने में नव्या बस से उतरी।

उसका चेहरा खुशी से चमक रहा था। ऐसा लग रहा था मानो धरती पर वह एक ऐसी अकेली इनसान है, जिसे जिंदगी में किसी तरह की कोई परेशानी नहीं है। वह बाहर निकली और एक बार फिर बस के अंदर जाकर देखने लगी कि जैसे कोई बस की खिड़की से उसे देख रहा हो। वह फिर स्कूल के गेट से अपनी दो दोस्तों के साथ अंदर चली गई। उसने मुझे देखा और सोच रही होगी कि मैं उसके पास तक जाऊँ, पर मैंने अपने आपको रोक लिया, पर वह लगातार मुझे देखती रही।

अब मेरे भीतर जॉग करने के लिए कोई ऊर्जा नहीं बची थी। मैंने विक्रम से कहा कि अब वापस पैदल चलेंगे। मैंने जिस क्षण उसे देखा था, उस समय से लेकर स्कूल का पिछला एक साल मेरी आँखों के आगे तैरने लग गया। मेरे लिए वह जिंदगी के सबसे अच्छे पल थे।

पर किसी ने ठीक ही कहा है, जो समय चला गया, वह छूट गया और सिर्फ यादें रह जाती हैं, याद करने के लिए।

मैं उस दिन जिम नहीं गया और सीधे घर पहुँच गया, अपनी आँखों में उसका चेहरा लिये हुए। मैं मुसकरा रहा था, उस सुबह से मुझे प्यार जो हो गया था, मैं सबकी आवाजें सुन रहा था, पर वह क्या कह रहे थे, मुझे इसका पता नहीं। मैं सीधे अपने कमरे में गया और अपनी डायरी के भीतर छुपी नव्या की फोटो बाहर निकाली।

मैंने फोटो बाहर निकाली और अपने मुसकराते हुए चेहरे से उसकी ओर देखा और अपने हाथों से उसे छूते हुए, अपने दिल में कहा, "आई मिस यू।"

मैं अपनी जिंदगी की उस अवस्था में था, जब सबकुछ खूबसूरत लगता है, सबकुछ नया लगता है, और सबकुछ जवाँ-सा लगता है। मैं दिन के अंत तक मुसकराते रहना चाहता था। मैं जब तक सो न जाऊँ, तब तक हँसना चाहता था। उन दिनों में मैं अपनी सेहत पर ध्यान देने में बहुत सारा समय बिताने लगा था। अपने एब्स एवं बाइसेप्स को निहारना, मेरा पसंदीदा टाइम पास काम हो गया था।

बिस्तर में लेटे हुए मैं खुली आँखों से यह सपना देखने लगा कि मैं इंजीनियरिंग कॉलेज में हूँ और अपनी छुट्टियों के समय, मैं भरी दोपहर में अपने स्कूल की ओर दौड़े आ रहा हूँ। मेरे हाथों में लाल गुलाब है और वह स्कूल की बिल्डिंग के पीछे मेरा इंतजार कर रही है।

मैं अचानक बिस्तर से उठा और घड़ी की ओर देखा तो दोपहर के 3:00 बज रहे थे। मैं उठ खड़ा हुआ और सीधे रसोई की ओर गया और एक गिलास पानी पिया। यह देखने के लिए कि क्या पापा-मम्मी अभी भी जगे हुए थे, मैंने दरवाजे से झाँककर देखा तो दोनों को सोया हुआ पाया। सुरभि दी घर पर नहीं थीं। वह अनुज के साथ कॉलेज में थीं।

हे भगवान् मेरी मदद करो। मैं जब जागना चाहता हूँ, वह मुझे सुला देती है, और अब जब मैं सोना चाहता हूँ, वह मुझे जगा रही है। ऐसा, इसलिए तो नहीं क्योंकि मैं उसे मिस कर रहा हूँ?

उस दिन रविवार था, और सुबह के 6:00 बज रहे थे और मेरा लैंडलाइन फोन बज रहा था। मेरे पापा ने यह जानने के लिए कि इतनी सुबह किसने फोन किया है, फोन उठा लिया।

"अच्छा, मैं उसे उठाता हूँ, पर आपको भी बधाई।" उन्होंने इतना कहा और मेरे कमरे की तरफ जल्दी से आए। मैं यह सब सुन रहा था और यह समझने की कोशिश कर ही रहा था कि पापा ने मेरे कमरे का दरवाजा खटखटाया।

"बेटा, उठो तुम्हारा प्री-इंजीनियरिंग का रिजल्ट स्थानीय अखबार में आ गया है। डाइनिंग रूम में जल्दी अपने रोल नंबर के साथ आओ। मैं अखबार ला रहा हूँ।"

मेरी आँखें खुली की खुली रह गईं। ऐसा लगा, मेरे शरीर की नसों में खून बहना बंद हो गया है और कान भी सुन्न हो गए हैं। ऐसा लगा, मुझे सुनाई ही नहीं दे रहा। मेरा दिल जोरों से धड़क रहा था। मैं अपने दिमाग पर खिंचाव-सा महसूस कर रहा था। मैंने अपने बिस्तर से कूद मारी और अपना इनरॉलमेंट लैटर निकाला, जिसमें मेरा रोल नंबर लिखा हुआ था।

मैं जल्दी से डाइनिंग रूम की तरफ आया। मैंने देखा, पापा अपना चश्मा पहने अखबार खोल रहे थे। उनकी बगल में मेरी माँ बैठी थी और मेरी बहन उनके पीछे बैठी थी और हाथ में चाय का कप पकड़े हुए थी। उन सबके चेहरे देखने के बाद मुझे यह महसूस हुआ कि मेरा इस परीक्षा को पास करना उन सबके लिए कितना मायने रखता है। वे सब मुझसे ज्यादा तनाव में थे। मेरी माँ प्रार्थना कर रही थी, और यह उनके चेहरे से साफ झलक रहा था।

कुकर की सीटी सुनते ही मैं अपने खयालों से बाहर निकला और उनकी तरफ भागा। मैंने पापा के बगलवाली कुरसी ली और उन्होंने अखबार मेरी तरफ खिसका दिया। पहली शीट में मुझे अपना नाम नहीं मिला।

पापा ने कहा, "मुझे लगता है, तुम्हारा नाम पहले सौ बच्चों में नहीं है।"

मुझे यह समझ ही नहीं आता कि क्यों लोग टॉप रैंक में रहना चाहते हैं! चाहे मैं टॉप टेन में रहूँ या लास्ट टेन में, मैं तब भी इंजीनियर ही रहूँगा और यही मायने रखता है।

मैं पसीने से भरा बैठा था और ऐसा लग रहा था कि मेरा सिर फट जाएगा। मैं

जैसे-जैसे पन्ने पलट रहा था, मेरे कान लाल हुए जा रहे थे।

क्या मैं पास हुआ हूँ कि नहीं ? क्या मुझे प्रवेश परीक्षा दोबारा से देनी पड़ेगी ? क्या मेरे दोस्त मेरे से सीनियर हो जाएँगे ? मैं नव्या को क्या समझाऊँगा ?

जैसे-जैसे मैं अखबार के पन्ने पलट रहा था, ये सारे प्रश्न मेरे दिमाग में कौंध रहे थे।

सुरभि दी ने बीच मे टोककर कहा, "मुझे लगता है कि तुमने परीक्षा पास नहीं की है।"

मैंने उनकी बातों को अनसुना करते हुए और अपने दिमाग में प्रार्थना करते हुए कहा, "हे भगवान्, मेरी मदद करो। काश! मेरा नाम इस लिस्ट में हो।"

फिर मेरी उँगली रुक गई। मुझे अपने रोल नंबर के पहले तीन अक्षर मिल गए।

"क्या यह तुम्हारा रोल नंबर है ?" पापा ने उत्सुकतापूर्वक पूछा।

मैं अपने रोल नंबर के दूसरे अंकों को भी चेक करते रहा कि यह मेरा रोल नंबर है या नहीं।

मैंने फिर से सोचा, 'हाँ, ऐसा लगता तो है कि यह मेरा ही नंबर है, पर फिर से चेक कर लेता हूँ।'

मैं खुशी के मारे जोर से चिल्लाया और माँ-पापा के पैर छूकर मैंने कहा, "मम्मी-पापा, मेरा चयन हो गया।"

माँ ने मेरा माथा चूमा और भगवान् को धन्यवाद दिया और मैंने सुरभि दी को गले लगा लिया।

पापा उस दिन ज्यादा ही खुश थे, पर थोड़े चिंतित भी थे, क्योंकि मेरी रैंक तीन हजार चौंतीस थी।

"क्या तुम्हें इस रैंक में कोई अच्छा कॉलेज मिलेगा ?"

मैं भी थोड़ा चिंतित था, पर मैंने उन्हें धीरज देने की कोशिश की। "हाँ पापा, हम कांउसलिंग के समय देखेंगे। मध्यप्रदेश में अभी कई नए कॉलेज खुले हैं।" माँ की दी हुई मिठाइयाँ मुँह में डालते हुए मैंने कहा, "मैं अपने कुछ स्कूल सीनियर्स से मिलूँगा और यह जानने की कोशिश करूँगा कि उनमें से कौन से अच्छे कॉलेज हैं!"

मैंने ब्रश किया और अपनी बहन की स्कूटी लेकर विक्रम के घर गया। मैंने उसके घर की घंटी बजाई और अंकल ने दरवाजा खोला। मैंने यह गौर किया कि वहाँ बहुत शांति थी, कोई फोन भी नहीं बज रहा, कोई मिठाई नहीं थी, कोई

कजन नहीं था, किसी में कोई बातचीत नहीं हो रही थी। मुझे शक था कि उसका चयन कहीं नहीं हुआ है।

मैं एक एंटीक-से दिखनेवाले सोफे पर बैठ गया। मैं विक्रम को इस सोफे के बारे में चिढ़ाता था। विक्रम के पापा ने मेरी तरफ कुरसी सरकाई। वह बहुत भयानक दिखते थे। मैं उनसे हमेशा ही डरता था। मैं जब भी उन्हें देखता, मुझे 'शोले' पिक्चर के गब्बर सिंह की याद आ जाती थी।

सफेद कुरता-पैजामा पहने हुए उन्होंने मेरी तरफ सख्त निगाहों से देखा। उनके सिर के ऊपर पूरे परिवार की एक बड़ी सी फैमिली फोटोग्राफ लटक रही थी, जिसमें अंकल-आंटी बीच में खड़े थे। विक्रम एवं उनकी बहन सावधान की मुद्रा में उनके पास खड़े थे। ऐसा लग रहा था कि जैसे उन्हें सजा मिली हो।

उन्होंने अपनी आँखों से इशारा कर मुझसे कुछ पूछने की कोशिश की, जिसे मैं समझ नहीं पाया और एक दरवाजे की ओर देखने लगा, जहाँ से मैं विक्रम के आने का इंतजार कर रहा था।

फिर उन्होंने तेज आवाज में मुझसे पूछा, "तुम्हारी कितनी रैंक आई है?" ऐसा सुनकर मुझे ऐसा लगा जैसे उन्होंने 'शोले' फिल्म का प्रसिद्ध डायलॉग दोहराया हो—"कितने आदमी थे?"

मैंने डरकर जवाब दिया, "तीन हजार चौंतीस।"

उन्होंने कोई प्रतिक्रिया नहीं दी। मैंने उनके मुँह से 'बधाई हो' शब्द सुनने के लिए अपने कान साफ किए, पर मुझे सिर्फ पंखे के घूमने की आवाज आई। उन्होंने कहा, "विक्रम को सात सौ बीस रैंक मिली है, अब उसको क्या मिलेगा? कोई अच्छा कॉलेज नहीं, कोई अच्छी ब्रांच नहीं। मैंने उसे JEEE के परिणामों का इंतजार करने को कहा है मुझे लगता है, वह उनमें अच्छा कर लेगा।" मुझे तो समझ ही नहीं आया कि वह मेरा मजाक उड़ा रहे थे या सच में विक्रम की रैंक को लेकर परेशान थे? मुझे नहीं लगता कि वह JEEE की परीक्षा पास भी कर पाएगा।

इससे पहले कि मैं कुछ जवाब दे पाता, विक्रम अपने कमरे से बाहर आया। मैंने उससे गले लगते हुए कहा, "बधाई हो भाई, तुमने बहुत अच्छा किया।"

उसने कहा, "धन्यवाद रोहन, पर मैं अपने स्कोर से बहुत खुश नहीं हूँ। मुझे JEEE के परिणामों का इंतजार करना चाहिए। मुझे लगता है मैं आई.आई. टी. की परीक्षा में पास हो जाऊँगा।" विक्रम अपने पापा को देखकर ऐसा कह

रहा था, पर मैं साफ देख पा रहा था कि वह मेरे सामने गिड़गिड़ा रहा था कि मैं उसके पापा को इन्ट्रेंस परीक्षा के बारे में कुछ न बताऊँ।

दोस्त दुनिया में सबसे बड़ा सहारा होते हैं, खासकर माँ-बाप के सामने और आज यह बात साबित भी हो गई।

हम कोचिंग इंस्टीट्यूट के अपने अन्य दोस्तों से मिलने के लिए गए। रास्ते में मैंने उससे पूछा, "तुम्हें क्या लगता है, क्या मुझे एक अच्छा कॉलेज और अपनी पसंद की ब्रांच मिल जाएगी?"

उसने बहुत आराम से कहा, "चिंता मत करो। अगर उन्होंने तुम्हें एक रैंक दी है तो उन्होंने तुम्हारे लिए एक कॉलेज और एक ब्रांच भी रखी होगी।"

जैसे ही हम कोचिंग इंस्टीट्यूट पहुँचे, मैं मुसकराया। मैं उन लोगों को देखकर उदास भी हो गया, क्योंकि मेरे दोस्तों की रैंक 100 के भीतर भी थी और वे लोग नामी-गिरामी कॉलेजों में अपने पसंद की ब्रांच लेने की बात भी कर रहे थे।

वैसे तो मैं पढ़ने में इतना अच्छा नहीं था, पर इतनी रैंक भी ले आना मेरे लिए दुनिया जीतने जैसा था। मुझे विश्वास था कि भगवान् ने मेरे लिए कुछ बड़ा सोच रखा है और समय आने पर वह उसे अमल में भी लाएगा।

जून के प्रथम सप्ताह एक दिन सुबह 9:00 बजे मैं काउंसलिंग के लिए मम्मी पापा के साथ भोपाल में एक इंजीनियरिंग कॉलेज के कार्यालय पहुँचा। मैं जैसे ही इंट्रेस गेट पर था, बहुत सारे विद्यार्थियों को अपने माँ-बाप के साथ बाहर गरमी में अपनी बारी का इंतजार करते देख मैं चौंक गया।

मैं अपने जैसे कई विद्यार्थियों को देख खुश भी था, क्योंकि तीन हजार से ज्यादा की रैंकवाला मैं ही अकेला नहीं था। माँ-पापा को एक पेड़ के नीचे आराम से बैठने की जगह मिल गई। उन्होंने मुझसे कहा कि मैं यह देखकर आऊँ कि मेरी बारी कब तक आएगी।

मैं मुख्य द्वार तक गया, जो एक शटर के साथ बंद था और वहाँ एक चपरासी खड़ा था कि कोई इस जगह को न लाँघे। मैंने चारों ओर देखा तो एक ब्लैकबोर्ड पर लिखा था, "रोल नं.1200 से 1250 तक एंट्री।"

मैं समझ गया कि काउंसिलिंग के लिए एक बार में 50 उम्मीद्वारों को लिया जा रहा है और मेरा नंबर लंबे इंतजार के बाद आएगा।

मैं पापा को बताने के लिए वहाँ आ गया, पर मैंने देखा वह एक ब्रोशर्स लिये किसी से बात कर रहे हैं। मैं जैसे ही उनके पास पहुँचा, उन्होंने बहुत गर्व के साथ मेरा उनसे परिचय कराया। "यह रोहन है। इसी का PET में चयन हुआ है। आप इसे अपने कॉलेज के बारे में बता सकते हैं।"

उन्होंने मुझे ब्रोशर्स पकड़ाते हुए कहा, "हैलो रोहन, मैं सेंट जोसफ कॉलेज ऑफ इंजीनियरिंग एंड टेक्नॉलॉजी, भिलाई से हूँ।" मैंने वह ब्रोशर लिया और पेज के आमुख में छपे कॉलेज की बड़ी बिल्डिंग एवं उसके आसपास की हरियाली को देखने लगा। हालाँकि मेरी आँखें उसी पेज पर थीं, पर उन्होंने कहा, "यह हमारे कॉलेज का दूसरा साल है, और मैं तुम्हें बताना चाहूँगा कि हम भिलाई में टेक्नोलॉजी पढ़ाने के मामले में सबसे अच्छे हैं।"

मैंने उनकी 'हाँ' में 'हाँ' मिलाई। विक्रम ने इंस्टीटयूट ऑफ इंजीनियरिंग एंड टेक्नोलॉजी, डी.ए.वी.वी. में दाखिला लिया था और मैं भी इंदौर में एक अच्छे कॉलेज में दाखिला लेने के लिए लालायित था, चाहे वह कॉलेज न मिले, पर मुझे सारे विकल्प खुले रखने होंगे।

उन्होंने कहा, "भिलाई अपने उद्योगों के लिए प्रसिद्ध है और जो इंजीनियर भिलाई से पास होते हैं, उन्हें वह प्राथमिकता देते हैं। हमारे पास बहुत अच्छी सुविधाएँ एवं फैकल्टी है। "

वह जो-जो बोलते रहे, मैं उन्हें सुनता रहा। एक ही बात, जिसने मुझे परेशान किया, वह यह थी कि वह एक मिशनरी कॉलेज था और वैसे भी चौदह साल तक एक मिशनरी स्कूल में पढ़ने के बाद मैं कहीं और पढ़ना चाहता था।

वह तो चले गए, पर उसने मेरे पिताजी पर एक खासा प्रभाव छोड़ दिया। पापा ने बड़े विश्वास के साथ कहा, "यही तुम्हारे लिए एक अच्छा कॉलेज है। शुरू से सेंट जोसेफ में पढ़ने के बाद, तुम्हारे लिए यहाँ पढ़ना बहुत आसान होगा।" उन्होंने मेरे लिए इसी कॉलेज का चुनाव कर लिया था। मेरे माँ-बाप इस बारे में इतने उतावले हो गए थे कि उन्होंने भिलाई में मेरे दूर के रिश्तेदार के यहाँ मेरे ठहरने की योजना भी बना ली थी।

पर मैं अभी भी असमंजस में था, क्योंकि मैं और भी विकल्प तलाशना चाहता था। मैं अन्य स्टॉल्स में भी यह देखने के लिए गया कि कोई इससे अच्छा कॉलेज मिल जाए और उनकी हर कॉलेज का चयन करने के लिए होनेवाली हर एक वार्त्ता को मैं ध्यान से सुन रहा था। ऐसा लग रहा था कि कॉलेज बिक्री के लिए खड़े हों। और हम बाजार जाकर भविष्य के लिए एक अच्छा तकनीकी प्रोडक्ट खरीद रहे हों, यही बात करते-करते सुबह से दोपहर हो गई और मेरे हाथ में कई ब्रोशर्स आ गए। माँ को पता था कि वहाँ काफी समय लगनेवाला है, इसलिए उन्होंने बैग से खाने का टिफिन निकाला। हमने दोपहर के भोजन के लिए उन ब्रोशर्स का प्लेट के रूप में इस्तेमाल किया। कई दिनों के तनाव भरे माहौल में उस दिन हमने दोपहर में काफी अच्छा भोजन किया।

अपने हाथ में बहुत सारे ब्रोशर्स देखकर मैं काफी अच्छा महसूस कर रहा था, क्योंकि इससे पता चल रहा था कि अभी भी बहुत सारे ऐसे कॉलेज हैं, जो मेरे इंजीनियर बनने का इंतजार कर रहे हैं। मेरी माँ बहुत खुश थीं, अब वह अपने परिवार में गर्व से कह सकती थीं कि उनका बेटा इंजीनियर बनने वाला है। उन्होंने इस खुशी में मुझे एक और पराँठा खिला दिया।

लंच के बाद मैं एंट्रेंस गेट की ओर रखे ब्लैकबोर्ड में नाम देखने गया। मेरी बारी बस आनेवाली थी। मैं पापा की ओर भागा और उन्हें प्रवेश द्वार की ओर जल्द चलने को कहा।

हम गेट की ओर गए और वहाँ अलग-अलग कॉलेज के प्रतिनिधियों को देखते रहे। सेंट जोसेफ कॉलेज भिलाई के प्रतिनिधि मुझे देखकर मुसकराए और दूर से हाथ हिलाते हुए उन्होंने मेरी तरफ यह संदेश भेजा कि अब मैं घबराऊँ नहीं, क्योंकि उन्होंने पहले ही मेरे लिए एक सीट बुक कर दी थी।

दरवाजा खुला और हम लोग भीतर गए। मैंने वहाँ एक बड़ी सी बालकनी और बहुत सारे कमरे देखे। साथ ही बहुत सारे प्रतिनिधि, जो अपने कॉलेज का प्रतिनिधित्व कर रहे थे। मेरे खयाल से जिन कॉलेजों में अंदर में रहने के लिए कमरे मिल रहे थे, वे अच्छे थे और पुराने कॉलेज थे। हम और विकल्प खोजने के लिए चारों ओर घूमने लगे, जिससे हम ज्यादा भ्रमित हो गए।

मेरे पापा ने मुझसे पूछा, "तुम कौन-सी ब्रांच लेने की सोच रहे हो?"

"कंप्यूटर साइंस, पापा। मैं यही लेने को सबसे ज्यादा उत्सुक हूँ।"

उन्होंने सुझाया कि "हाँ, पर मुझे लगता है कि तुम आई.टी. स्ट्रीम में भी जा सकते हो और टेलिकॉम लाइन में तुम्हारे जाने के रास्ते हमेशा खुले रहेंगे।"

मैंने जवाब दिया, "पर मुझे इलेक्ट्रॉनिक्स पसंद नहीं है। मैं कंप्यूटर ही लूँगा और बाद में फिर कंप्यूटर गेम ही बनाऊँगा और उस पर काम करूँगा।"

उन्होने इस बात पर बल दिया, "आजकल टेलिकॉम क्षेत्र बहुत तेजी से उभर रहा है। मैंने पिछली रात ही समाचारों में सुना है कि आनेवाले समय में भारत मोबाइल का बहुत बड़ा बाजार होगा। बेटा, आगे की सोचो, आज की नहीं। तुम इलैक्ट्रॉनिक एंड टेलिकॉम लो, अब कोई विकल्प नहीं है।"

मैंने उनकी बात सुन ली, पर मैंने मन बना लिया था और कहा, "नहीं पापा, मुझे वही करने दीजिए, जो मुझे अच्छा लगता है। मैं अपने पसंद के शहर एवं कॉलेज में सिर्फ कंप्यूटर साइंस ही लूँगा।"

हम यह सब बात कर ही रहे थे कि एक चपरासी ने पाँच रोल नंबरों की घोषणा की और उन्हें पाँचवें कमरे में जाने को कहा। मेरा नंबर भी उन्हीं में से एक था।

मैंने माँ-पापा के पैर छूए और उन्होंने भी बाहर से 'मुझे बेस्ट ऑफ लक' कहा।

मैंने रूम नंबर 5 में प्रवेश किया और वहाँ एक बूढ़े-से आदमी ने सफेद शर्ट पहनी थी और उनकी आँखों में चश्मा चढ़ा हुआ था। यह वह कमरा था, जो यह निर्धारित करनेवाला था कि देश के भावी इंजीनियर कौन होंगे। मेरे सामने एक

लड़की थोड़ा घबराई हुई खड़ी थी। एनरोलमेंट फॉर्म उसके हाथों में था और उसने घबराहट में उस कागज को कई बार मोड़ दिया था। मैंने उससे यह कहते हुए सुना कि "हे भगवान्, क्या होगा?"

पहले रोल नंबर वाले लड़के ने अपनी पसंद के कॉलेज को चुना और वह मेरी बगल की सीट पर फॉर्म जमा करने के लिए बैठ गया। मैं लाइन में चौथे नंबर पर था और वह तीसरे नंबर पर थी। वह आगे झुककर यह सुनने की कोशिश कर रही थी कि दूसरे लोग क्या ले रहे हैं।

मैंने इरादा कर लिया था कि मैं कंप्यूटर साइंस ही लूँगा, चाहे मुझे वह किसी भी कॉलेज या किसी भी शहर में क्यों न मिले।

हाथ में इतने सारे ब्रोशर्स लेकर मैं थोड़ा आराम से बैठा था।

काउंसिलर ने थोड़े कड़े रुख के साथ उस लड़की से कहा, "क्या तुम थोड़ी देर आराम से बैठकर अपनी बारी का इंतजार कर सकती हो?"

उसने जिस फॉर्म को हाथ में पकड़ा था, उससे अपना मुँह छिपाकर कहा, "सॉरी, सर"।

अब उसकी बारी थी और वह मुड़े हुए फॉर्म को हाथ में लिये काउंसिलर के पास काउंटर पर पहुँची। फॉर्म की हालत देखकर वह हैरान होकर पूछने लगे, "यह क्या है?"

उसने माफी माँगते हुए आर.के. कॉलेज ऑफ इंजीनियरंग, जबलपुर का फॉर्म माँगा। कांउसलर ने उससे पूछा कि उसे किस ब्रांच का फॉर्म चाहिए, तो उसने कहा "इलेक्ट्रॉनिक्स एंड टेलीकम्यूनिकेशंस"।

कांउसिलर ने उसके सामने शीट भरी और उसके फॉर्म में कॉलेज का नाम और ब्रांच भरी और हस्ताक्षर करके अपनी डायरी में एंट्री कर ली।

अब मेरे उससे पूछने की बारी थी। मैंने अपना चेहरा उसके पास लाकर पूछा, "तुमने किस ब्रांच एवं कॉलेज में एडमिशन लिया है?"

वह मेरी तरफ मुड़ी और मेरी आँखों में देखकर कहा, "इलेक्ट्रॉनिक्स और टेलिकॉम, आर.के. जबलपुर"। अब मैं पूरी तरह से पक्का था कि मुझे कंप्यूटर साइंस ही लेना है।

मैंने उसे धन्यवाद कहा और काउंसिलर के पास चला गया।

उसने मेरा फॉर्म लेकर मुझसे पूछा, "कौन सी ब्रांच, कौन सा कॉलेज?" मैंने कहा, "इलेक्ट्रॉनिक्स एंड टेलिकम्युनिकेशंस, आर.के. जबलपुर।"

मुझे कुछ हो गया है। इतने दिनों से जो काम मेरे पापा भी करने में नाकामयाब रहे, उसको एक बार देखने के बाद ही मैंने अपना निर्णय बदल लिया। क्या मैं सही काम कर रहा हूँ? मैं इलेक्ट्रॉनिक्स क्यों ले रहा हूँ? सिर्फ उसके कारण? एकदम नहीं, क्योंकि यही निर्णय है। मेरे पापा ने भी उसी की सलाह दी है। मैं खुद को सांत्वना देने की कोशिश कर रहा था, पर मुझे पता था, यह मैंने अपने पापा के कारण नहीं किया। इसके पीछे का कारण कुछ और ही था, जिसका असली पता मुझे भी नहीं था।

आनेवाले सालों में मोबाइल बाजार में छा जाएगा। अपने भविष्य के बारे में सोचो, मेरे दिल की धड़कनें सामान्य हो गईं, मेरा पसीना सूख गया। जब कांउसलर ने मेरा फॉर्म भरकर उसमें ब्रांच भी भर दी, उसपर हस्ताक्षर कर मुझे आगे बढ़ने के लिए कहा और दूसरी सीट पर बैठने के लिए कहा।

मैंने अपना फॉर्म लिया और दूसरी सीट पर बैठ गया, पर मेरी आँखें उसी को ढूँढ़ रही थीं। मैंने दाएँ देखा, बाएँ देखा और चारों ओर देखा, पर उसे उस कमरे में कहीं नहीं पाया।

दूसरे राउंड की औपचारिकताओं को सँभालनेवाले एक व्यक्ति ने कहा, "मुझे अपना फॉर्म दो।"

मैंने उन्हें फॉर्म थमाते हुए कहा, "माफ कीजिए, यह लीजिए।" अपनी औपचारिकताओं को पूरा करने के बाद मैं बाहर गया और अपने माँ-पापा को देखा, जो बाहर मेरा इंतजार कर रहे थे। मैं एक लंबी जंग में शरीक होने के बाद एक योद्धा की तरह वापस आया-सा महसूस कर रहा था और मेरे माँ-पापा आँखों में बहुत सारा प्यार लिये मेरे आने का इंतजार कर रहे थे।

मेरे पापा ने थोड़ी घबराहट के साथ मुझसे पूछा, "अंततः तुमने कौन सा कॉलेज चुना? भिलाई वाला?" वहीं माँ की आँखों में पहले से ही आँसू थे।

मैंने धीरे से कहा, "आर.के. जबलपुर और इलेक्ट्रॉनिक एंड टेलीकम्यूनिकेशंस।"

मेरे पिताजी चौंक गए।

"पर, तुमने तो कहा था कि तुम कम्प्यूटर साइंस पढ़ना चाहते हो?"

"हाँ, पर फिर मेरे सामने आपका चेहरा आ गया और मैंने अपना मन बदल लिया और इलेक्ट्रॉनिक एवं टेलीकम्यूनिकेशन ले लिया। आप मेरे पापा हैं और आपको पता होगा कि मेरे लिए सबसे अच्छा क्या है!" एक भोला-सा चेहरा बनाकर मैंने उनसे यह कहा और नीचे झुककर उनके पैर छूने लगा। वह मुसकराए और मेरी पीठ थपथपाई।

हालाँकि यहाँ कारण कुछ और था, यूँ कहें तो कोई और ही इसके पीछे का कारण था। पर मैं तो नव्या के लिए एक प्रतिबद्ध आदमी हूँ और वह मेरा इंतजार भी कर रही होगी, हो सकता है, यह सम्मोहन हो।

मैंने उसकी आवाज को भुलाने की कोशिश की। पर उसकी आँखों में कुछ तो ऐसा था, जिसने मुझे उसके पीछे जबलपुर जाने की चाबी लगा दी।

जब हम एक स्थानीय बस में वापस घर जा रहे थे, तो मैं सोच रहा था कि क्या मैं उसे कॉलेज में पहचान पाऊँगा ? उसका नाम क्या होगा ? क्या वह मेरी दोस्त बनेगी? पर फिर मैंने, अपना सिर हिलाया।

"अरे रोहन, नव्या के बारे में सोचो। तुम उससे पिछले तीन साल से प्यार करते हो, एक सिर्फ वह ही है जो तुम्हारे लिए बनी है। छोटे-छोटे फायदों के लिए बड़ा फायदा मत छोड़ो।"

मैंने नव्या के बारे में सोचना शुरू किया, पर मैं थोड़ा फँस गया कि क्यों एक अनजानी लड़की ने मेरे खयालों में इतना प्रभाव डाल दिया! मैं उस दिन दिल से बड़ा खुश था और घर पहुँचते ही मैं जबलपुर जाने से पहले अपनी पसंद के सारे भोजन खा लेना चाहता था। मुझे वहाँ 16 जून को ज्वॉइन करना था। मैं माँ-पापा, सुरभि दी, सबको बहुत मिस करूँगा, पर परिवर्तन ही प्रकृति का नियम है।

मैं कभी भी न तो अकेले गया था, न ही मैंने कभी अकेले यात्रा की थी। मेरे लिए यह नया अनुभव होगा। घर से, दोस्तों से अलग दूर एक हॉस्टल में रहना होगा। मुझे लगता है कि यह मेरे जीवन का एक नया अध्याय होगा, जिसके जरिए मुझे अपने भीतर के कई अनखुले राजों का पता चलेगा।

मैं जबलपुर वाली बस में पाँच सेट शर्ट्स, पाँच सेट पैंट एक कॉटन मेट्रस, एक तकिया और मेरी निजी चीजों को एक सूटकेस में लेकर जा रहा था। कॉलेज की गाइडलाइंस में लिखा हुआ था कि नए विद्यार्थियों को जींस-टी-शर्ट पहनने की इजाजत नहीं है, जो बात मुझे एकदम पसंद नहीं आई।

जब मैं सुबह की बस पकड़ने के लिए बस स्टॉप जाने लगा, तो उस समय मेरी माँ थोड़ी उदास थीं और सुरभि दी ने मुझे गले लगाया। पापा मेरे साथ आए थे और ज्यादा कुछ नहीं बोल रहे थे। वह मुझे मिस तो जरूर करेंगे और मैं यह जानता था, पर मैं अपने अच्छे के लिए आगे जा रहा था और यह तो जीवन का एक हिस्सा है।

हम लोग बस में चढ़ गए और वह बस पूरी भर गई थी और हमें आगे की सीट मिली थी। जैसे ही बस आगे बढ़ी, मैंने अपने शहर को फिर से आँख भरके ऐसे देखा, जैसे कि फिर कभी न देख पाऊँगा। मैंने मन-ही-मन कहा, 'बाय-बाय नव्या, मैं तुमसे काफी दूर जा रहा हूँ कि तुम्हारे पास जल्दी आ सकूँ।'

मैं खुश भी था और डरा हुआ भी था। मैं खिड़की से बाहर देखने लगा, जबकि मेरे पापा मेरे पास बैठे थे। जून का महीना था और खिड़की से गरम हवा अंदर आ रही थी, और उस कारण अच्छा नहीं लग रहा था, पर हमें पाँच घंटे की यात्रा भी तो करनी थी।

मैंने खिड़की को खींचकर बंद करने की कोशिश की। इस बीच मेरे पापा मुझे सलाह दे रहे थे, "कॉलेज में एक अच्छे बच्चे बनकर रहना, अपनी पढ़ाई में ध्यान देना। तुम्हारा ध्यान रखने के लिए अब हम लोग नहीं होंगे। तुम्हें अब से खुद अपनी देखभाल करनी होगी। यह जिंदगी बहुत कठिन है और तुम अपनी निष्ठा एवं मेहनत के बल कर अपनी जिंदगी बदल सकते हो। हर रविवार को अपनी माँ को फोन कर लेना। विद्यार्थी कॉलेज आकर राजनीति करने लगते हैं, इसलिए ऐसे उपद्रवी लोगों से दूर ही रहना। सिगरेट और शराब मत पीना!" और उन्होंने धीरे से कहा, "मैं तुम्हें बहुत मिस करूँगा।"

मैंने उनका हाथ पकड़ा और उन्हें भरोसा दिलाया कि मैं उनकी सलाह मानूँगा। हम लोग जबलपुर दोपहर में करीब एक बजे पहुँच गए। हमने दमोह नाका के पास एक स्थानीय होटल में दोपहर का खाना खाया और फिर एक रिक्शा लेकर

जबलपुर कैंटोनमेंट पहुँचे, जहाँ मेरा कॉलेज था।

मैं कॉलेज के गेट के पास पहुँचा, जो नीले एवं सफेद धारियों में पेंट किया हुआ था और उसके ऊपर लिखा हुआ था, "आर.के. कॉलेज ऑफ इंजीनियरिंग, जबलपुर।"

कॉलेज के गेट के दोनों ओर यूक्लिप्टस के पेड़ थे। कैंटोनमेंट एरिया होने के कारण वह जगह सुंदर एवं साफ थी। मेरी निगाहें बगल में एक पान के खोखे पर रुक गईं, जहाँ कुछ लड़के अपने हाथों में सिगरेट लिये हमें देख रहे थे। यह जरूर एक टाइम पास करने की जगह होगी। बहुत तेज गरमी हो रही थी और मैंने जेब से नेपकिन निकालकर अपना चेहरा साफ किया।

मैंने काले और भूरे रंग की चैक शर्ट और काली पैंट पहनी थी और अपनी पीठ पर एक छोटा स्कूल बैग डाल रखा था। पापा ने जो बोतल ली थी, उससे मैंने एक घूँट पानी पिया और हम कैंपस के अंदर घुस गए। कैंपस लंबे पेड़ों से पटा पड़ा था, जिसकी छाँव में विद्यार्थी बैठकर गप्पें मार रहे थे। मुझे पक्का भरोसा था कि वे हमारे से बड़ी कक्षा के विद्यार्थी होंगे। मेरे बाएँ में एक शेडवाला कमरा था। हो सकता है वह लैब हो, क्योंकि वहाँ से मुझे मशीनों की आवाज आ रही थी। सामने एक हल्के पीले रंग की बिल्डिंग थी। मुझे लगा कि वह मुख्य बिल्डिंग होगी और हम उस तरफ चले गए। हम जैसे ही बिल्डिंग के पास पहुँचे, हमने देखा कि वहाँ कुछ कक्षाएँ चल रही थीं।

मेरे दाएँ में, एक बड़ा सा ग्राउंड था, जहाँ सीनियर्स क्रिकेट खेल रहे थे। हम बिल्डिंग के अंदर घुसे तो देखा कि कुछ लड़के-लड़कियाँ एक कमरे के पास खड़े थे।

पापा ने कहा, "सारे फ्रेशर्स लग रहे हैं, क्योंकि उन्होंने फॉरमल्स पहने हैं और वे अपने अभिभावकों के साथ चुपचाप खड़े हैं। चलो, चलें।"

हम कमरे में पहुँचे और मैं एक दीवार के सामने खड़ा हो गया। पापा वहाँ पूछताछ करने के लिए चले गए। मेरी बगल में एक लंबा लड़का खड़ा था। उसने मुझे देखा और मुसकराकर मुझसे पूछा, "फ्रेशर?"

मैं भी मुसकराया और उससे 'हाँ' कहते हुए पूछा, "क्या तुम भी फ्रेशर हो?"

उसने कमरे की ओर देखा और कहा, "तुम्हारा सीनियर। आज हॉस्टल में मीटिंग के लिए तैयार रहना।"

कुछ ही सेकंड में मेरी तो हालत खराब हो गई। मेरी आँखें और मुँह खुला का

खुला रह गया। मैं नीचे देखने लगा। इससे पहले कि वह मेरे से कुछ और पूछ पाते, पापा हॉस्टल वॉर्डन के साथ कमरे से बाहर निकले।

"हेलो रोहन, तुम कैसे हो? मेरा नाम राणा है और मैं तुम्हारा वॉर्डन हूँ। मैं तुम्हें हॉस्टल में ले चलता हूँ।" मेरे हॉस्टल वॉर्डन राणा एक पूर्व सैनिक थे और उत्साह एवं ऊर्जा से भरे हुए थे।

मेरा हॉस्टल कॉलेज के कैंपस में नहीं था, रशेल चौक के पास था, जो कैंपस से दो किमी की दूरी पर था। एक प्राइवेट कॉलेज होने के कारण वह अभी निर्माणाधीन था। उन्होंने एक तीन सितारा होटल को हॉस्टल में तब्दील कर दिया था।

वॉर्डन ने अपना स्कूटर निकाला और रिक्शेवाले को सलाह दी कि उनके पीछे-पीछे रशेल चौक के मारुति होटल तक आए।

मैं मुसकराया और आस-पास की जगहों को बड़े चाव से देखने लगा। यह वह जगह है, जहाँ मैं अपने जीवन के चार साल बिताऊँगा।

जैसे ही हम होटल के बाहर पहुँचे, हमने देखा कि एक वॉर्डन वहाँ खड़े हैं। पापा ने रिक्शेवाले को पैसे दिए और मैंने अपना सूटकेस एवं अन्य सामान बाहर निकाला।

वॉर्डन ने छोटू नाम के चपरासी को बुलाकर उसे मेरा सामान उठाकर रूम नं.107 में रखने को कहा। फिर उन्होंने हमें हॉस्टल घुमाया। वह हमें पहले प्रथम तल पर ले गए।

उन्होंने कहा, "यहाँ पर रिसेप्शन, एस.टी.डी. बूथ एवं पूल टेबल है।"

मेरी आँखें पूल खेलते हुए एक लंबे से, गठीले शरीरवाले एक लड़के पर पड़ी, जो हाथ में सिगरेट लिये हुए था। उसने भी मुझे देखा, पर ऐसे, जैसे चीता एक भोले-से मेमने को देखता है।

फिर वह हमें प्रथम तल पर, लकड़ी की बनी हुई सीढ़ियों से होकर ले गए। अचानक वह छोटू पर चिल्लाए, "अभी तक यहाँ पर लाइट क्यों नहीं बदली गई है? यहाँ कितना अँधेरा है, इसे अभी बदलो।"

मेरे पापा यह देखकर बहुत खुश हुए कि यहाँ के वॉर्डन बहुत ही ध्यान रखनेवाले हैं। उन्होंने मुझसे कहा, "यह अच्छा है, तुम नीचे एस.टी.डी. बूथ से हमें कॉल कर सकते हो।"

राणा सर हमें प्रथम तल ले गए और घुमाते हुए कहने लगे, "पहला फ्लोर नए विद्यार्थियों के लिए है, और मेरा कमरा भी इसी फ्लोर में है। मैं यह सुनिश्चित

करता हूँ नए लड़के रैगिंग से दूर रहें। दूसरा और तीसरा फ्लोर सीनियर्स के लिए है और आर.ओ. वॉटर प्यूरिफायर दूसरे तल में है, जहाँ से विद्यार्थी पीने का साफ पानी भर सकते हैं।"

फिर उन्होंने कमरा नं.107 का दरवाजा खोला। उन्होंने कहा, "यह रहा तुम्हारा कमरा। आकाश नाम का एक और लड़का तुम्हारे साथ इस कमरे में रहेगा। वह भी कॉलेज में आ गया है और अपने कुछ काम खत्म कर रहा है। मुझे लगता है कि शाम तक वह तुम्हारे साथ कमरे में आ जाएगा, क्योंकि उसका सामान उसके रिश्तेदारों के वहाँ पड़ा हुआ है।"

यह एक बहुत ही अच्छा कमरा है, उस कमरे के बीच में एक डबल बेड था, एक ड्रेसिंग टेबल था और दो किनारों में दो स्टडी टेबल रखे हुए थे।

मेरे पापा चारों ओर देखकर थोड़े असहज हुए और मैंने भी सिर झुका लिया।

वॉर्डन ने मेरे हाथ में कमरे की चाबियाँ पकड़ाईं और मुझे सहज रहने को कहा और कहा कि जरूरत पड़ने पर उन्हें बुला लेना। वह कुछ कह ही रहे थे, तब तक कोई कॉरिडोर में जोर-जोर से गाने लगा। वॉर्डन ने दरवाजा खोला और उसका नाम लेकर चिल्लाए।

उन्होंने कहा, "यह तुम्हारे सीनियर हैं। इनका नाम दमन श्रीवास्तव है।"

मैंने उन्हें 'हेलो' कहकर हाथ मिलाया। दमन ने मेरे पिताजी के पैर छूकर कहा, "अंकल, आप परेशान न हों। यह रोहन वर्मा है और मैं श्रीवास्तव, हम दोनों कायस्थ हैं। मैं इसका ध्यान रखूँगा। यह मेरे छोटे भाई जैसा है।"

पापा ने उसके कंधे पर हाथ रखा और उसे 'शुक्रिया' कहा। दमन के घुँघराले एवं उलझे बाल थे। वह मेरी तरफ देखकर मुसकराया और मैं भी। मैं उसे इतना मददगार जानकर खुश हुआ। फिर वह चला गया।

वॉर्डन भी चले गए और हम कमरा सँभालने में लग गए। जब सब कमरे से चले गए, तो पापा ने मुझे बैठने को कहा। उन्होंने एक कुरसी खींची और मेरे सामने बैठ गए। उन्होंने कहा—

"मैं ज्यादा कुछ नहीं कहूँगा। तुम अब एक बड़े लड़के हो गए हो और हमें तुमसे बहुत सारी उम्मीदें हैं। यहाँ से तुम अपने भले-बुरे, सबके खुद जिम्मेदार होगे। खुद को सुरक्षित रखना और किसी भी प्रकार की असामाजिक गतिविधियों में शामिल मत होना। खूब पढ़ाई करना और अपना भविष्य सँवारना।"

फिर उन्होंने मेरा सामान रखने में मेरी मदद की। शाम के पाँच बज गए थे

और हमारा सारा काम लगभग पूरा हो गया था। पापा की बस छह बजे की थी और उन्हें निकलना भी था।

मैं पापा के साथ नीचे तक उन्हें छोड़ने गया। वह थोड़े उदास थे और मैं भी। मैंने उनके पैर छुए और उन्होंने मुझे गले लगा लिया। मैं उनकी आँखों के आँसू देख सकता था, साथ में मैं भी रो रहा था और मेरा मन भी भारी हुआ जा रहा था। मैंने उन्हें फिर से गले लगा लिया और वह फिर ऑटो में बैठकर चले गए।

मैं उन्हें तब तक देखता रहा, जब तक ऑटो मेरी नजरों से ओझल न हो गया। मैं अपने कमरे में आ गया। उस समय तक सारे सीनियर्स कॉलेज से वापस आ गए थे और बहुत सारी आवाजें आने लग गई थीं। मैंने अपनी चाभी निकाल, दरवाजा खोला और इससे पहले कि मैं कमरे में घुसता, एक मोटा सा लड़का मुझे धक्का देकर अंदर घुस गया।

उसने पूछा, "ओ भाई! फ्रेशर ?" मुझे रेगिंग के कुछ मौलिक नियम तो पता ही थे, इसलिए मैंने उनकी आँखों में नहीं देखा। मैंने नीचे देखकर कहा, "हाँ, सर।"

"भाई, मेरा नाम विनीत है, और मैं देवास से हूँ और मैं भी एक फ्रेशर हूँ, इसलिए आराम से रहो।"

मैंने चैन की साँस ली। वह दो बच्चों का बाप लग रहा था। हम एक-दूसरे के गले मिले, एक-दूजे को नाम बताया और उसने मेरा बिस्तर ले लिया। उसने चारों ओर देखकर कहा, "तुम्हारा कमरा तो बड़ा अच्छा है, मैं तो कहीं नहीं जाऊँगा।"

पापा ने मुझसे कहा था, "इन जैसे लोगों से दूर ही रहना।"

जल्द ही और लड़के मेरे कमरे में आ गए और मेरे कमरे को एक नया नाम मिल गया—'ब्लू रूम।'

मैं उनके मजाक एवं टाँग खिंचाई सुनकर खुश था। कुछ ही मिनटों में ऐसा लगा, जैसे हम लोग एक-दूसरे को कई सालों से जानते हों।

जल्द ही वॉर्डन हमारे फ्लोर में आ गए और हमें छत पर ले गए, जहाँ हमारी कैंटीन थी। उन्होंने हमें कहा कि हम अपना भोजन थोड़ा जल्दी कर लें, क्योंकि रात में सीनियर्स के साथ हमारी औपचारिक मुलाकात होगी।

यह सही ही लगा, क्योंकि अगर वॉर्डन सीनियर्स के साथ हमारी मुलाकात करा देंगे तो रैगिंग का कोई मतलब ही नहीं रहेगा। उस दिन खाना बहुत अच्छा बना था और हम सारे जूनियर्स खूब हँसे, बातें कीं और साथ में हमने खाना भी खाया।

रात के नौ बज गए थे और मेरा रूममेट आकाश अभी तक अपने रिश्तेदार के घर से नहीं आया था। तभी हमारे फ्लोर में वॉर्डन की आवाज गूँजने लगी।

"सारे जूनियर्स कृपया बाहर आ जाएँ।" उन्होंने चिल्लाकर हमें आवाज दी और हमारा दरवाजा खटखटाया।

हम जल्दी से अपने कमरे से बाहर आकर कॉरिडोर में जमा हो गए। उस फ्लोर में करीब हम 20 जूनियर लोग थे। उस समय कॉरिडोर की लाइट जला दी गई, पर फिर भी कुछ कोनों में अँधेरा था, क्योंकि कुछ बल्ब फ्यूज थे।

उन्होंने कहा, "अब समय है कि आप सीनियर्स से अपना परिचय कराएँ। इन्हें अगले चार सालों के लिए अपना अभिभावक समझें। आपने कल इनसे ही सीखना है और फिर आने वाले समय में तुमने भी सीनियर बन जाना है। तुम्हें इनकी ऐसी ही इज्जत करनी है, जैसे अपने माँ-बाप की करते हो। यह तुम्हें उनसे मिलने में मदद देगा।" उन्होंने हमें इस बारे में ब्रीफ किया और चौथे फ्लोर के रिक्रिएशन हॉल में जाने को कहा। हम लोग एक लाइन में लगकर रैगिंग के लिए चले गए।

विनीत ने मुसकराकर कहा, "इस दिन का मैं सालों से इंतजार कर रहा हूँ।"

मैंने डरते हुए उससे कहा, "क्या तुम पागल हो, वे हमारी रैगिंग करेंगे।" उसने कहा, "दोस्त, याद रखो इंजीनियरिंग कॉलेज में रैगिंग एक आम बात है और सबकी रैगिंग होती है। अगर तुम इसे मजे में लेते हो, तो यह तुम्हारे लिए आसान हो जाएगा। इसलिए आराम से रहो, और वह जो कहते हैं, करो।

हम जैसे ही रिक्रिएशन रूम में पहुँचे, वहाँ पहले से ही 40 सीनियर्स खड़े थे। हम सब एक दीवार के सहारे लाइन लगाकर खड़े हो गए।

अंदर घुसते हुए मैंने उसी लंबे से सीनियर को देखा, जिसे मैं सुबह कॉलेज में मिला था।

जाने से पहले वॉर्डन ने सीनियर्स को कहा, "लड़को, अब तुम सब जिम्मेदार लोग हो जो मर्जी सो करो, पर यह सुनिश्चित करना कि किसी को कोई चोट न लगे।"

वह ऐसा कहकर कमरा छोड़कर चले गए, हमें उन सीनियर्स के हवाले करकर।

वह जैसे ही गए, सीनियर्स हमारी तरफ आने लग गए। दमन सर, जिन्हें मैं दोपहर में मिला था, मेरी तरफ आने लगे। मैं थोड़ा आराम से था, क्योंकि उन्होंने पापा को कहा था कि वह मेरा ध्यान रखेंगे।

वह मेरे पास आए और मुझे जोर से एक थप्पड़ मारा। वह थप्पड़ इतनी जोर का था कि कुछ सेकंड के लिए मुझे कुछ नहीं सुनाई दिया और फिर उन्होंने कहा, "यह थप्पड़ दिन में मेरे साथ हाथ मिलाने के लिए था। क्या तुम्हें पता नहीं कि मैं तुम्हारा सीनियर हूँ और तुम मेरे से आँख भी नहीं मिला सकते?"

मैंने उन्हें 'सॉरी' कहा, पर उन्होंने एक और थप्पड़ रसीद दिया और कहा, "जूनियर्स को तभी बोलना चाहिए, जब उनसे बोलने के लिए कहा जाए।"

पहले गाल पर लगा थप्पड़ ज्यादा तेज था। मेरे पापा ने भी यहाँ तक इतनी जोर से थप्पड़ नहीं मारा होगा।

वह जब तक मेरी तरफ देखते रहे अन्य सीनियर ने आगे मुझसे पूछा, "अपना नाम बताओ।"

मैं थोड़ा घबरा रहा था, पर मैंने बताया, "रोहन, सर।"

उन्होंने मुझे फिर जोर से तमाचा मारा, "क्या तुम्हारा कोई सरनेम नहीं है?"

मेरी आँखों में आँसू भर आए, पर मैंने उनकी बदतमीजियाँ झेलीं और मैंने जवाब दिया, "रोहन विजय वर्मा।"

इतना सब सुनकर उन्होंने फिर एक चाँटा जड़ा, "सर कौन कहेगा?"

मैंने जवाब दिया, "रोहन विजय वर्मा, सर।" फिर एक चाँटा पड़ा और उन्होंने कहा, "क्या मैंने तुम्हें दोहराने को कहा था?"

पर अंतवाला झापड़ इतनी जोर का नहीं था या हो सकता है, मेरे गालों ने महसूस करना बंद कर दिया हो।

ये थप्पड़ अगले एक घंटे तक गूँजते रहे, जब तक सारे सीनियर्स ने इन थप्पड़ों के बहाने अपना परिचय कराया। मुझे तब तक करीब 120 थप्पड़ पड़ चुके थे। मेरे गाल अब तक सुन्न पड़ चुके थे।

रात के साढ़े दस बज गए थे, तब एक सीनियर ने चिल्लाकर कहा—"सब लोग सुनो, सारे परिचय हो चुके हैं।

हम रिक्रेएशन रूम में वापस आए और एक लाइन में लग गए, पर अभी भी नंगे—हमारी कीर्ति, हमारा गर्व अभी एक अनचाहे लटकते आम की तरह था।

आकाश मेरे बगल में खड़ा हुआ। मुझे भी एक मौका मिला, मैंने उसके

सीने में उँगली करते हुए कहा, "और कैसा लग रहा है, तुम्हें ?" उसने मुसकराते हुए जवाब दिया, "सुबह के लिए माफ करना, यार।" मैंने मुसकराकर उसे माफ कर दिया।

यह सारा किस्सा सुबह के तीन बजे तक चला। हमने कविताएँ सीखीं, सीनियर्स का अभिवादन करने के कुछ और तरीके सीखे और साथ ही कई और काम भी, पर उन सबमें एक चीज जो सबसे अच्छी लगी कि हॉस्टल के आई कार्ड अपने साथ में रखना था। हमारी ब्रांचों के अनुसार, हमें अलग-अलग रंग के आई कार्ड मिलेंगे, जिसे हमें अपनी पॉकेट में हमेशा अपने साथ रखना था। अगर माँगने पर हम दिखाना भूल जाएँ, तो हमें अपने सीनियर के कपड़ों को पूरे एक सप्ताह धोना होगा।

मजाकिया क्रम के बाद हम अंततः आजाद हुए। मुझे असली में पता चल ही गया कि रैगिंग क्या होती है! मैंने खुद इसे झेला था और कहूँ तो निरादर झेलने के बाद भी मैंने इसे मजे में लिया। जब मैं ब्लू रूम में वापस आया, तो मैंने देखा, आकाश शीशे के सामने खड़ा था।

मैंने उससे पूछा, "अरे आकाश, क्या हुआ ?"

उसने जवाब दिया, "कम-से-कम 200 थप्पड़।"

मैं बिस्तर पर बैठा और उससे कहा, "कोई बात नहीं, यह तो बस शुरुआत है। अभी तो छह महीनों तक यह सब करना है।"

उसने जवाब दिया, "यह तुम क्या कह रहे हो ? मेरा अभिमान यह झटके खाने के लिए नहीं है।" फिर हम दोनों हँसने लगे।

विनीत ने दरवाजे पर जोर से मारा और अंदर आ गया। बिना कुछ कहे ही, वह बिस्तर पर चढ़ा और हम दोनों के बीच लेट गया।

"क्या हुआ विनीत, यह तुम्हारा कमरा नहीं है।" मैंने उसे याद दिलाया।

"इतने टॉर्चर के बाद, मैं यहाँ सोना चाहता हूँ। तुम दोनों भी सो जाओ और मुझे भी सोने दो।" उसने ऊंघते हुए कहा, "कल सुबह साढ़े आठ बजे की क्लास है।"

मैं मुसकराया और उसे गले लगाया और सोने चला गया।

ऐसा था, हॉस्टल का मेरा पहला दिन, जो बहुत अच्छा रहा हमने मजे किए, और जिंदगी भर के लिए दो दोस्त बना लिये, विनीत और आकाश।

मैं बिस्तर पर जाकर सोचने लगा, "माँ-पापा, आज आपका बेटा बड़ा हो गया है। आज चोट लगने के बाद मैं आपके पास रोते हुए नहीं आया। आज मैंने दो

नए दोस्त बनाए, मैंने सहना सीखा, आज मैंने यह जाना कि दबाव किसे कहते हैं!"

मैं नव्या के बारे में भी सोच रहा था कि तुमने मुझे मजबूत बना दिया। तुम्हारे प्यार ने मुझे आज यह करा ही दिया। मैंने जितने भी थप्पड़ सहे, वह मेरे अंदर पनप रहे तुम्हारे प्यार के कारण ही सहे। आज से मैं तुम्हें और प्यार करने लगा हूँ, गुड नाइट।

जब मैं अगली सुबह सोकर उठा तो मैंने देखा कि विनीत ने सारा बिस्तर हथिया रखा था। आकाश दीवार के सहारे सोया हुआ था और मैं तो विनीत के हाथ एवं पाँवों के बोझ तले मरा ही जा रहा था। मैंने किसी तरह अपने को बाहर निकाला और विनीत के मुँह पर एक थप्पड़ मारा। वह भौंचक्का होकर उठा और सोचने लगा कि कहीं फिर से सीनियर्स तो नहीं आ गए।

मैं दोनों पर चिल्लाया, "उठो मोटू, कॉलेज का समय हो चुका है।" हम सब पहले सालवाली अपनी नई कॉलेज यूनिफॉर्म पहनकर तैयार हो गए थे, जो थी, नीली शर्ट, काली पैंट और काले फॉर्मल जूते। हम ग्राउंड फ्लोर पहुँचे और हॉस्टल से कॉलेज दो किमी. पैदल गए।

जूनियर्स, कॉलेज में पिछले रात की बातों को याद करते हुए एक ग्रुप में चलते आए। बीस मिनट बाद, हम लोग कॉलेज के गेट पर थे। हम सब अपनी-अपनी क्लासों के लिए चले गए। विनीत ने भी इलेक्ट्रॉनिक्स और कम्यूनिकेशंस ली थी और हम दोनों क्लास के लिए एक साथ चल पड़े, जो पहली फ्लोर पर थी।

हम जैसे ही क्लासरूम के दरवाजे पर पहुँचे, तो मैंने उसे देखा।

वह आसमानी नीले रंग का कुरता और सफेद पैजामा पहने हुए थी। उसके बालों में तेल लगा हुआ था और दो चोटी बनाकर उसने उसे लाल रिबन से बाँध रखा था, पैरों में चप्पल पहने हुई थी और डेस्क पर खड़े होकर वह नाच रही थी, "याई रे, याई रे, जोर लगाके नाचे रे..."

और सारे लड़के उसे घेरे हुए यह गाना गा रहे थे। वह अपने हाथ ऊपर-नीचे कर रही थी, जैसे 'रंगीला' फिल्म में उर्मिला ने किए थे।

वह बहुत मजे लेकर यह सब कर रही थी और उसकी आँखों से उसका आत्मविश्वास झलक रहा था।

मैं दरवाजे पर खड़े होकर अपने चेहरे पर मुसकान लिये यह सब देख रहा था। यह वही लड़की है, जिसने मुझे सेंट जॉसेफ, भिलाई में कंप्यूटर साइंस लेने के मेरे मन को डिगा दिया था!

विनीत ने तो आँखें फाड़कर उसकी ओर देखकर कहा, "क्या नजारा है? मुझे तो इसे देखते ही पहली नजर का प्यार हो गया है।"

उसने मुझे अपने हाथों से पीछे धकेला और मैं डांस करता हुआ बिना यह सोचे ही अंदर चला गया कि वहाँ कुछ सीनियर्स उसे डेस्क में खड़ा करवाकर नचवा रहे हैं।

मैं अपने हिसाब से नाचता गया और सब लोग चुपचाप खड़े हो गए, मैं फिर भी उसे देखता रहा। उसने भी नाचना बंद कर दिया था, पर मुझे देखकर वह मुसकरा रही थी। फिर एक आवाज आई, “ओ हीरो! क्या तुम नाचना चाहते हो?” हमारी एक सीनियर मंजुला रंजन, जो टीचर के डेस्क पर तीन अन्य सीनियर्स के साथ बैठी हुई थी, डेस्क से नीचे कूदी।

वह मेरी तरफ आईं और मैंने अपनी आँखें नीचे कर लीं।

“तुम्हारे अंदर इतनी ऊर्जा है कि तुम अपने सीनियर के सामने नाच रहे हो। तुम क्या पीते हो, दूध?” दूसरे सीनियर बहुत जोर से हँसते रहे।

“अच्छा, अब तुम गाओगे और वह नाचेगी।” ऐसा कहकर पर वापस डेस्क पर चली गईं।

वैसे मैं आप लोगों को बताना भूल गया कि मैं बहुत अच्छा गाता हूँ।

मैंने अपना बैग विनीत को दिया, जो मेरे बगल में खड़ा था और मंजुला रंजन को देखने में उसका ज्यादा मन लग रहा था।

मैंने गीत गाना शुरू किया—

“तू ही रे···। तू ही रे···तेरे बिना मैं कैसे जीऊँ···”

मंजुला ने बीच में मुझे रोका। उन्होंने डेस्क पर खड़ी लड़की से कहा, “ओह मैडम, तुम्हें नाचना भी है।”

उसने अपना चेहरा बनाया और मेरे इस धीरे और उदास गाने पर नाचने लग गई। मैं फिर से गाने लगा और वह अपने हाथों से कुछ मुद्राएँ बनाने लग गईं। वह अपने हाथों को ऊपर-नीचे करते हुए बहुत ही सुंदर लग रही थी। मैं बहुत जोर से गा रहा था और मेरी आवाज क्लास के बाहर तक सुनाई दे रही थी।

क्लास में कोई घुसा और सब कोई यहाँ तक कि सीनियर्स भी चुपचाप सीधे खड़े हो गए। एक मैं ही था, जो अकेला जोर-जोर से गाए जा रहा था।

कड़क आवाज में किसी ने मुझे डाँटकर कहा, “तुम्हें चुप कराने के लिए कोई विशेष आमंत्रण देना होगा क्या?”

वह हमारी फिजिक्स की टीचर थीं, प्रीति मैडम।

सीनियर्स ने उनका अभिवादन किया और क्लास छोड़कर चले गए। हम सबने

अपनी सीट ले ली। मैंने विनीत के हाथ से अपना बैग ले लिया।

प्रीति मैडम ने डेस्क के आगे अपनी पुस्तकें रखीं और पहले अपना परिचय कराया, "मेरा नाम प्रीति है और मैं पहले सेमेस्टर में तुम्हारी फिजिक्स की क्लास लूँगी। इस विषय में भी सेशंस होंगे, इसलिए कोई उलझन नहीं होनी चाहिए।"

उन्होंने हम सबको देखा और फिर कहा, "चूँकि तुम लोग क्लास में नए हो, इसलिए एक-एक कर अपना परिचय दो। उस किनारे से परिचय देना शुरू करो।"

सबसे पहले विनीत ने कहा, "गुड मॉर्निंग दोस्तो, मेरा नाम विनीत सिन्हा है, मैं देवास से हूँ। मैं डी.ए.वी. पब्लिक स्कूल से पढ़ा हूँ और यहाँ हॉस्टल में रह रहा हूँ।"

"हाई। मैं तवीश हूँ और रेवा से आया हूँ। मैं बाल विद्या मंदिर से पढ़ा हूँ और यहाँ जबलपुर में अपने चाचा के साथ रह रहा हूँ।"

मैं नीचे देख रहा था और हर परिचय को ध्यान से सुन रहा था। ये वह लोग थे, जिनके साथ मैंने अपनी जिंदगी के अगले चार साल गुजारने थे। अचानक मैंने एक जानी-पहचानी आवाज सुनी। उसने कहा, "हैलो मैडम, मेरा नाम वैदेही शर्मा है और मैं जबलपुर से हूँ। मैंने अपनी स्कूलिंग क्राइस्ट चर्च गर्ल्स सीनियर सेकेंड्री स्कूल से की है। मैं एक उत्साही लड़की हूँ, जो चीजों को खोजना और घूमना पसंद करती हूँ।"

मैंने जैसे ही यह परिचय सुना, तो मैंने ध्यान दिया कि मैं तो उसी के बगल में बैठा हूँ। जल्दी से सीट लेने के चक्कर में मैं अनजाने ही उसके पास जा बैठा। मैंने अपना सिर ऊपर किया और उसकी ओर देखकर कहा, "वैदेही! क्या नाम है?"

फिर मेरी बारी आई। मैं खड़ा हुआ और अपना परिचय देने लगा—"मेरा नाम रोहन वर्मा है, मैं सागर से हूँ और मैंने अपनी स्कूली पढ़ाई सेंट जॉसेफ कॉन्वेंट स्कूल से की है।"

मैं जैसे ही बैठा, उसने मेरी तरफ मुसकराते हुए देखा और कहा, "कॉन्वेंट स्कूल में कैसे? यह तो लड़कियों का स्कूल होता है।"

मैं उसकी तरफ मुड़ा और इस तरह जवाब दिया कि मैडम सुन नहीं पाएँ। मैंने कहा, सागर में यह को-एड स्कूल है। अपना परिचय देते हुए मैंने कहा, "वैसे मैं रोहन और तुम···।"

वह फिर मुसकराई और उसने कहा, "जब मैंने अपना परिचय दिया था, तब तुमने मेरा नाम क्यों नहीं सुना?"

इससे पहले कि मैं जवाब दे पाता, मैडम चिल्लाईं और उन्होंने कहा, "क्या तुम दोनों चुप रहोगे? क्लास में और लोग भी हैं, जो अपना परिचय देने का इंतजार कर रहे हैं।"

हमने बात करनी बंद कर दी।

इधर साठ बच्चों का परिचय चलता रहा और दूसरी तरफ उसने एक पेन निकाला और मेरे सामने अपनी नोटबुक में कुछ लिखा और लिखकर मेरी तरफ खिसका दिया। मैंने उसकी नोटबुक अपनी तरफ खींची।

'तुम अच्छा गाते हो, मैं प्रभावित हुई।'

मैंने उसकी आँखों में देखा, वह मुसकरा रही थी। मैंने अपनी आँखों से ही उसे शुक्रिया कहा और अपना पेन निकालकर उसे जवाब दिया, '...और तुम बहुत सुंदर नृत्य करती हो।'

वह फिर मुसकराई और फिर कागज पर कुछ लिखकर नोटबुक मेरी तरफ खिसका दी।

'क्या तुम मेरे लिए ब्रेक में एक गाना गा सकते हो?'

अपने होंठों को दबाता हुआ मैं मुसकराया और मैंने फिर वापस लिखा,

'इसके लिए मुझे कितने रुपए मिलेंगे?'

उसने पढ़ा और मुँह फुला लिया—

'ज्यादा भाव मत खा।'

इससे पहले कि मैं कुछ पढ़ पाता, उसने फिर से नोटबुक खींची और उस पर कुछ लिखा और मेरी तरफ फिर बढ़ा दिया।

'तुम हॉस्टल में रहते हो। मैं अपना टिफिन तुम्हें हर रोज दे सकती हूँ। मेरी मम्मी बहुत ही लजीज खाना बनाती हैं।'

मैं मुस्कराया, और फिर जवाब दिया—

'यह एक अच्छा ऑफर है, तब तो मैं तीनों टाइम गा सकता हूँ। प्लीज लंच और डिनर, दोनों लाना।'

वह मुसकराई, उसने मेरे कंधे में अपना हाथ मारा।

जब हम लोग प्रीति मैडम से छुपकर बात कर रहे थे, हम यह भूल ही गए कि क्लास में तीस और लोग हमें देख रहे थे। विनीत और वैदेही की करीबी दोस्त चारु भी उनमें से एक थे।

एक बार जब प्रीति मैडम की क्लास खत्म हो गई और हम लोग अपनी क्लास

से बाहर आ गए, तो मैंने उसकी तरफ देखा, मुसकराया और कहा, "तुम्हारा नाम बहुत अच्छा है—वैदेही।"

चारु का हाथ पकड़ अपनी पुस्तकें उठाते हुए उसने मेरी तरफ मुँह बनाकर कहा, "मुझसे यह उम्मीद मत रखना कि मैं भी कहूँ, तुम्हारा नाम बहुत अच्छा है।"

उसके तेवर देखकर मैं मुसकराया और विनीत की ओर देखने लग गया, जो शरारती मुसकान दे मुझे घूरे जा रहा था।

उसने पीठ पर एक हल्का सा मुक्का मारते हुए कहा, "पहले ही दिन में सेटिंग? मान गए, रोहन बॉस।"

हमने अपने बैग उठाए और हम बाहर जा ही रहे थे कि एक मजेदार आदमी क्लास में घुसा, जो अपने बाएँ हाथ में हेलमेट लिये था, पीछे बैग था और पसीने से बुरी तरह तर-ब-तर भरा पड़ा था।

उसने अपना चश्मा हटाकर उसे पोंछते हुए मुझसे पूछा, "ओह! क्लास खत्म हो गई क्या?"

"भाई, तुम इस क्लास के लिए काफी लेट हो गए हो या अगली क्लास के लिए बहुत पहले आ गए हो।"

"'हाँ', मैं फँस गया था। मेरे मामा मुझे ले गए थे और उनके कारण यह हो गया।" उसने बड़े तेवर के साथ बताया, "मेरा नाम अनुराग ठाकुर है।"

मैंने उसे आश्वस्त किया और कहा, "आराम से रहो, भाई। आज क्लास में परिचय के अलावा कुछ नहीं हुआ। मेरा नाम रोहन है और यह मोटू है, सॉरी, यह विनीत है।"

उसने मुँह पोंछने के लिए अपना रूमाल निकाला। हमने हाथ मिलाया और अगली क्लास शुरू होने से पहले हम सब कैंटीन में कुछ खाने के लिए गए।

आगे जाते हुए मैंने अनुराग से पूछा, "क्या तुम जबलपुर से हो या यहाँ किसी रिश्तेदार के घर पर ठहरे हुए हो?"

उसने कहा, "न रे, मैं जबलपुर से हूँ और मॉडल स्कूल से हूँ।" हम सब कैंटीन पहुँचे। विनीत चुपचाप बैठा रहा। मैंने हम तीनों के लिए समोसे ऑर्डर किए और फिर मैंने विनीत से पूछा, "क्या हुआ मोटू? इतने चुप क्यों हो? घर की याद आ रही है क्या?"

ऐसा लगा कि जैसे विनीत बैठा सबकुछ देख रहा था, मैं यह सुनकर हैरान था और मैंने यह सुनकर तभी समोसा अपने मुँह से निकाल लिया।

हम लोग जैसे ही कैंटीन पहुँचे, मैंने उसे वहाँ बैठे देखा। उसने अपनी आँखों से मुझे इशारा किया कि मैं अगली क्लास में भी उसके पास आकर बैठूँ और मैंने भी अपनी आँखों से इसके लिए हामी भर दी।

उसने मुसकराते हुए कहा, "ऐसा कुछ नहीं है, यार" और मैंने भी मुसकराकर जवाब दिया, "बस, इतना ही।"

मोटू ने अब बड़ी अकड़ के साथ अपना चेहरा पीछे की ओर किया और मैं देख रहा था कि वह अपनी सहेलियों के साथ हँसी-ठहाके कर रही थी। "अच्छा, अगली क्लास में तुम अब मेरे साथ बैठना, फिर सब अपने आप साबित हो जाएगा।"

ठाकुर ने भी इस बात पर हामी भरी, हालाँकि मैं उसी के साथ बैठना चाहता था, पर मैं इन दोनों दैत्यों को भी गलत साबित करना चाहता था, इसलिए मैंने उन्हीं के साथ बैठने का इरादा किया।

ब्रेक टाइम खत्म हो गया था और हम पहले फ्लोर में अपनी क्लासरूम में वापस चले गए। हमारे क्लास में इंजीनियरिंग ड्रॉइंग के सर आए और हम उनके पीछे-पीछे क्लास में आ गए।

वैदेही मेरे सामने से अपनी दोस्त चारु के साथ जा रही थी। विनीत यह देखने का इंतजार कर रहा था कि मैं अब क्या करूँगा। वैदेही पहली पंक्ति की सीट में बैठ गई और पीछे मुड़कर मुझे देखने लगी। चारु, जो उसके साथ थी, उसके बगल में बैठने गई तो उसने उसे रोक दिया और उसे दूसरी तरफ से बैठने को कहा।

वैदेही बैच के अंदर चली गई। उसने मुझे बैठने के लिए बगल की सीट दिखाई, पर मैं मोटू और ठाकुर को इस बारे में हॉस्टल में बात बनाने देना नहीं चाहता था, इसलिए मैंने उसे इग्नोर कर दिया और मोटू के साथ उसी पंक्ति में क्लास के दूसरे कोने में जाकर बैठ गया।

उसने मुसकराना बंद कर दिया, उसने अपनी कुरसी खींची और आराम से आगे मुँह करके बैठ गई।

उसने बिना मुसकराए पीछे मुड़कर मुझे एक बार देखा, गुस्से में अपने पेन से ढक्कन हटाया और अपनी नोटबुक में कुछ लिखा।

ठाकुर, जो मेरे बगल में बैठा हुआ था, ने मोटू को डाँटा, "साले, तेरे कारण वह रोहन से गुस्सा हो गई है।"

वो लोग जिस तरह से मुझे छेड़ रहे थे, यह सुनकर मुझे मजा आ रहा था।

मैंने फिर उसकी तरफ यह जानने के लिए देखा कि क्या पता वह मुझे देख

रही हो, पर वह तो सामने देख रही थी। मैं भी टीचर के लेक्चर की तरफ ध्यान देने लगा, जो वह पढ़ा रहे थे, पर मेरा ध्यान अपने बीते कल पर चला गया। मेरे साथ ठीक ऐसा ही पहले नव्या के टाइम पर हुआ था।

वह समय था, जब हमारे स्कूल में वार्षिक उत्सव था। मैंने दो ग्रुप डांस में भाग लिया था, जिसमें नव्या ने भी भाग लिया था। मैंने सिर्फ उसके कारण ही भाग लिया था, जबकि मेरे सभी दोस्त बारहवीं की परीक्षा की तैयारी में व्यस्त थे।

हमारे अभिभावक एवं बाहर के लोगों को शो देखने के लिए आमंत्रित किया गया था। शो शाम को पाँच बजे शुरू हुआ था और रात में नौ बजे समाप्त हुआ। हम सब विद्यार्थी इस कारण बहुत उत्साहित थे, क्योंकि एक वही दिन था, जब हमें स्कूल में इतनी देर तक रुकने का मौका मिला।

हम लोग स्टेज के पीछे अपनी परफॉरमेंस देने का इंतजार कर रहे थे। वह दिसंबर की ठंडी शाम थी। नव्या ने परफॉरमेंस के लिए काली साड़ी पहनी थी और वह बेहद सुंदर लग रही थी। उसे काली साड़ी और सुनहरे फूलों के साथ देखकर बहुत अच्छा लग रहा था, क्योंकि मैंने उसे सिर्फ स्कूल यूनिफॉर्म में ही देखा था।

वह मेक-अप के साथ तो बहुत ही सुंदर लग रही थी और उसने बाल भी अलग ढंग से बनाए थे। हम लोग स्टेज की इंट्रेस के पीछे ही खड़े थे।

वह मेरे बगल में अपनी कुछ दोस्तों के साथ खड़ी थी। सोनल भी उनमें से एक थी।

मैंने उसे दिखाया, चाँद कितना सुंदर लग रहा है। उसने ऊपर देखा और वह मुसकराई।

उसने बहुत ही धीमे से पूछा, "तुम्हें पसंद आया?"

हालाँकि वह चाँद को देख रही थी, और मैं उसे, पर मैंने कहा, "हाँ, यह सुंदर है।" उसे पता था कि मैं किसके बारे में बात कर रहा हूँ, पर वह अनजान बने रहना चाहती थी। हाँ, सोनल मेरी बातों को सुनकर हँस जरूर रही थी।

नव्या ने परेशान होकर कहा, "मैं खड़े-खड़े थक गई हूँ। अब कितनी देर और इंतजार करना होगा?"

मैं उसे थका हुआ नहीं देख सकता था, इसलिए मैंने एक उपाय सोचा। मैंने इधर-उधर देखा और मुझे सीढ़ियाँ दिखाई दीं। मैं वहाँ गया, मैंने अपना रूमाल निकाला और उन सीढ़ियों को साफ कर दिया। वह बेताबी से मेरी ओर देखे जा रही थी और सोनल मुसकरा रही थी।

मैं पहले वहाँ बैठ गया, नव्या ने अपना मुँह सोनल की तरफ घुमाया और उससे बातें करने लग गई। मैंने उससे वहाँ आने को कहा और अगर उसे कोई दिक्कत नहीं है, तो उसे मेरे बगल में बैठ जाने को भी कहा। उसने मेरी तरफ देखा और मुसकराई, तब सोनल मेरी तरफ मुसकराते हुए आई और उसने कहा, "शुक्रिया रोहन, मैं खड़े-खड़े थक गई थी।"

मैं नव्या को देखकर गुस्सा हुआ और वह खँभे का सहारा लेकर मुसकराने लगी। मुझे अभी भी अच्छे से याद है, उस दिन वह बहुत सुंदर दिख रही थी। मैं पीछे खड़ा हुआ और उसके नजदीक जाकर मैंने कहा, "अगर तुम खड़ी हो, तो मैं कैसे बैठ सकता हूँ?"

वह पीछे मुड़ी और स्टेज की तरफ आगे बढ़ते हुए पीछे मुड़कर रुककर बोली, "हमारी परफॉरमेंस शुरू होनेवाली है। क्या तुम ऊपर आओगे या ऐसे ही खड़े रहोगे?"

मैं मुसकराया और स्टेज की तरफ भागा। हमने उस दिन बहुत ही अच्छी प्रस्तुति दी।

ठाकुर ने मेरे हाथ पर मारा और कहा, "रोहन बेटा, सोना बंद करो। क्लास लगभग खत्म हो गई है।"

मैं क्लास में सोकर नव्या के सपने देख रहा था। मैं रात के रैगिंग सेशन के बाद पूरी तरह से थक चुका था।

जैसे ही क्लास खत्म हुई, हम लोग अपनी सीट पर से थके-हारे किसी तरह से उठ गए। मैंने देखा कि वैदेही मुझे बिना देखे ही क्लास से निकल रही थी। मैंने अपना बैग ठाकुर के हाथों में दे दिया और उसके पीछे भागा। वह चारु के साथ जल्दी-जल्दी जा रही थी और हाथ में पुस्तक पकड़े हुई थी।

मैंने उसे रोकने के लिए उसका नाम पुकारा, "वैदेही, रुको।" चारु पीछे देखने के लिए रुकी, पर वैदेही चलती रही। मैं उन दोनों की तरफ भागा। "अरे वैदेही, प्लीज सुनो।"

वह रुकी, मेरी तरफ मुड़ी और कहा, "हाँ रोहन?" मैंने अपनी साँस थामी और कहा, "सॉरी, मैं विनीत के साथ बैठ गया था।"

वह मुझे अजीब तरह से देखती रही, फिर कहा, "तो?"

मैंने हकलाते हुए कहा, "तुम चाहती थी कि···। पर विनीत ने मुझे वहाँ

जबरदस्ती बैठा लिया।" उसने सफाई देते हुए मुझे कहा कि "तुम मुझे गलत समझ रहे हो," ऐसा कहकर वह चारु के साथ चली गई।

मुझे पक्का पता था कि वह मुझे अपने पास बिठाना चाहती थी, पर अभी मुझे उसके अलग ही तेवर दिखे।

ठाकुर मेरे पीछे मेरा बैग लेते हुए आया और कहा, "यह क्राइस्ट चर्च से वैदेही है जबलपुर के स्कूलों में यह अपने तेवरों के लिए मशहूर है।"

मैंने ठाकुर को देखा और उसका गला पकड़ते हुए कहा, "तुम्हें किसने बताया, तुम्हारे मामा ने ?"

हम दोनों मुसकराए, हँसे और गेट की तरफ भागे। वह एक भरी गरमी की दोपहर थी, तो हमने कॉलेज के गेट के बाहर आइसक्रीम खाई। मैंने फिर देखा कि कॉलेज के दूसरे तरफ से वैदेही अपनी हाथों में पुस्तक लिये और पीठ पर बैग लादे आ रही थी।

मैंने ठाकुर से पूछा, "कहाँ जा रही है वह ?"

उसने जवाब दिया, "वह बगल में गोरखपुर कॉलोनी में रहती है, गुरुद्वारे के पीछे। हो सकता है, वहीं जा रही हो।"

कॉलेज में पहला दिन बिताने के बाद ठाकुर ने, जो जबलपुर का रहनेवाला था—हमें उसके साथ ग्वारीघाट के प्रसिद्ध हनुमान मंदिर देखने को चलने के लिए कहा।

ग्वारीघाट नर्मदा नदी के तट पर बसा है और यह बहुत सारे मंदिरों और तीर्थयात्रा स्थलों के लिए प्रसिद्ध है।

विनीत और मैं ठाकुर की स्कूटी पर पीछे बैठे। वैसे तो दो भारी-भरकम लोगों के बीच में एडजस्ट होना थोड़ा मुश्किल है, पर मैं खुद को दो डबलरोटियों के बीच पनीर जैसा अनुभव कर रहा था। पर हम लोग की यात्रा मस्त रही और हमने जबलपुर में बिताई उस शाम की बड़ी तारीफ की।

हम हनुमान मंदिर गए और वहाँ पूजा की। नदी की लहरों से मिली ठंडी हवाओं के थपेड़े हमें घेरे हुए थे। पानी से कल-कल की आवाज आ रही थी। घाट में चल रही आरती तो बेहद सुंदर थी। हम लोगों ने कुछ मूँगफलियाँ खरीदीं और घाट की सीढ़ियों पर बैठ गए।

विनीत ने अपनी सिगरेट निकाली और जलाई।

मैंने बहुत धीमे से कहा, "आज का दिन बहुत अच्छा रहा, है न!" विनीत ने धुएँ में कुछ छल्ले उड़ाए और फिर वह सिगरेट ठाकुर ने ले ली।

"दिन सुंदर था या वैदेही?", विनीत ने पूछा।

मैं गहरी नदी को देखता रहा और कहा, "मैं पहले से ही किसी के साथ हूँ, मेरी पहले से ही एक गर्लफ्रेंड है।"

विनीत ने धुआँ खींचा और ऐसा लगा कि उसे एक झटका लगा हो और उसने खाँसते हुए कहा "क्या? वाह! तुम्हारी पहले से ही एक गर्लफ्रेंड है और तुम यहाँ पर भी एक को चाहते हो?"

मैंने कहा, "नहीं यार, मैं तो उसके साथ एक दोस्त की तरह ही पेश आना चाहता था।"

ठाकुर, जो हम लोगों को चुपचाप सुन रहा था, ने कहा, "एक समय मैं भी उसे बहुत प्यार करता था, पर उसका दोस्त होना भी खतरे से खाली नहीं है।"

विनीत और मैं उसकी तरफ मुड़े और उससे कहा, "तुम तो कॉलेज भी देर से

आए, फिर तुम्हें ये कैसे पता हो गया?"

ठाकुर ने मुँह बनाते हुए कहा, "यह एक लंबी कहानी है", पर मैंने जवाब दिया, "पर हमारे पास तुम्हें सुनने के लिए बहुत समय है।"

ठाकुर खड़ा हुआ, विनीत हमारी तरफ चेहरा करके बोला—

"मैंने उसे दसवीं में प्रपोज किया। स्कूल के बाद उसके लिए एक फ्रैंडशिप कार्ड लेकर उसके स्कूल के सामने उसका इंतजार किया कि उसको तब दूँगा, जब वह अपनी स्कूल बस में चढ़ रही होगी।"

वह थोड़ा रुका पर हम आगे सुनना चाहते थे। उसने कुछ और छल्ले उड़ाए, "फिर आगे क्या हुआ?"

उसने बहुत ही दु:खी तरीके से मुझे देखा और बोला, "कुछ नहीं, उसने कार्ड फाड़ दिया और उसकी एक स्कूल टीचर ने मेरे स्कूल में शिकायत भेज दी।"

मैं जोर-जोर से हँसने लगा, "ओह, तो उसने तुम्हें रिजेक्ट कर दिया, बेचारा ठाकुर!"

विनीत भी हँस रहा था, पर वह ज्यादा परेशान इसलिए था कि वह उसकी सिगरेट वापस नहीं कर रहा था।

ठाकुर ने कहा, "पर तुम क्यों खुश हो रहे हो? एक दिन वह तुम्हें भी इस्तेमाल कर फेंक देगी।"

ठाकुर उसे मजाक में मारने लगा, जबकि विनीत घाट की तरफ भागने लगा। हमने उन पलों को खूब जिया और ठाकुर ने हमें वापस हॉस्टल में छोड़ दिया।

विनीत ने ठाकुर से कहा, "तुम हमारे कमरे तक क्यों नहीं आते?"

ठाकुर मान गया और हमने उसे अपने सीनियर्स के बारे में समझाया और कहा कि हम जूनियर्स को उनके नियम-कानून मानने पड़ते हैं।

ठाकुर ने कहा, "कोई बात नहीं, मेरी जबलपुर में बहुत जान-पहचान है और कोई मुझे छू भी नहीं सकता।" ठाकुर ने बहुत आत्मविश्वास के साथ यह बात कही और अपना स्कूटर स्टैंड में लगाकर सीढ़ियाँ चढ़ने लगा।

कुछ मिनटों बाद, जब हम अपने कमरे में छह सीनियर्स के साथ बैठे थे, तब अपना दोस्त अनुराग ठाकुर, जिसे 'जबलपुर का गर्व' कहा जाता है, 'हम दिल दे चुके सनम' फिल्म के गाने 'निंबुडा, निंबुडा⋯' गाने पर डांस कर रहा था।

उसे इस खूबसूरत प्रस्तुति के बाद जाने के लिए कहा गया। हमें वह गुस्से से देख रहा था, जबकि हम लोग खूब हँस रहे थे।

उसने अपने स्कूटर को लात मारते हुए कहा, "खबरदार, अगर कॉलेज में किसी को इसके बारे में बताया, तो⋯"

वह जैसे ही गया, मैंने रोड क्रॉस की और रोड की दूसरी तरफ गया, जहाँ एक बेकरी थी।

मैंने वहाँ पर कुछ पैटीज माँगी और देखा कि मेरे एक सीनियर नीरज पांडे वहाँ खड़े हैं, जो सिगरेट पी रहे थे। मैं जब तक पैटीज के पैसे देता, वह मेरे पास आया। वह लंबे और सुंदर दिखनेवाले लड़के थे, जो दिल्ली के रहनेवाले थे। सीनियर्स में एक वही लड़के थे, जिसने मुझे एक बार भी थप्पड़ नहीं मारा था। वह सारे सीनियर्स में सबसे भले आदमी दिखे। उनके ब्रांडेड कपड़े इस बात का सबूत थे कि वह किसी अमीर घर से थे। हमने उनके बारे में यह तक सुना था कि वह बेहद मिलनसार सीनियर थे।

वे मेरे पास आए और उन्होंने कहा, "मैंने तुम्हें कॉलेज में वैदेही के साथ देखा। तुम दोनों साथ में बैठे हुए थे।"

मैंने उनका अभिवादन किया और मैं नीचे झुककर अपने शर्ट का तीसरा बटन देखने लगा।

उन्होंने कहा, "कोई बात नहीं, आराम से रहो और ऊपर देखो।"

मुझे थोड़ा अच्छा लगा और मैंने उन्हें 'शुक्रिया' कहा और अपनी पैटीज खाईं और फिर जवाब दिया, "हाँ सर, पर उसी के बगल में ही सीट बैठने को मिली थी।"

उन्होंने मेरी बात सुनी और कहा, "वह बहुत सुंदर है। मैं उसे पहले दिन से ही बहुत पसंद करता हूँ।"

हे भगवान्, हर कोई उसके पीछे क्यों पागल हुआ पड़ा है! वह एक आम लड़की है। हाँ, वह तेवर दिखानेवाली जरूर है, पर उस पल के बाद से उसने मेरे भी दिल के एक कोने में जगह बनानी शुरू कर दी थी।

उन्होंने मुझसे कुछ देर बात की और मेरे परिवार और मेरे शौक के बारे में मुझसे पूछा। मैं उसके बाद अपने कमरे में वापस लौट आया।

यह बात तो पक्की थी कि इंजीनियर्स रात में ही जगते हैं। जब आधी रात होती है, तो हम सब जग जाते हैं, हमारी आँखें ताजगी से भर जाती हैं, हर कमरे में नए गाने बज रहे होते हैं और हम लड़कों को एक-दूसरे के कमरे में जाकर गप्प मारते हुए देख सकते हैं। हमारे लिए वह सुबह की ही तरह का माहौल होता है।

मैं अपनी सेमेस्टर की पुस्तकें देख रहा था कि तभी वहाँ आकाश आ गया

और उसने मुझे कमरे से बाहर बुलाया और छत की ओर ले गया, जहाँ विनीत और अन्ना मेरा इंतजार कर रहे थे।

अन्ना दक्षिण भारत से था। वैसे उसका नाम रामलिंगम कुलाटी अय्यर है, पर हम लोग उसे 'अन्ना' कहते हैं। वह एक चेनस्मोकर था और विनीत और उसका एक अच्छा साथ था।

हम जैसे ही पहुँचे, मैंने देखा कि विनीत और अन्ना रोड के किनारे की सड़क की तरफ झाँक रहे थे, जो ज्योति टॉकीज की ओर जाती है। ज्योति टॉकीज जबलपुर का सबसे प्रसिद्ध सिनेमाघर था, जो हमारे हॉस्टल के पास था।

मैंने उनसे पूछा, "तुम सब लोग यहाँ क्या कर रहे हो और तुम लोगों ने मुझे क्यों बुलाया है?"

अन्ना ने कहा कि हर गुरुवार की रात ज्योति टॉकीज से लोग दीवार पर सिनेमा के बड़े-बड़े पोस्टर चिपकाने के लिए आते हैं।

मैं थोड़ा हैरान था तो मैंने मुँह बनाकर पूछ लिया, "तो?"

"कल गुरुवार है और कल 'ताल' पिक्चर रिलीज हो रही है।

"वे लोग पिक्चर का पोस्टर चिपकाने के लिए आएँगे और मैं ऐश्वर्या राय को बहुत पसंद करता हूँ।" अन्ना ने सिगरेट निकालते हुए कहा।

मैं समझ गया। वे लोग उस पिक्चर का पोस्टर चुराने की साजिश कर रहे थे, जो थोड़ी देर में यहाँ चिपकाया जाएगा।

मैंने आकाश की मदद से बेंच खींचा और विनीत और अन्ना के सामने बैठ गया।

मैंने अन्ना की तरफ देखा, जो काला, नाटा, पतला और पतले बालोंवाला था। मैंने उससे कहा, "सही कह रहे हो, तुम तो चौबीसों घंटे सिगरेट पीने के बाद अच्छे लगते हो।"

हम सब हँसने लगे और मैं कहता रहा, "मैं कभी सिगरेट नहीं पीऊँगा, चाहे जो हो जाए।"

अन्ना ने कहा, "अगर तुम्हारी गर्लफ्रेंड तुम्हें छोड़ दे तो?"

मैंने उदास आँखों से उसे देखा और नव्या के बारे में सोचने लगा कि क्या नव्या किसी दिन मुझे इस हाल में छोड़ देगी कि मैं सिगरेट पीने लगूँ?

विनीत ने मुझे खयालों से जगाया और कहा, "रोहन, तुम अपनी गर्लफ्रेंड से कैसे मिले और उसका क्या नाम है?"

मैं मुसकराया और अपने पैर मोड़कर बेंच पर बैठ गया और साफ आसमान में आँख मिचौली करते हुए चमकते सितारों को देखने लगा।

मैं शुरू हो गया।

"12वीं क्लास की शुरुआत में मेरे स्कूल में सेशन शुरू होने से पहले बच्चों के बीच से ऑफिस बियरर्स चुने गए। स्कूल में 12 अलग-अलग क्षेत्रों के लिए लोग चुने जाने थे, जिसके लिए टीचर्स 12वीं क्लास से एक कैप्टन का चुनाव करते हैं और 11वीं से एक वाइस कैप्टन का चुनाव करते हैं।"

सोमवार की एक सुबह मेरे एक दोस्त ने मुझे बताया कि स्कूल के नोटिस बोर्ड पर ऑफिस बियरर्स की लिस्ट लग चुकी है और मेरा नाम भी उसमें है। मैं नोटिस बोर्ड की तरफ भागकर गया और देखा कि मुझे डिसिप्लीन मिनिस्टर के रूप में चुना गया है और नव्या को डिप्यूटी डिसीप्लीन मिनिस्टर के रूप में चुना गया है। मुझे तब तक उसके बारे में पता नहीं था, इसलिए मैंने अपने एक दोस्त से उसके बारे में पूछा तो उसने कहा, "तुम बड़े भाग्यवान हो।"

एसेंबली के समय सारी कक्षाओं के बच्चों को खड़ा किया गया। मैं भी स्टेज में आगे ही खड़ा था, जहाँ प्रिंसिपल भी खड़े थे। मेरे स्कूल की प्रिंसिपल एक नन थीं। उन्होंने उस साल के लिए वहाँ से स्कूल के लोगों के बीच मिनिस्टर्स और कैप्टन के नामों की घोषणा की और हमारा परिचय स्कूल से कराया।

एक बार जब सुबह की प्रार्थना खत्म हो गई, वह सामने आई और हमें सूचित किया कि ऑफिस बियरर्स चुन लिये गए हैं और वह उन नामों की घोषणा करेंगी और विद्यार्थियों को स्टेज में आकर अपना परिचय स्वयं देना है।

उन्होंने सबसे पहले मेरा नाम लिया, "रोहन वर्मा, डिस्पिलिन मिनिस्टर।" मैं अपनी क्लास की लाइन से आगे आया और स्टेज की तरफ आगे बढ़ा और अन्य विद्यार्थी तब ताली बजा रहे थे। पर स्टेज पर पहुँचा, प्रिंसिपल का अभिवादन किया और एक तरफ खड़ा हो गया। फिर उन्होंने एक-एक कर अन्य मंत्रियों के भी नाम लिये और मुझसे शुरू होकर मेरे साथ अन्य लोग भी स्टेज में आगे लाइन लगाकर खड़े हो गए। उन्होंने सबसे पहले बारहवीं कक्षा के विद्यार्थियों के नाम लिये और उसके बाद ग्यारहवीं कक्षा के विद्यार्थियों को, जो उप-कप्तान बने थे, उनके नामों की घोषणा शुरू कर दी।

मेरी आँखें देखना चाहती थीं कि देखूँ, नव्या कौन है! तब तक मैंने सिर्फ उसका नाम ही सुना था, पर उसे देखा नहीं था। मैं प्रिंसिपल के मुँह से उसके नाम की घोषणा का इंतजार करता रहा। आखिरकार उन्होंने उसका नाम पुकारा।

मैंने देखा कि एक गोरी-सी मुसकराती हुई लड़की, जिसकी आँखों में एक चमक के साथ उत्साह भी है, अपनी क्लास की लाइन से बाहर अपने करीबी दोस्तों से गले मिलते हुए बाहर निकली। उसने बहुत साफ एवं सलीके से यूनिफॉर्म पहनी हुई थी और उसके मोजे उसके घुटनों को ढके हुए थे और वह पूरे आत्मविश्वास के साथ स्टेज पर आई। मैं उसके द्वारा लिये गए हर अगले कदम का गवाह बनना चाहता था और यह देखकर यही मानना चाहता था कि सच में मैं एक भाग्यवान लड़का हूँ।

वह मेरे बगल में मुसकराकर खड़ी हुई, जबकि मैं उसे देखता रहा।

मुझे भूख लगी थी, पर मैं कुछ खाना नहीं चाहता था, मुझे प्यास भी लगी थी, पर पानी भी पीना नहीं चाहता था। मेरा दिमाग मेरे बस में नहीं था, मेरी आँखें बस उसे ही हर जगह देखना चाहती थीं।

मैं अपने दोस्तों को यह सब बताते हुए आतुर हो रहा था कि मैं कैसे उससे मिला, तभी आकाश चिल्लाया—

"भाइयो, उन्होंने पोस्टर चिपका दिया है। चलो चलें।"

हम सब उठ गए और अपनी छत से यह देखने में लग गए कि आकाश सही कह रहा है कि नहीं। हाँ, वह सही था। "हम सबको गोंद के सूखने से पहले वहाँ जल्दी पहुँचना चाहिए।"

हम सब एक-दूसरे के पीछे ग्राउंड फ्लोर की ओर भागे और अन्ना हमारा प्रतिनिधित्व कर रहा था। विनीत ने अपने साथ एक फाइबर की कुरसी भी ले ली थी ताकि हम उस पर चढ़कर पोस्टर निकाल सकें।

हम सब बाहर की ओर गए। छोटू, जो मुख्य द्वार पर सोया हुआ था, वहाँ से चला गया। उसे पता था कि हम सब कहाँ जा रहे हैं। हम जल्दी ही दीवार के नीचे पहुँच गए, जहाँ पोस्टर लगाया हुआ था। हमने पोस्टर देखा और उसे निकालने का अपना प्लान बनाया।

अन्ना ने अपनी जेब से एक और सिगरेट निकाल जोर देकर कहा, "ऐश्वर्या के चेहरे का ध्यान रखना।"

मैंने उसके सिर पर हल्के से मारते हुए कहा, "अन्ना, तुम इतनी सिगरेट क्यों पीते हो?"

उसने जवाब दिया "मैं क्या करूँ? यह मुझे विरासत में मिला है।" मैं हँसने लगा।

"विरासत में का क्या मतलब है?"

उसने समझाया "मेरे पिताजी का बीड़ी का बिजनेस है। मेरा बाप एक चेन स्मोकर है। मैं जब तेरह साल का था, तब से मैंने सिगरेट पीना सीखा और अब यह मेरी विरासत का एक हिस्सा है। अब पता चला तुम्हें!"

मैंने मुसकराते हुए उसे सलाम किया, पर तभी आकाश बोला, "इसे पकड़ो और अब हॉस्टल जल्दी चलो।"

हम जल्दी से हॉस्टल में आ गए और हमने उस पोस्टर को तब विनीत के कमरे में रख दिया। मेरा कमरा पहले से मॉडलों के पोस्टर्स से चिपका पड़ा था और मेरे कमरे में अब एक बड़े से पोस्टर के लिए कोई जगह नहीं बची थी।

विनीत अपने कमरे में ऐश्वर्या का पोस्टर आने से बहुत खुश था। मेरे अन्य दोस्त भी उसके कमरे में आकर एक नए पोस्टर के आने पर बहुत खुश थे।

विनीत उस दिन अपने कमरे में ही सोया। हम सब सोने से पहले बहुत हँसे और ठहाके मारते रहे।

अगली सुबह मौसम बहुत ही ज्यादा अच्छा था। जबलपुर काली घटाओं के घेरे में था और यह जून का महीना अपने आखिरी दिनों में था। मॉनसून जबलपुर पर कभी भी बरस सकता था।

हम कॉलेज के पास पहुँचने ही वाले थे कि बादल बरसने लग गए। मैं, विनीत, आकाश और अन्ना के साथ कॉलेज के प्रवेश द्वार तक पहुँचने के लिए दौड़ने लगे कि छुपने को जगह मिल जाए। जब तक हम कैंटीन के पास पहुँचते, हम पूरी तरह से भीग चुके थे। मैंने अपने अन्य सहपाठियों को देखा कि वे लॉबी में खड़े बारिश के मजे ले रहे थे। क्लास तो अभी शुरू नहीं हुई थी। हो सकता है कि टीचर देर से आ रहे हों।

मैंने विनीत से लॉबी की तरफ भागकर जाने को कहा कि हम भी दूसरों की तरह बारिश का मजा ले सके। हम दोनों सीढ़ियों का सहारा लेकर लॉबी की तरफ भागे।

हम दोनों बारिश के पानी से भीगे हुए थे, पर हम पहुँच गए। मैंने अपना सिर झटकाते हुए बालों पर उँगलियाँ फेरीं कि उन्हें सुखाया जा सके।

मैंने देखा कि वैदेही लॉबी की बाउंड्री वॉल से आगे झुककर देख रही थी। वह मुसकरा रही थी और अपने हाथों से बारिश का पानी छूने की कोशिश कर रही थी। बारिश के पहले पानी में ग्राउंड फ्लोर के बगीचे के फूल पूरी तरीके से खिल उठे थे। मैंने उसे देखा, वह बहुत ही सुंदर लग रही थी। उसने अपने बालों को बहुत अच्छी तरीके से बाँध रखा था, हल्के गुलाबी रंग की लिपस्टिक लगा रखी थी और छोटे सुनहरे रंग की कान की बालियाँ पहन रखी थीं। जैसे ही मैं सीढ़ियों से ऊपर आया, उसने मुझे देख लिया। तभी वह मेरी तरफ पीठ कर चारु को देखने लगी। चारु मेरे सामने खड़ी थी।

वैदेही ने मेरी तरफ मुसकराते हुए देखा और फिर चारु से बात करने लग गई। फिर वह अपने हाथों में रूमाल ले अपनी आँखों से कुछ इशारे करने लगी। मैं समझ गया कि वह मुझे रूमाल देना चाहती है, इसीलिए उसे अपनी उँगलियों पर घुमा रही है।

मैं उसे देख मुसकराते हुए अपने बाल सुखाने लगा और चारु से "हैलो चारु, तुम कैसी हो?"

वैदेही दीवार की तरफ मुसकराते हुए मुड़कर देखने लगी कि बारिश हो रही है कि नहीं।

मैं भी वैदेही की बगल वाली दीवार के बाउंड्री वॉल में पीछे की तरफ झुककर देखने लगा। आगे की ओर देखकर अब मैं उसका चेहरा देख पा रहा था। उसने अपनी खूबसूरत आँखों से मुझे देखा और मुसकराई।

मैंने पहले दूसरी तरफ देखा और फिर उसको देखा। वह अभी भी मेरी तरफ देख रही थी और अपने हाथों में रूमाल घुमा रही थी। मैंने अपना हाथ उठाकर उससे रूमाल को लपकने की कोशिश की। वह मेरी तरफ बिना रूमाल को ढीला करके शरारती-सा मुँह बनाकर देखती रही। मैंने उसकी आँखों में देखा और वह मुसकराती रही और अचानक झटके से रूमाल को छोड़ दिया।

मैं मुसकराया और अपना चेहरा पोंछते हुए कहा, "इसके लिए धन्यवाद।"

उसने मुसकराते हुए पूछा, "क्या तुम्हारे पास कोई छाता या रेनकोट नहीं है ?" अपने को इग्नोर होता देख चारु क्लासरूम के अंदर चली गई।

मैंने उसे देख मुसकराते हुए कहा, "अगर होता, तो तुम अपना रूमाल मुझे कैसे देती ?"

उसने अपना बायाँ हाथ अपनी कमर में रखते हुए कहा, "मैं क्या अपना रूमाल तुम्हें देने के लिए मरी जा रही हूँ ?" और उसने रूमाल वापस छीन लिया। मैंने उससे फिर रूमाल वापस छीनकर कहा, "ओह, सॉरी यार, इसके लिए फिर से धन्यवाद।"

वह एक आकर्षक, बुद्धिमान व आत्मविश्वास से भरी लड़की थी और कोई उसके साथ फ्लर्ट नहीं कर सकता था। उसने इन सारी चीजों के लिए अकेले सारे अधिकार रिजर्व कर रखे थे।

बारिश की तरफ मुँह करके उसने मुझसे पूछा, "तुम मेरे साथ बैठे क्यों नहीं ?"

एक सेकंड सोचने के बाद मैंने कहा, "मुझे लगा कि तुम मेरे साथ अब कभी बात नहीं करोगी।"

उसने थोड़ी देर रुकने के बाद मुझसे फिर कहा, "तुमने मेरे सवाल का जवाब नहीं दिया।" अब मैं क्या कहूँ ! मैंने कुछ देर के लिए सोचा, उसकी तरफ अपना मुँह करके कहा, "मुझे माफ कर दो, आज हम दोनों साथ बैठेंगे।" वह मुसकराई और अपना रूमाल वापस लेने लगी।

हम दोनों क्लास के अंदर गए।

हम दोनों साथ बैठ गए। मैंने देखा कि विनीत और ठाकुर एक साथ मुसकरा रहे थे। मैडम ने फिजिक्स में एक थ्योरम समझाया और मैं उनके लेक्चर समझ रहा था। मैंने गलती से वैदेही का पैर छू लिया और फिर मैंने तुरंत उसका हाथ छूकर अपना माथा छुआ और धीरे से कहा, "सॉरी।"

उसने मुझसे पूछा, "यह क्या था?"

मैंने प्रीति मैडम से छुपकर उसे बताया, "मेरे माता-पिता ने मुझे सिखाया है कि लड़कियाँ देवी की अवतार होती हैं, और अगर गलती से उनके पैरों पर हाथ लग जाए, या उन्हें गलती से छू लिया जाए, तो उनके हाथ छूकर अपना माथा छू लेना चाहिए, और यह सॉरी कहने का एक तरीका है।"

मैं लेक्चर की तरफ ध्यान लगाने हेतु मुड़ गया, पर वैदेही फ्लर्ट करने के मूड में थी। उसके पैर फिर से मेरे पैरों को छू पाए, मैंने सोचा कि फिर गलती से हुआ होगा, तो फिर उसके हाथ छूकर अपना माथा छुआ। वह मुसकराई और अगले तीन-चार सेकंड में उसके पैरों ने मेरे पैरों को फिर छू लिया। पर इस बार, जब तक मैं अपना हाथ उसे छूने के लिए आगे बढ़ाता, उसने अपनी हथेली मेरे डेस्क के आगे रख दी।

मैं अपना ध्यान केंद्रित रखना चाह रहा था, पर दिमाग उसी ओर था, जब उसका पैर मैंने फिर छुआ था। मुझे समझ आ गया था कि वह जानबूझकर यह सब कर रही है। वह मुसकराई और उसने अपनी हथेली फिर से आगे रख दी कि मैं उसे छू लूँ। मैंने फिर से वही दोहराया और उसे यह समझने ही नहीं दिया कि मैं उसकी बदमाशियों को सब समझता हूँ। उसने हर दो-तीन मिनट में ऐसा ही किया और हम शरमाते रहे।

हम लोग दोनों छूने-छुआने के इस खेल में लगे ही थे कि प्रीति मैडम ने हमें नोटिस कर लिया। उन्होंने बोलना बंद कर दिया, मेरी तरफ आईं और गुस्से में मुझे बोलीं, "क्या तुम प्लीज मेरी क्लास से बाहर जाओगे?"

उनकी बात सुनकर मैं खड़ा हुआ, अपना बैग उठाया और क्लास से बाहर यह जाने बिना चला गया कि वैदेही ने भी अपना बैग उठा लिया और मेरे पीछे उठकर चली आई।

मैं जैसे ही बाहर आया तो मैंने देखा कि बारिश रुक चुकी थी। मैं बाउंड्री वॉल की तरफ अपने हाथ आगे कर यह देखने के लिए झुका कि बारिश हो रही थी कि

नहीं। मैंने सोचा कि मैं कैंटीन जाऊँगा और फिर दूसरी क्लास में आ जाऊँगा, पर जैसे ही मैं मुड़ा तो वैदेही को अपने पीछे देख अचंभे में पड़ गया और वह अपना सिर नीचे किए हुए खड़ी थी। वह मुझे उदास आँखों से देखे जा रही थी।

मैंने आश्चर्य में उससे पूछा कि "तुम बाहर क्यों आ गईं? क्या उन्होंने तुम्हें भी बाहर निकाल दिया है?"

वह बिना कुछ कहे सीढ़ियों से नीचे उतरने लगी।

जब वह नीचे जाने लगी, तो मैं उसके पीछे जाते हुए उससे कहना लगा, "टीचर बहुत ही डरावनी है, पर देखो बाहर मौसम कितना सुंदर है!"

पीठ से अपना बैग खींचते हुए मैं लगातार कहता रहा, "पर उन्होंने तुम्हें क्यों भेजा? तुम तो एक पढ़ाकू लड़की हो!"

उसने मुझे बोलते हुए रोका, मेरी तरफ मुड़ी और मेरी तरफ देखते हुए कहा, "बुद्धू, उन्होंने मुझे बाहर नहीं निकाला, मैं खुद तुम्हारे लिए आ गई।"

वह गुस्से में बोलते हुए सीढ़ियों से भागते हुई मुझे अकेला छोड़कर चली गई।

क्या उसने सच में ऐसा किया! वह बड़ी ही निडर है। एक लड़की ने एक लड़के के लिए क्लास की टीचर की अनदेखी की। मैं मुसकराया और उसकी ओर भागकर गया। वह अभी भी तेजी से चले जा रही थी, एडमिन बिल्डिंग के बाहर की ओर।

मैं उसकी तरफ दौड़ते हुए गया और मैंने उसका बायाँ हाथ पीछे से पकड़कर उसे रोका। वह मेरे एकदम पास थी और मैं उसकी साँसें महसूस कर सकता था। उसकी आँखों ने झपकना बंद कर दिया। मैंने उसका हाथ धीरे से पकड़ा और वह एक कदम पीछे हो गई।

मैंने उससे पूछा, "क्या तुम मेरे लिए बाहर आ गई?"

उसने मुझसे पूछा, "क्या तुम मेरे साथ कैंटीन आ रहे हो?" मैं मुसकराते हुए उसके साथ चलने लगा। कुछ कदम आगे चलने के बाद वह भी हँसी और मैं भी।

उसने शरारती अंदाज में मुझसे पूछा, "क्या तुम सच में इस बात पर विश्वास करते हो कि लड़कियाँ देवी होती हैं या तुम मुझे सच में छूने की कोशिश कर रहे थे?"

मैंने उसे देखा, कुछ देर के लिए सोचा और फिर उससे एक और सवाल किया, "क्या तुम्हारा पैर गलती से मेरे पैर से लग गया था या तुम चाहती थी कि मैं तुम्हारे हाथ छू लूँ?"

वह चलते हुए रुक गई, अपनी कमर में अपना हाथ रख वह मुझे मुसकराकर देखने लगी। उसने मुझे बड़े अलग अंदाज में देखा।

उसने फिर पलटकर पूछा, "क्या तुम कभी सीधा जवाब दे पाओगे?" हम फिर मुसकराकर साथ-साथ चलने लगे।

उसने नीचे देखकर मुझसे पूछा, "क्या तुम मेरे दोस्त बनोगे?" मैंने उसे जवाब दिया, "हमेशा के लिए।" वह फिर से मुसकराई और हमारे बीच की इस नई दोस्ती का स्वागत करने लगी।

मैं उसका दोस्त बनकर खुश था। वह बड़ी प्यारी व अच्छी लड़की है और मुझे उसके साथ रहना पसंद है। हम दोनों कैंटीन पहुँचे और हमने बैठने के लिए एक-एक सीट ले ली। उसने अपना टिफिन निकाला।

उसने कहा, "यह तुम्हारे लिए है।"

मैंने टिफिन खोलकर देखा तो उसके अंदर पराँठे, आलू की सब्जी और थोड़ा नींबू का अचार था। खाने की खुशबू से मुझे मेरी माँ की रसोई याद आ गई। बिना रुके मैंने उसमें से एक पराँठा निकाला और थोड़ी सब्जी के साथ खाना शुरू कर दिया।

एक कौर खाने के बाद मैंने कहा, "वाह, बहुत ही स्वादिष्ट भोजन है। मैं मानता हूँ कि हर माँ इतना ही अच्छा खाना बनाती है।"

वह मुझे देख रही थी और मुसकरा रही थी और उसके हाथ उसके गालों के बीच थे। मैंने एक और कौर खाना खाया और उससे भी खाने को कहा। उसने अपना सिर हिलाया।

मैंने उसका टिफिन बंद कर दिया।

उसने मेरा हाथ रोकते हुए कहा कि "तुमने पूरा टिफिन खा क्यों नहीं लिया?" मैंने भी एक शर्त रख उससे कहा, "अच्छा, ठीक है, मैं तभी खाऊँगा, जब तुम मेरे साथ खाओगी, तब।"

उसने एक अजीब सा मुँह बनाया और एक छोटा सा कौर खा लिया। मैं मुसकराया और उसे एक बड़ा सा निवाला खाने को मजबूर किया।

मैंने उससे पूछा, "क्या तुम खाने के मामले में ना-नुकुर करती हो?"

उसने मुँह बनाकर कहा, "मुझे खाना खाना एकदम पसंद नहीं है।" मैंने उससे कहा, "मैडम, तुम दो दिन हॉस्टल का खाना खा लो, तुम्हें अपनी मम्मी के हाथ का बनाया हर खाना बहुत अच्छा लगने लगेगा।"

मजे से गप्प मारते हुए हमारा ध्यान इस ओर गया ही नहीं कि बहुत सारे

लड़के हमारे बीच पनप रही इस नई केमेस्ट्री को बड़े ध्यान से देख रहे हैं।

उसने टिफिन बंद करते हुए कहा, "अब गणित की क्लास का टाइम है, चलो।"

मैं कुरसी पर झूलते हुए आगे की ओर झुका और मैंने कहा, "गणित की क्लास में कोई सत्र नहीं होता, इसलिए मैं क्लास में नहीं जाऊँगा।"

उसने मेज पर अपनी पुस्तकें रखीं और कहा, "मैं भी इतने मस्त मौसम में कोई क्लास नहीं करना चाहती हूँ।"

उसने कहा, "अच्छा, अपने परिवार के बारे में कुछ बताओ।"

मैंने झट से जवाब दिया, "मम्मी, पापा और मेरी बड़ी बहन सुरभि दीदी। वह कॉलेज में हैं और एम.ए. कर रही हैं।" मैंने भी उससे पूछा, "अपने घर के बारे में बताओ।"

उसने भी जवाब दिया, "एकदम ऐसे ही, मेरे मम्मी-पापा और एक छोटा भाई ध्रुव। वह बहुत ही शरारती है और दसवीं में पढ़ता है।"

मैं उसकी तरफ मुसकरा करदेखता रहा, पर मेरा दिमाग अचानक कहीं और चला गया। मुझे लगा कि कुछ साल पहले मैंने ऐसी ही बात किसी और से भी की थी। फिर से बारिश होने लग गई। कैंटीन की छत पर बारिश की बूँदें जोर-जोर से गिर रही थीं। कैफेटेरिया की खिड़की से मैं देख सकता था कि मुख्य सड़क, कारें आदि बारिश के पानी से पूरी तरह भीग चुकी थीं।

मेरा दिमाग जब पुरानी बातें याद कर रहा था, तभी उसने मुझसे पूछा, "क्या तुम किसी को मिस कर रहे हो?"

मैंने सिर हिलाकर कहा, "नहीं, नहीं...पर"

वह मेरी आँखों में तब तक देखती रही, जब तक मैंने कहा, "हाँ, असल में मैं कुछ मिस नहीं कर रहा पर कुछ पुरानी चीजें याद आने लगी थीं, ऐसा ही पहले मेरे साथ कुछ साल पहले हुआ था।"

उसने अपनी पुस्तक किनारे रखी और पूछा, "तुम्हारे और उसके बीच की कोई बात?"

मैंने खिड़की से उसकी सवाल करती आँखों को देखा और पूछा, "तुम्हें उसके बारे में कैसे पता?"

उसने कहा, "मि. रोहन, तुम्हारी आँखें सबकुछ कह रही हैं कि तुम्हारी एक गर्लफ्रेंड है।"

पर इस समय वह मुसकराई नहीं और उसकी आँखें भी अलग थीं। मैंने उसे बताया, "उसका नाम नव्या है। मेरे स्कूल में मेरी जूनियर है। हमारे स्कूल के कुछ ऑफिस बियरर्स स्कूल के बाद शपथ लेने की प्रैक्टिस करने के लिए रुके थे।

"उस समय दोपहर के 3.30 बजे थे। हमने शपथ के लिए कुछ बार प्रैक्टिस की और फिर थोड़ा आराम किया। मैं जब पानी पीकर वापस आया, तो मैंने देखा कि नव्या एक किनारे में रो रही थी। दूसरे लोग अभी तक ऑडिटोरियम में वापस नहीं आए थे।

"मैं डिस्प्लिन मिनिस्टर था और नव्या को डिप्यूटी डिस्प्लिन मिनिस्टर बनाया गया था। हम दोनों को मिले हुए दो दिन ही हुए थे।" वैदेही मेरी बातों को चुप से सुने जा रही थी।

"मैं उसके पास गया, अपने दाएँ-बाएँ यह देखा कि कोई आ रहा है कि नहीं। पर कोई भी नहीं था। उसने मुझे आते देखा तो अपने आँसू पोंछने की कोशिश की, वह एक छोटी सी कुरसी पर बैठी थी, जिसपर नर्सरी के बच्चे बैठते हैं।

"मैं अपने घुटने के बल बैठ गया और उससे पूछा कि क्या सब सही है? उसने अपने आँसू पोंछे और रहा कि परेशान होनेवाली कोई बात नहीं है। मैं वहाँ और दो मिनट तक बैठा रहा कि वह रोना बंद कर दे। पर मैंने जब उसे फिर रोते हुए देखा तो मैंने आँसू पोंछने के लिए उसे अपना रूमाल दिया। अपने आँसू पोंछने के बाद उसने कहा, "अगर आपकी माँ नहीं है तो यह आपके लिए बहुत कठिन है।" मुझे बहुत बुरा लगा। उसने आगे बताया कि वह अपने पापा और भाइयों के साथ रहती है। 'मेरी माँ मेरे छोटे भाई के जन्म के बाद मर गई थीं, जो अभी छठी कक्षा का छात्र है।" मैंने उससे पूछा कि क्या वह अपनी माँ को मिस कर रही है? तो उसने कहा कि चूँकि वह स्कूल से घर आज टाइम पर नहीं पहुँची थी, इसलिए उसके चाचा स्कूल में आ गए और स्टे बैक के बारे में पहले से नहीं बताने पर उसे बहुत डाँटा।

"मैंने उसे समझाया और उससे वादा लिया कि वह आँसू बहाना बंद करेगी।" कुछ देर के बाद, वह मुसकराने लगी और हम दोनों हँसने लगे और अपने शपथ ग्रहण समारोह के लिए फिर से अभ्यास करने लगे और उस दिन से अच्छे दोस्त बन गए।"

वैदेही ने अपनी आँखें झपकाईं और अपने गालों पर से हाथ हटाकर कहा, "नव्या, बड़ा सुंदर नाम है। तुम उससे बहुत प्यार करते हो न?"

मैं मुसकराया और खिड़की से बाहर झाँकने लगा। मैं जानता था कि मैं नव्या

से बहुत प्यार करता हूँ, पर मुझे वैदेही को यह बात बताने से कोई बात रोकती थी। मैं हैरान था कि वह क्या चीज मुझे इससे रोक रही थी?

मैंने उससे कहा, "अब हमें अगली क्लास के लिए प्रैक्टिकल रूम में चलना चाहिए।"

वह अपनी कुरसी की ओर झुकी और कहा, "हे भगवान्, यह लड़का कभी सीधे मुँह जवाब नहीं दे सकता।"

मैं मुसकराया और उसे भी उठने को कहा। हम लोग बाहर की ओर आ गए पर कैंटीन में हमारे सारे सहपाठियों और सीनियर्स की निगाहें हम पर ही टिकी थीं। मैं कॉलेज कैंपस में हमें एक साथ देखकर लोगों के बीच की फुसफुसाहट को महसूस कर सकता था।

शनिवार की रात के एक बजे थे और अन्ना मेरे कमरे में आया और हमें बताया कि हम लोग छत में नूडल्स बनाने जा रहे हैं।

मैंने उससे पूछा, "क्या तुम्हारे पास नूडल्स है ? हम लोग उसे कैसे पकाएँगे, मैस भी बंद हो गया है और गैस भी नहीं है ?"

अन्ना ने अपना कंधा मेरे दरवाजे पर झुकाया और अपनी सिगरेट जलाई, उसने बड़े स्टाइल में जवाब दिया, "जहाँ चाह, वहाँ राह।"

मैं बिस्तर से उठा। आकाश सोया हुआ था, इसलिए हमने उसे नहीं उठाया। मैंने अन्ना को एक लात मारी और उसे आगे चलने को कहा। धीरे-धीरे दिन बीत रहे थे और रैगिंग लगभग बंद हो चुकी थी, पर हमें उनका साथ भी अच्छा लग रहा था, पर हमें सीनियर्स को इज्जत देने को कहा गया था।

जैसे ही मैं छत पर पहुँचा, मैंने देखा कि विनीत, राहुल और कुछ और लड़कों ने हर कमरे से अखबार जमा कर रखे थे।

मैंने एक सीट लेते हुए कहा, "तुम लोग यहाँ क्या कर रहे हो ?"

मोटू ने एक पेपर मरोड़ते हुए उसे एक गहरे सिलेंडरनुमा बरतन में डालकर कहा, "देखो मेरे भाई, तुम्हें पता चल जाएगा कि इंजीनियर्स क्या करते हैं ?"

फिर उन्होंने एक खाना परोसनेवाले बरतन में थोड़ा पानी लिया और उसमें नूडल्स डाली और उस बरतन को सिलेंडरनुमा बरतन के ऊपर रखा और अन्ना ने अखबारों में आग लगाई। विनीत उस बरतन को पकड़े हुए था और अन्य लोगों को उसमें अखबार डालकर आग को जलाए रखना था।

एक जबरदस्त टीमवर्क के कारण पानी उबलने लगा था। हमारी योजना काम कर गई। हम आग जलाए रखने के लिए अखबार डालते रहे और आग जलती रही और साथ ही में एक सुस्वादु नूडल्स भी बनकर तैयार हो गई।

हालाँकि हम सबने अपनी-अपनी प्लेट ले रखी थी, पर सभी लोग उसी कटोरी में खाने लगे, जिसमें नूडल्स बनी थी। सात लड़कों में हर लड़के को दो चम्मच नूडल्स खाने को मिली।

हम सबने खुले आसमान के नीचे नूडल्स की कटोरी के चारों ओर सीटें ले लीं। हम सब लोग वहाँ से रशेल चौक का इलाका और मुख्य सड़क देख सकते

थे, जो स्टेशन की ओर जा रही थी।

राहुल गिटार बजाता था और वह उस रात गिटार बजा रहा था, पर उसके गिटार का सुर थोड़ा बेसुरा था। तभी विनीत ने मुझसे पूछा, "सच बताना, क्या तुम वैदेही के साथ फ्लर्ट कर रहे हो। या सच में उससे प्यार करने लगे हो?"

मैंने एक चम्मच नूडल्स मुँह में लिये उसे देखा और जवाब देते हुए मुसकराकर कहा कि "क्लास में साथ में बैठने का मतलब उससे फ्लर्ट करना है या तुम मुझसे यह कहलवाना चाहते हो कि हम एक-दूसरे से बहुत प्यार करते हैं?''

उसने मुझसे दूसरा सवाल पूछते हुए कहा कि, "अच्छा ठीक है, न तो तुम उससे फ्लर्ट करते हो, न ही तुम उसे प्यार करते हो, पर क्या वह तुमसे प्यार करती है?"

मैंने उसकी तरफ देखा और कहा "मोटू, ये कैसे सवाल कर रहे हो?" उसने फिर मुझसे एक्टिंग करते हुए सवाल किया, "क्या वह तुमसे प्यार करती है, और अगर तुम न कहोगे तो मैं तुमसे पूछूँगा कि प्रीति मैडम ने जब तुम्हें क्लास छोड़कर जाने को कहा था तो वह क्यों तुम्हारे पीछे आ गई थी?"

मैं उसे देखकर मुसकराया और उससे कहा कि, "तुम्हारे इन सारे सवालों का जवाब वैदेही के पास होगा, इसलिए कृपया उसी के पास जाकर उनका जवाब माँगना।" हमारी शांत छत अचानक ठहाकों से गूँजने लगी।

मैं थोड़ा रुका और अपने मुँह में नूडल्स की अगली चम्मच डालने के बाद गंभीर होकर यह कहने लगा कि "मोटू, तुमने मुझसे ऐसे सवाल किए हैं, जिनका जवाब मैं भी खोज रहा हूँ। मुझे नहीं पता कि वह क्यों मेरे साथ बैठती है? मुझे नहीं पता कि क्यों उसकी मुसकराहट मुझे आकर्षित करती है? मुझे नहीं पता कि उसकी आँखें क्या कहती हैं, और मुझे यह भी नहीं पता कि वह मेरे साथ क्यों आई? पर मुझे एक बात पता है कि मैं नव्या से प्यार करता हूँ और कोई भी अन्य मुसकराहट या कोई और आँखें मुझे उसके प्यार में पड़ने से नहीं रोक सकती हैं।"

सभी यह सुन रहे थे, तभी अचानक अन्ना ने कहा कि, "लौंडा तो सेंटी हो गया, भाई।" फिर सभी खिलखिलाकर हँसने लग गए।

पर इस बीच राहुल ने एक पते की बात कही। उसने कहा, "अगर तुम उसे प्यार नहीं करते हो, तो उसके मन में ऐसी भावना मत डालो। अंत में उसे ही दुःख पहुँचेगा।"

फिर राहुल ने अपना गिटार उठाया और एक प्रसिद्ध गाने की धुन बजाने लगा—

"दो दिल मिल रहे हैं, मगर चुपके, चुपके···सबको हो रही है खबर चुपके, चुपके···"

मैं भी उसके सुर में सुर मिला रहा था। यह गाना-बजाना सुबह के चार बजे तक चलता रहा। तब तक अन्ना और विनीत ने सिगरेट की दो डिब्बियाँ खत्म कर दी थीं और सारे जले हुए कागज छत पर उड़कर चारों ओर बिखर चुके थे। तब अंततः हम लोग अपने कमरे में वापस गए।

हॉस्टल में रविवार की सुबह थोड़ी आराम वाली होती है। हम लोग दोपहर के एक बजे तक सो ही रहे थे कि मेरे हॉस्टल ब्वॉय छोटू, बाहर से चिल्लाता हुआ आया और कहने लगा, "रोहन भय्या, आपके घर से फोन आया है।"

मैं उसके चिल्लाने की आवाज सुन पा रहा था, पर मेरी आँखें खुल नहीं पा रही थीं। वह दरवाजा खटखटाता रहा। दोपहर की रोशनी मेरे कमरे के भीतर थी। मैंने अपनी आँखें जोरों से मलीं और खड़े होने की कोशिश की। मैंने अपने बिस्तर से अपनी टी-शर्ट उठाई और कहा, "अच्छा, मैं आ रहा हूँ।"

मैं उस शांत से कॉरिडोर में दौड़ते हुए गया। लगभग सभी लोग सो रहे थे। जब तक मैं ग्राउंड फ्लोर पहुँचा, फोन कट गया था। मैंने एक मिस्ड कॉल की, तो मम्मी ने वापस कॉल किया।

माँ ने बड़े आराम से पूछा, "कैसा है मेरा बच्चा?" मुझे पता है वह मुझे बहुत मिस कर रही थीं।

मैंने कहा, "मैं अच्छा हूँ, माँ। यहाँ कॉलेज में बहुत मजे कर रहा हूँ। आप लोग कैसे हैं?"

उन्होंने कहा, "यहाँ सबकुछ ठीक है, सुरभि को छोड़कर।"

मैंने चिंतित होकर पूछा कि "क्या हो गया?"

उन्होंने उदास आवाज में कहा, "कुछ नहीं, उसने अपने लिए एक लड़का पसंद कर लिया है, उसका नाम अनुज है और वह उसी से शादी करना चाहती है।"

मैंने ऐसा दिखाया कि मुझे तो कुछ पता ही नहीं है और फिर कहा, "तो क्या दिक्कत है? अगर वह उनको पसंद करती है, तो आपको भी उसका समर्थन करना चाहिए।"

माँ ने कहा, "तुम सही कह रहे हो, पर पापा थोड़ा चिंतित हैं। वह लड़का ब्राह्मण है। वह उसके साथ कैसे निबाह पाएगी?"

मैंने उन्हें समझाया कि "माँ, तुम चिंता मत करो। वह एक स्वावलंबी लड़की है और वह अपना ध्यान खुद रख सकती है, और अगर लड़का ब्राह्मण है, तो क्या हुआ?"

ऐसा लगा कि माँ समझ गई हैं, पर अभी भी थोड़ा परेशान लग रही थीं। सुरभि दी के लिए रास्ता साफ था और मैं भी बहुत खुश था।

एक-दूसरे से थोड़ी लंबी बात करने के बाद, हमने एक-दूसरे को 'बाय' बोला और फोन काट दिया।

एस.टी.डी. बूथ से मैं मुख्य सड़क पर भारी ट्रैफिक देख पा रहा था। मेरे कुछ सीनियर्स बाहर खड़े होकर इंतजार कर रहे थे और आती-जाती भीड़ को देख रहे थे। मैं केबिन के अंदर होने के कारण पसीने से भर गया था और थोड़ा कन्फ्यूज भी था कि नव्या को कॉल करूँ कि नहीं! मैं उस टेलीफोन को देख रहा था और मेरे हाथ काँप रहे थे। एस.टी.डी. बूथ का मालिक भी मुझे देखे जा रहा था। वह सोच रहा होगा कि पता नहीं क्यों मैं अंदर बैठा हूँ, जब मेरी कॉल खत्म हो गई है। मैं उसकी तरफ देखकर मुसकराया और वह भी मुझे देखकर मुसकराया।

बहुत अरसे हो गए थे उससे बात हुए। क्या वह मुझे अभी भी याद रखती होगी? या वह मुझसे बात करने से मना कर देगी?

आखिरकार मैंने तय किया कि मैं उसे कॉल करूँगा।

मैंने रिसीवर उठाया और उसका नंबर डायल करने लगा, जो मुझे जुबानी याद था। मैं थोड़ा कन्फ्यूज हो गया और मैंने रिसीवर नीचे रख दिया। मैं अपने माथे के दोनों ओर दबाव महसूस कर पा रहा था।

मैं परेशान-सा क्यों था?

मैंने उसका नंबर फिर से डायल किया। इंतजार किया कि मैं उसकी फोन रिंग सुन सकूँ।

मैंने अपने आपको प्रोत्साहित करते हुए कहा, "रोहन, डरो मत। तुम एक इंजीनियर बननेवाले हो।"

आखिरकार मैंने एक आवाज सुनी, "हैलो!"

मैं हजार आवाजों के बीच भी उसकी आवाज पहचान सकता था और उसकी आवाज सुनने के बाद तो ऐसा लगा, किसी ने मेरे ऊपर सौ घड़े पानी डाल

दिया हो। मैंने भी 'हैलो' कहा और फिर चुप हो गया। उसने जवाब दिया, "हेलो, रोहन?"

मैंने कहा, "अच्छा तो तुमने पहचान लिया, थैंक गॉड।"

उसने पूछा, "इसमें भगवान् की प्रशंसा करने की क्या बात है?"

"नहीं, मैंने काफी दिनों के बाद तुम्हें कॉल किया, इसलिए सोचा कि तुम मुझे पहचान पाओगी या नहीं?"

वह चुप थी और मैं उसकी धीमी साँसों को सुन सकता था, मैंने उससे फिर पूछा, "तुम कैसी हो?"

"मैं ठीक हूँ, और तुम?"

"मैंने सोचा कि तुमसे बात करने का यह सही समय होगा। मैं अब जबलपुर के एक इंजीनियरिंग कॉलेज में पढ़ रहा हूँ।"

उसने कहा, "वाह, यह तो एक बढ़िया इंस्टीट्यूट है।"

अब वह समय आ गया था कि मुझे उससे अपने आनेवाले कल के लिए बात कर लेनी चाहिए और उसे प्रपोज करना चाहिए, हालाँकि मुझे उसके मना करने से डर लग रहा था पर मैंने कह दिया, "असल में मैं तुम्हें यह बताना चाहता था कि..."

उसने कहा, "हाँ, प्लीज बताओ।"

"मैं...मैं सोच रहा था कि...तुम तो जानती हो...हम जब स्कूल में थे..." कोई तो बात थी, जो मुझे उसे 'आई लव यू' बोलने से रोक रही थी।

उसने कहा कि "हाँ मुझे पता है, पर क्या तुम मुझसे यही कहना चाहते हो?" पर मुझे लगा कि वह मुझसे कुछ और सुनना चाहती थी, पर मेरा दिल उसे प्रपोज करने से रोक रहा था।

मैंने कहा, "हाँ", मैं तुमसे यही कहना चाहता था। उसने कहा, "ठीक है।"

उसने फोन रखने से पहले मुझे कहा, "याद करते रहना, बाय।"

मैंने खुद को बहुत डाँटा और कहा, "रोहन, तुम बहुत बड़े बेवकूफ हो। वह चाह रही थी कि तुम उसे प्रपोज करो और तुमने मौका गँवा दिया।"

मैं केबिन पर कुछ और मिनट के लिए बैठा और यह सोचने लगा कि क्या मैंने सही किया, पर मेरे पास कोई जवाब नहीं था।

क्या मैं वैदेही को पसंद करता हूँ? पर हम लोग सिर्फ दोस्त कैसे हैं? जब मैं नव्या से बात कर रहा था तो मुझे वैदेही का चेहरा क्यों दिख

रहा था? इनमें से कौन सा आकर्षण है और कौन प्यार है? वैदेही मेरे दिमाग में घूम रही थी, पर मैं नव्या से अभी भी प्यार करता हूँ। हे भगवान्, मैं दोनों के बीच कन्फ्यूज हो रहा हूँ।

मेरा दिमाग वैदेही की अदाओं, उसकी मुसकान, उसकी आँखों व उसके भावों को भूल नहीं पा रहा। क्या मुझे उससे प्यार हो गया है?

क्लास में भेड़ाघाट जाने के मुद्दे पर बात हो रही थी। वह जबलपुर शहर से बीस किमी. दूर नर्मदा नदी के किनारे बसा हुआ है। उसके आसपास की प्रसिद्ध जगह हैं, धुआँधर फॉल, द मार्बल रॉक्स और चौंसठ योगिनी मंदिर।

एक-दूसरे की मंजूरी लेने के बाद हममें से कुछ ने बस का बंदोबस्त करने की जिम्मेदारी ली।

मैं वैदेही के ठीक पीछे बैठ गया, जो चारु के साथ बैठी थी।

भेड़ाघाट की यात्रा बहुत ही मजेदार थी। हमने रास्ते भर गाने गाए और एक-दूसरे का टिफिन खाया और आखिरकार दोपहर में पहुँच गए।

बसवाले ने हमें धुआँधार फॉल्स से दो किमी पहले ही उतार दिया था। हम जैसे ही बस से उतर रहे थे कि वैदेही ने मेरा हाथ पकड़ लिया और मुझे अपनी तरफ खींच लिया।

"अरे, वैदेही क्या हो गया? कहाँ ले जा रही हो?" उसने मुझे रोककर, मेरी तरफ देखकर कहा, "कहीं नहीं, क्या तुम मेरे साथ फॉल तक नहीं चल सकते?"

मैं मुसकराया और उसके साथ चलने लगा। वह अपने में ही मस्ती कर रही थी। अपने आसपास की मार्बल की दुकानों की छोटी-मोटी चीजों को देखकर मुसकरा रही थी। उसने फिर मुझसे अचानक पूछा, "तुमने मेरे उन सवालों का जवाब नहीं दिया, जो मैंने तुमसे उस दिन कैंटीन में पूछे थे।"

मैंने उससे वापस पूछा, "कौन से सवाल?"

उसने मुझसे यह फिर से पूछा और मुझे रोककर, मेरी गहरी आँखों में झाँककर यह सवाल किया, "तुम नव्या से प्यार करते हो या नहीं?"

मैं आगे बढ़ गया और मैंने उससे आँखें नहीं मिलाईं। मैं उससे कह सकता था कि मैं उससे प्यार करता हूँ, पर मैं कहना नहीं चाहता हूँ। वह मेरे पीछे आती गई और उसने वही सवाल एक बार फिर से पूछा। मैं रुक गया, चारों तरफ देखा और फिर उसकी आँखों में झाँककर देखते हुए मैंने उससे पूछा, "तुम क्या सुनना चाहती हो?"

उसने कहा, "सच।"

मैंने रुककर उसे देखते हुए कहा, "मैं उससे प्यार करता हूँ या प्यार करता था, मुझे यह सच्चाई खुद नहीं पता है और यही सच है।"

उसने दूसरा सवाल किया, तो "तुम किसी और से प्यार करते थे?"

मैंने उससे पूछा, "इससे कितना फर्क पड़ता है ?"

वह चुप हो गई और मेरे साथ चलने लगी, पर कुछ मिनट के बाद उसने फिर एक सवाल पूछा, "हालाँकि फर्क पड़ता है, पर मुझे नहीं लगता कि तुम्हें कोई फर्क पड़ता है तो छोड़ो। इस बारे में बात करने का कोई फायदा नहीं है।"

मैं एकदम से जागा और वह मुझसे कुछ कदम आगे जाकर रुक गई और मेरी तरफ घूमकर मुझे देखने लगी। मैंने उससे कहा, "वैदेही, कभी-कभी तुम मुझे बहुत ही कन्फ्यूज कर देती हो।"

वह मुसकराई और मुझे साथ में चलने को कहा। कुछ देर बाद चारु और अन्य दो सहपाठी भी हमारे साथ हो लिये।

चारु ने मुँह बनाकर मुझसे कहा, "अरे रोहन, मुझे भूख लग रही है। खाने के लिए कुछ खरीद दो।"

मैंने उसे चिढ़ाते हुए कहा, "अपना पर्स निकालो। अभी-अभी एक दुकान के पास से गुजरी हो, वापस जाओ और अपने लिए कुछ समोसे ले आओ।" चारु ने कहा और वैदेही यह सुनकर मुसकराई, "तुम किसी काम के नहीं हो रोहन जाओ, इस बेवकूफ वैदेही के साथ लगे रहो।"

हम आराम से धीरे-धीरे चलते रहे और वैदेही ने बोला, "मुझे भी अब भूख लगने लगी है।"

मुझे सुनाई दे गया और मैं ऐसा कर नहीं सकता था।

"तुम चलती रहो, मैं अभी आया।" मैंने उससे कहा और भाग कर वापस गया।

मुझे कुछ सेकेंड तक दौड़ता देख उसका मुँह खुला-का-खुला रह गया। फिर वह चारु व अन्य लड़कियों की तरफ मुड़ी।

मैं उस जगह पहुँच गया था, जहाँ हमारी बसें खड़ीं थीं। मैं एक स्थानीय चाय की दुकान पर गया और वहाँ से गरम दस समोसे पैक कराकर ले आया।

जब मैं वहाँ पहुँचा, तो मैंने उसे वहाँ नहीं पाया। हो सकता है वह वॉटरफॉल पहुँच गई हो! मैं वहाँ जल्दी पहुँचा तो वॉटरफॉल की आवाज सुनाई देने लगी।

भेड़ाघाट में पर्यटन का मुख्य आकर्षण वॉटरफॉल है। इन्हें धुआँधार कहा जाता है, क्योंकि पानी की बौछार ऐसी लग रही थी कि मानो नदी के पानी से धुआँ निकल रहा था। शायद इसीलिए इसका नाम 'धुआँ और धार' रखा गया।

मैं उसकी तरफ भागा और उस रेलिंग को पार कर उधर की ओर भागा, जहाँ नर्मदा नदी बह रही थी। मैंने देखा कि वह चारु एवं अपने दोस्तों के साथ वॉटरफॉल के साथ अपनी सेल्फी ले रही थी। मैं उसकी तरफ सावाधानी से भागा कि कहीं सख्त

चट्टानों के बीच गिर न पड़ूँ।

जैसे ही मैं उसके पास पहुँचा, वह वाटरफॉल की तरफ अपना मुँह किए हुए थी और चारु से बात कर रही थी। उसने मुझे नहीं देखा। मैंने अपने दोनों हाथ अपनी कमर में रखे और हाँफते रहा।

मैंने पीछे से कहा, "अरे वैदेही!"

वह मेरी तरफ मुड़ी और मुझे तेजी से साँस लेते हुए देखा और कहा, "क्या हुआ रोहन?" मैं अभी भी तेज साँसें लेता हुआ अपने को ऊपर उठाता हुआ समोसे का पैकेट उसके हाथों में आगे थमाने लगा।

"मैंने सुना कि तुम्हें भूख लगी है।"

उसने पैकेट के अंदर देखा और मुसकराकर मुझे देख पूछा, "यह सब मेरे लिए है?"

मैंने उसकी तरफ देखा और अपनी चिंता जताते हुए कहा, "तुम्हें भूख लगी थी न? सारे दस के दस खा जाओ।"

उसने कहा, "क्या तुम पागल हो या कुछ और हो?" वहीं चारु देखती रही। चारु की आँखें यह कहना चाह रही थीं, "जब मैंने तुमसे पूछा था तो तब तो तुमने इतने बुरे से जवाब दिया था और अब वैदेही के लिए दस समोसे, हाँ... ?"

मैंने वैदेही का चेहरा देखा और कहा, "तुम कुछ चारु को भी दे सकती हो।"

वैदेही मुसकराई और पैकेट में से समोसे निकालकर अन्य लड़कियों में भी बाँट दिए।

वैदेही फिर वॉटरफॉल के पास की रेलिंग की तरफ खड़ी हो गई। मैं भी गया और उसके पास जाकर खड़ा हो गया।

वह अब ज्यादा ही मुसकरा रही थी, पर थोड़ी अलग तरह से। वह आश्चर्य कर रही थी, मैंने उसे देखा तो वह मुझे देखे बिना कहने लगी, "दस समोसे... ?" और फिर खूब जोर-जोर से हँसने लगी।

मैं उसकी खिलखिलाहट सुनकर मुसकराने लगा।

उसने मुझसे पूछा, "तुम्हें पता है, यह फॉल कितना ऊँचा है?" मैं उसे सुन रहा था और वह अपने आप कहे जा रही थी कि "क्या कोई अपने पार्टनर को इतना प्यार करता होगा कि उसके लिए इतनी ऊँचाई से नीचे छलाँग लगा दे?"

मैं वॉटरफॉल को अभिभूत हुए देखे जा रहा था और फिर कहने लगा कि "मुझे नहीं लगता कि किसी को प्यार के लिए अपनी जान गँवा देनी चाहिए। उसे तो एक

ऐसी दिशा में अपनी राह मोड़ देनी चाहिए, जिससे उसके पार्टनर को खुशी मिले। इसी तरीके से तुम उसे सच्चा प्यार कर सकते हो।"

उसने समोसे में से एक निवाला खाया और मुझे भी खाने को कहा। मैंने एक हाथ में समोसा लिया और दूसरे हाथ से उसका मुँह खोल उसमें समोसा ठूँस दिया और हँसने लगा।

हमने साथ में मजे किए और यह भूल ही गए कि हमारे साथ और लोग भी हैं। जब हम शाम को कॉलेज पहुँचे, तो वह मुझे किनारे ले गई और फिर मुझसे पूछा कि "क्या तुम उसे प्यार नहीं करते?"

मैंने चुप रहने की ठानी और उसे देख मुसकराता रहा। मैंने उससे कहा कि मैं उसे घर के आधे रास्ते तक छोड़ सकता हूँ और वह मान गई। हम दोनों ने सड़क पार की कि तभी विनीत ने मुझे पीछे से आवाज दी और मुझे उसके साथ एक दुकान तक चलने को कहा।

मैं विनीत के साथ खड़ा रहा और वह अपने घर के रास्ते चल दी। पता नहीं क्यों, मेरा दिल यह कह रहा था कि वह चाहती थी कि मैं उसके साथ चलूँ। मैं उसे अकेला जाते देखता रहा।

शाम लगभग हो चुकी है और मौसम भी ठंडा हो चला था। मैं उसे देखता रहा और यह सोचता रहा कि वह मुझे देखने के लिए मेरी तरफ मुड़ेगी, पर वह चलती रही और दो मिनट के बाद वह मुड़ी और रुकी और मुझे उसके साथ चलने को कहा।

मैंने विनीत से कहा, "क्या तुम आगे बढ़ोगे?" और मैं वैदेही की तरफ भागा, जो किनारे पर खड़ी होकर मेरा इंतजार कर रही थी।

विनीत ने चिल्लाकर कहा, "तुम अपने दोस्त को एक लड़की के लिए छोड़ रहे हो", पर मैं इस बात की परवाह किए बिना उसकी तरफ दौड़कर चला गया।

मैंने उसके पास पहुँचकर हाँफना बंद किया और उससे कहा, "चलो, पैदल चलें मैं तुम्हें घर तक छोड़ दूँगा।"

उसने अपना सिर नीचे करके कहा "तुम मेरे लिए क्यों आ गए?" उसकी चाँदी की बालियाँ चमक रही थीं। मैंने उसकी तरफ देखा और उस समय नव्या को भूल गया।

मैंने उसे छेड़ते हुए कहा कि "मैं तुम्हें अकेले जाने नहीं दे सकता हूँ।"

हमने चौथा ब्रिज पार किया और गोरखपुर रोड की तरफ चलने लगे। मैंने

देखा कि वह अपने हाथ में पुस्तकों को अच्छे तरीके से पकड़ नहीं पा रही थी। मैंने शिष्टाचारवश उससे पूछा कि "क्या मैं तुम्हारी कुछ पुस्तकें उठा लूँ?"

उसने कहा, "नहीं, कोई बात नहीं।" मैं चलते हुए यह सोचने लगा कि पता नहीं लड़कियाँ इतनी फॉर्मल क्यों होती हैं? अगर वह एक लड़का होती, तो न सिर्फ अपनी पुस्तकें दे देती, बल्कि बैग भी दे देती।

मैंने उसे रोका और पुस्तकें उसके हाथ से ले लीं। उसने मुझे रोकना चाहा, पर मैंने उसकी एक भी नहीं सुनी और चलता रहा।

उसने मेरा मजाक उड़ाते हुए मुसकराकर कहा, "अगर तुम भार उठाना ही चाहते हो, तो तुम्हारी मर्जी।"

हम जब साथ चल रहे थे, तो उसने मुझसे पूछा, "तो तुमने उसे प्रपोज कैसे किया?"

मैंने उससे सवाल किया, "किसे?"

उसने कहा, "तुम्हें नहीं पता कि मैं किसके बारे में बात कर रही हूँ?"

"ओह! नव्या के बारे में।"

उसने फिर सवाल किया, "तो क्या, तुम्हारी उसके अलावा भी और कई गर्लफ्रेंड हैं?"

मैंने उससे हँसते हुए कहा कि "क्या तुम मेरे साथ सवाल-सवाल खेल रही हो?"

उसने मेरी आँखों में देखा और सीधे कहा, "मैंने जो पूछा है, उसका जवाब दो।"

मैं थोड़ी सी देर रुका और उससे कहा "मैंने उसे प्रपोज नहीं किया है।" वह रुकी और उसने हैरान होकर कहा, "क्या?" और फिर वह लगातार बोलती रही, "मुझे यह समझ नहीं आया कि वह तुम्हारी गर्लफ्रेंड है, तुम उसे प्यार करते हो और तुमने उसे अभी तक प्रपोज नहीं किया है। फिर तुम यह कैसे कह सकते हो कि वह भी तुमसे प्यार करती है?"

मैं उसके सवालों का जवाब न देते हुए आगे बढ़ते रहा और वह भी मेरे साथ इस आस में चलती रही कि मैं उसके प्रश्नों का जवाब दूँगा। मैं समझ नहीं पा रहा था कि यह क्या चल रहा है? एक तरफ तो मैं वैदेही की ओर खिंचा चला जा रहा था और दूसरी ओर मैं नव्या के बारे में थोड़ा कन्फ्यूज था। और यह वैदेही मुझे और कन्फ्यूज कर रही थी, उसके बारे में सवाल पूछ-पूछकर।

मैंने उसे कहा, "शिक्षक दिवस का दिन था और कक्षा ग्यारहवीं और बारहवीं

के बच्चों ने मिलकर अपनी सारे शिक्षकों के लिए पार्टी का आयोजन किया था।"

वह बहुत ध्यान से सुन रही थी। ऑफिस बियरर्स होने के कारण हम लोग इंतजाम आदि देखने के लिए व्यस्त थे और हम सबने सबसे अंत में लंच किया। मैं खुद के लिए खाना लगा रहा था कि तभी नव्या आ गई और मैंने उससे पूछा कि क्या मैं उसके लिए कुछ मिठाई लगा दूँ? मैं उसे मिठाई देने में मदद कर ही रहा था कि मेरा एक सहपाठी आ गया और उसने बीच में टोकते हुए कहा, "तुम इसे अपनी चम्मच से ही क्यों नहीं खिला देते?" उसने हमें छेड़ते हुए कहा कि "सब जानते हैं कि पिछले एक साल से तुम लोगों के बीच क्या चल रहा है?"

"मैंने उसकी बातों को नजरंदाज करने की कोशिश की और नव्या को भी उसकी अनदेखी करने को कहा। वह मुसकराई और हॉल के दूसरे तरफ चली गई और फिर वहाँ पहुँचकर मुड़कर मेरी तरफ देखा और फिर मुसकराई।''

मैं उसे यह कहानी बताकर चुप हो गया। हम लोग उसके घर के पास पहुँच गए।

उसने रोड की एक तरफ रुककर कहा कि "फिर तुमने उसे प्रपोज क्यों नहीं किया? ऐसा लगता है कि वह भी तुमसे प्यार करती है।"

मैंने धीरे से कहा, "पता नहीं, पर कोई तो ऐसी चीज थी, जो मुझे रोके हुए थी।"

उसने कहा कि तुम सही समय पर सही बात कह ही नहीं सकते हो। मेरे हाथों से पुस्तकें खींचने के बाद वह जल्दी से अपने घर की ओर भागी। मैं वहीं खड़ा होकर उसे देखता रहा। उसने फाटक बंद किया और मुझे 'बाय' कहा।

उसका यह कहने का क्या मतलब होगा, वह किस सही बात की बात कर रही थी, जो मुझे किसे और कब कहनी चाहिए थी?

मेरे दिल और दिमाग में चल रहे इन सवालों का मेरे पास कोई जवाब नहीं था। मेरे दिल और आत्मा में कुछ जुड़ाव नहीं हो पा रहा था। वह मेरी आज्ञा के बिना ही अपनी मर्जी से काम कर रहे थे, पर मेरे पास उनको स्वतंत्रता से अपना निर्णय स्वयं लेने के लिए छोड़ने के अलावा कोई विकल्प नहीं था।

वह क्या बात कर रही थी? नव्या के बारे में या खुद के बारे में? मुझे ऐसा क्यों लग रहा था कि वह मुझे पसंद करने लगी है? क्या वह यह चाहती है कि मैं उसे प्रपोज करूँ? पर क्या मैं उसे प्रपोज करने के लिए तैयार हूँ या क्या मैं अभी भी नव्या से प्यार करता हूँ?

कॉलेज में पहले सेमेस्टर की परीक्षाएँ शुरू होनेवाली थीं। अब गंभीरता से पढ़ाई करने का समय आ चुका था। जिन इंजीनियर्स ने पूरे सत्र पढ़ाई की थी, पर असल में वे इंजीनियर्स नहीं थे, पर हम लोग ने परीक्षा के ठीक पहले ही पढ़ाई की। उन दिनों, हॉस्टल में रात भर लाइट्स जली रहती थीं। लड़कों को ग्रुप में पढ़ाई करते देखना एक आम बात थी। वहीं कुछ लड़के अकेले छत पर पढ़ते थे और कुछ खुद को कमरों में बंद कर लेते थे। मैस और रिक्रिएशन वाले रूम खाली पड़े रहते थे।

परीक्षा होने से ठीक पहले हमने कॉलेज जाना बंद कर दिया था, क्योंकि हम सब अपना एक मिनट भी तैयारी करने के अलावा कहीं और बरबाद करना नहीं चाहते थे। स्कूल के दौरान मेरा रिजल्ट कोई बहुत अच्छा नहीं रहता था, इसलिए मैं इस बाबत थोड़ा ज्यादा ही सतर्क था। उन दिनों नव्या और वैदेही, दोनों ही मेरे दिमाग से कहीं दूर थे। मैं सिर्फ अपनी पढ़ाई पर ध्यान केंद्रित किए हुआ था।

नवंबर का महीना आ चुका था और जबलपुर में ठंड शुरू होने लगी थी। जबलपुर में जाड़े में ज्यादा ठंड पड़ती थी, क्योंकि वहाँ चारों ओर संगमरमर हैं। मुझे सेमेस्टर की छुट्टियों में घर भी जाना पड़ सकता था, अपने गरम कपड़े लाने के लिए। वैसे भी हमने आनेवाले रविवार को सिविक सेंटर जाने की सोची थी कि कुछ नए स्वेटर ले सकें। जबलपुर में सिविक सेंटर अपनी फैशनेबल दुकानों के लिए प्रसिद्ध है।

हॉस्टल में उस शाम काफी शांति थी। सीनियर्स की परीक्षा खत्म हो गई थी और कुछ तो अपने घर के लिए भी निकल पड़े थे और कुछ वहीं रहकर मजे कर रहे थे। उनमें से कई लोग तो अपनी गर्लफ्रेंड के साथ फिल्म देखने गए थे। मैं अपने पहला पेपर के खत्म होने का इंतजार कर रहा था कि मैं भी वह फिल्म देख आऊँ। मैंने पढ़ा था कि फिल्म अच्छी चल रही है और सलमान इसमें कुछ अलग दिखा भी है। पर मुझे अगले तीन दिनों तक इंतजार करना होगा।

हमारी सबसे पहली परीक्षा गणित की थी और मैं अपने कमरे में आकाश के साथ पढ़ने में व्यस्त था, जो बिस्तर में बैठकर पढ़ रहा था। आकाश अपने हाथों में एक पुस्तक लेकर लेटा हुआ था। मैंने अपने स्टडी टेबल पर ही बैठकर पढ़ना

सही समझा, जहाँ मैंने भगवान् श्रीगणेश की मूर्ति रखी थी, न सिर्फ आशीर्वाद देने के लिए, बल्कि अपनी मेज को गंदे कपड़ों और बेकार की चीजों से दूर रखने के लिए भी। छोटू अचानक कमरे की ओर भागता हुआ आया और उसने मुझे बताया कि एक लड़की सीढ़ियों के नीचे मेरा इंतजार कर रही है।

मैं सुनकर हैरान था कि एक लड़की मुझसे मिलने के लिए हॉस्टल में आई हुई है! आकाश ने भी मेरी ओर आश्चर्य से देखा। यहाँ तक कि मेरे रिश्तेदार भी मुझे बताए बिना ऐसे कभी नहीं आते। फिर यह कौन है? आशा करता हूँ कि सीनियर्स या विनीत ने मेरे साथ कोई मजाक न किया हो, जिन्हें अमूमन ऐसा करने में मजा आता है। मैं उठा और और कुरसी में लटकी अपनी टी-शर्ट को उठाकर पहन लिया।

मैं बाहर कॉरिडोर में गया पर वहीं मुझे आकाश के कमरा छोड़कर हमारे बगल वाले कमरे में जाने की आवाज आई, हालाँकि मैं नीचे उतर गया।

सीढ़ियों से ऊपर आते हुए मेरे एक सीनियर ने मुझसे कहा, "मजे करो।"

मुझे अभी भी यकीन नहीं था कि कौन मेरा बाहर इंतजार कर रहा होगा और मैरे सीनियर ने मुझसे ऐसा क्यों कहा? मैं जल्दी से नीचे पहुँचा। हॉस्टल अटेंडेंट भी मुझे देख मुसकराने लगे। मेरे सीनियर्स सोफे में बैठकर सिगरेट पी रहे थे। मैंने उनका अभिवादन किया और बाहर चला गया। मैं देखकर हैरान था कि वैदेही स्कूटी में बैठी हॉस्टल के बाहर मेरा इंतजार कर रही थी।

मेरे अधिकतर सीनियर्स लॉबी में बैठे हुए थे और उनकी आँखें वैदेही की ओर थीं।

उसके पास पहुँचते हुए मैंने सोचा, उसे इस तरह मेरे हॉस्टल में नहीं आना चाहिए था। अब यहाँ हर लड़का हमारे बारे में ही बात करेगा। अब कोई भी मुझे चिढ़ाने में कोई कसर नहीं छोड़ेगा।

मैंने उससे मुसकराते हुए कहा, "हाय! तुम यहाँ कैसे आई?"

उसने मेरे से भी बड़ी मुसकराहट भरे चेहरे के साथ कहा "क्या मैं तुमसे मिलने नहीं आ सकती?" मैंने जवाब दिया, "नहीं..नहीं···ऐसी बात नहीं है, पर तुम्हें पता है, यह लड़कों का हॉस्टल है।"

वह और मुसकराई और अपने दोनों हाथों से स्कूटी का हैंडल जोर से पकड़े रही। वह छोटी जींस और हल्के हरे टॉप में खुले बालों के साथ बेहद खूबसूरत लग रही थी। उसके पैरों की पेंसिल हील उसे अलग ही लुक दे रहे थी। मैंने उसे ऐसे कपड़ों में पहले कभी नहीं देखा था।

मैं उसके लड़कों के हॉस्टल के बाहर खड़े होने के कारण चिंतित था।

उसने मुझे देखा और मुसकराकर जवाब दिया, "मुझे पता है, यह लड़कों का हॉस्टल है। यह पहले फ्लोर की सबसे ऊँची खिड़की देखकर ही समझ आता है।" ऐसा सुनकर मैंने ऊपर देखा तो मेरे दस दोस्त उसी खिड़की से नीचे झाँक रहे थे, जिसमें आकाश, विनीत और अन्ना भी शामिल थे।

पर वह बहुत आराम से थी और उसने उन सबको नजरंदाज किया। मैंने सिर नीचे करके कहा, "मेरे दोस्तों के ऐसे व्यवहार के कारण उनकी तरफ से सॉरी।"

उसने कहा, "कोई बात नहीं, पर वह सब ऐसे क्यों देख रहे हैं ?"

मैंने धीमे-से उससे कहा, "मुझे लगता है कि तुम्हें पता तो होगा ही कि वे लोग तुम्हें देख रहे हैं।"

ऐसा सुनकर वह थोड़ी सजग हो गई और उसने कहा, "अच्छा, अब क्या तुम हमारे प्रोजेक्ट के काम के लिए इंजीनियरिंग ड्रॉइंग शीट दे सकते हो ? मुझे उन्हें कॉपी करना है।"

मैंने जवाब दिया, "अच्छा, ठीक है। मुझे दो मिनट दो।" मैं पीछे मुड़ा और खिड़की की तरफ आकाश को देखकर चिल्लाया, जो वहाँ से खड़े होकर झाँक रहा था, "आकाश ! क्या तुम मेरी इंजीनियरिंग ड्रॉइंग प्रोजेक्ट नीचे ला सकते हो प्लीज ? वैदेही को चाहिए।"

मैं इसलिए भी वहाँ से चिल्लाया कि सभी को पता लग सके कि वह वहाँ पर काम के लिए खड़ी है, न कि मुझे देखने के लिए।

आकाश थोड़ा सकपकाते हुए बोला, "हाँ···हाँ···मैं ला रहा हूँ"।

मैंने उससे पूछा कि उसकी तैयारी कैसी चल रही है ? वह थोड़ा चिंतित थी, क्योंकि अभी तक रिवीजन नहीं हुआ था, वहीं पहली बार परीक्षा से पहले मैं अपना सिलेबस खत्म करके खुश था।

मैंने देखा कि मेरे कुछ सीनियर दूसरी तरफ से उसकी नजरों से दूर मुझे इशारे कर रहे थे, पर मैंने उनकी तरफ नहीं देखा।

तभी आकाश दौड़ते हुए अपने हाथों में इंजीनियरिंग ड्रॉइंग शीट लेकर आया और उसने कहा, "हाय, वैदेही, तुम कैसी हो ? ये लो तुम्हारी शीट।"

उसने जवाब दिया, "धन्यवाद आकाश", उसने फिर आकाश से व्यंग्य करते हुए कहा, "तुम लोग खिड़की से झाँककर क्या देख रहे थे ?"

आकाश को समझ नहीं आया कि क्या जवाब दे, तो वह बड़बड़ाने लगा और

हकलाते हुए कहने लगा, "कुछ नहीं, मैं तो रोहन का इंतजार कर रहा था कि वह मुझे बताए…।"

वह उसका जवाब सुनकर मुसकराई और शीट लेकर उसे स्कूटी में रख दिया। उसने मुझे धन्यवाद दिया और मुसकराकर कहा, "ऑल द बेस्ट।" हमें 'बाय' कहकर उसने अपनी स्कूटी स्टार्ट की और वह चली गई।

मैं खड़ा होकर उसे देखता रहा पर उसने अपनी स्कूटी फिर से रोक दी, मैंने लंबे-लंबे डग भरे और उस तक वापस पहुँचकर पूछा, "क्या हुआ?"

उसने मेरी तरफ देखा और जवाब दिया, "तुम दाढ़ी में बहुत अच्छे लग रहे हो", पढ़ाई में ध्यान देने के कारण उग आई छोटी-छोटी दाढ़ी को देखकर उसने ऐसा कहा।

उसने अपना एक्सलरेटर बढ़ाया और जल्दी चली गई, पर इस बार पीछे मुड़े बिना। मैं मुसकराकर उसे देखता रहा, जब तक उसने किनारा पार न कर लिया। मैंने देखा कि मेरे सीनियर्स मेरी तरफ दौड़े चले आ रहे हैं।

उन सबने मुझे काफी चिढ़ाया और मैंने उसे मजे में लिया। इस तरह एक सुंदर-सी लड़की के मुझे हॉस्टल में आकर मिलने से मैं तो हॉस्टल का हीरो बन गया। मेरे सीनियर्स मुझे रोहन के बदले 'वैदेही' नाम से बुलाने लग गए। मैं भी इसमें इतना रम गया कि वे जब भी मुझे 'वैदेही' कहते, तो मैं उन्हें जवाब दे देता। बाद में तो मुझे ऐसा लगने लगा कि मुझे उसके ही नाम से बुलाया जाना चाहिए।

उसके नाम के साथ ही मेरे आसपास की सारी चीजें बदलने लग गईं। हॉस्टल में सभी को लगने लगा था कि वह मेरी गर्लफ्रेंड है।

मैं अब देखने लगा था कि नव्या तो कहीं पीछे ही छूट गई और वैदेही मेरे कितने करीब आ गई। मुझे लगने लगा था कि वह जबलपुर के संगमरमर पर पड़नेवाली जाड़े की धूप से भी ज्यादा सुंदर है, वह बसंत में नई कोमल घास पर पड़नेवाली धूप से भी ज्यादा तेज है, वह नीचे गिरी पत्तियों से भी ज्यादा मनमोहक है। मेरे लिए वह हर तरीके से गरमी का मौसम थी, क्योंकि वह नीले आसमान और हवा में फैलते प्यार के कारण परफेक्ट लगने लगी थी। मैं उसके प्रति सिर्फ इसलिए आकर्षित नहीं हो रहा था क्योंकि वह बेहद सुंदर थी, बल्कि इसलिए भी कि वह भीतर से भी उतनी ही सुंदर इनसान थी।

परीक्षाएँ समाप्त हो चुकी थीं और मैं पंद्रह दिनों के लिए घर जाने को उत्साहित था। हममें से अधिकतर लोग अपना बैग बाँध चुके थे और उस दिन चिल्ला रहे थे और गा रहे थे। शाम के सात बजे थे और अँधेरा भी हो चला था। मैंने भी अपना बैग सँभाला और आकाश को गले लगाया, जो अगले दिन जानेवाला था।

ठाकुर मेरा इंतजार कर था, क्योंकि वह मुझे दमोह नाके तक छोड़नेवाला था, जहाँ से मैं बस पकड़ लेता। मैं उस फ्लोर के हर कमरे में जाकर अपने दोस्तों को गले लगाने गया और उनको छुट्टियों की शुभकामनाएँ दीं। हर किसी ने एक-दूसरे को वापसी में उनके अपने शहर का सर्वोत्तम भोज्य पदार्थ लाने को कहा था।

मैं नीचे उतरकर आया तो ठाकुर बाहर अपने स्कूटर पर मेरा इंतजार कर रहा था। मैंने अपने दोस्तों और ग्राउंड फ्लोर में अपने सीनियर्स को 'गुडबाय' कहा और बाहर निकल गया। ठाकुर ने मुसकराकर मुझे कहा कि मैं जल्दी बैठूँ, क्योंकि मुझे छोड़कर वह अपने चाचा के यहाँ जाएगा। मैं खुशी में जोर-जोर से गाए जा रहा था, वहीं ठाकुर उदास लग रहा था, क्योंकि इन पंद्रह दिनों के लिए वह अकेला हो जाएगा।

तब तक ठंड बढ़ चुकी थी। मैंने अपने दोनों हाथ मोड़कर ठाकुर के पीछे छिपा लिये कि मैं ठंडी हवा से बच जाऊँ। ठाकुर ने भी गाड़ी जल्दी भगाई और भारी ट्रैफिक को पार कर लिया और मुझे जल्दी से दमोह नाका पहुँचा दिया, जहाँ से मुझे बस पकड़नी थी।

दमोह नाके पर भीड़ थी। लोग अपने कंधों पर बैग टाँगे हुए बसों को खोज रहे थे। कई सारी बसें अंदर आ-जा रही थीं, जिससे लोगों में अफरा-तफरी थी। मैंने ठाकुर का धन्यवाद दिया कि उसने मुझे यहाँ तक पहुँचा दिया और मैंने उसे जाने के लिए कहा। मैंने उससे कहा कि जब रिजल्ट आ जाएगा तो मुझे बता देना। मैंने उसे अपना रोल नंबर भी दे दिया था।

उसने मुझे गले लगाते हुए कहा, "चल, जल्दी मिलते हैं, बाय। अपना ध्यान रखना!" और फिर वह चला गया। मैंने अपने कंधे पर अपना बैग फिर से रखा। बैग बहुत भारी था, क्योंकि मैं उसमें अपने कपड़े ले जा रहा था, उसमें मम्मी, पापा, सुरभि दी के लिए कुछ उपहार भी थे। मैंने सामने देखा तो एक सफेद बस रोड के किनारे खड़ी थी, जिस पर लिखा था 'सागर।' मैं समझ गया कि यह एक प्राइवेट

बस है और सागर के लिए कभी भी चल सकती है।

मैं बस के अंदर बैठ गया और अपने लिए एक सीट ले ली। विंडो की तरफ झुककर मैं सो ही गया।

मैं अपने शहर अगली सुबह छह बजे पहुँच गया। मैं गहरी नींद से जगा। मैंने खिड़की से बाहर झाँकते हुए अपनी आँखें मलीं। बाहर कोहरा छाया हुआ था।

मैं बाहर निकला और चारों ओर देखा। बस स्टैंड खाली हो चुका था। आसमान हर बीतते मिनट में साफ हो रहा था। एक चाय के खोमचे के बगल में पीपल के पेड़ पर चिड़ियों ने कलरव करना शुरू कर दिया था। चूँकि बाहर ठंडा मौसम था, इसलिए मैंने अपने जैकेट की जिप ऊपर कर ली थी।

मैं अपने घर तक पैदल चलकर आ गया, जो वहाँ से बहुत ही पास था। मैंने वही जानी-पहचानी जगहें देखीं, जिसे मैं पिछले कई महीनों से मिस कर रहा था। मुझे वैदेही की याद आई और उसे और उसके हाव-भाव याद करके मैं मुसकराने लगा।

मैं नव्या से भी मिलने की सोच रहा था, पर थोड़ा समझ नहीं पा रहा था, क्योंकि मेरा झुकाव वैदेही के लिए बढ़ता जा रहा था। क्या मुझे नव्या से मिलना चाहिए और उसे प्रपोज कर देना चाहिए या मुझे वैदैही को प्रपोज करना चाहिए? कभी-कभी मुझे ऐसा लगता है कि मैं दोनों से बराबर प्यार करता हूँ, पर इससे मैं कहीं का भी नहीं रहूँगा। मुझे निर्णय तो लेना ही होगा।

जब तक मैं घर पहुँचता, आसमान साफ हो चुका था। मेरे घर के सामने की दुकानें अभी तक बंद थीं और बच्चे स्कूल बस के आने का इंतजार कर रहे थे। समय कितनी जल्दी भागता है। कुछ दिन पहले तक मैं भी एक स्कूल जानेवाला बच्चा था, ऐसे ही बस में बैठकर अपने दोस्तों और चचेरे-ममेरे भाई-बहनों के साथ स्कूल जाता था।

मैं घर पहुँचा और घंटी बजाई। किसी को भी नहीं पता था कि मैं आनेवाला हूँ और उनके लिए यह किसी सरप्राइज से कम नहीं था। दरवाजा खुला और मैंने पापा को देखा, जो अंदर से यह समझने की कोशिश कर रहे थे कि बाहर कौन आया है। मुझे देखते ही वह चौंके और दरवाजा खोलते ही उन्होंने मेरा स्वागत किया। मैंने उनके पैर छुए और उन्होंने मुझे गले लगा लिया।

उन्होंने मुझे गले लगाते हुए कहा, "तुमने हमें चौंका दिया" और वहीं मम्मी मेरी आवाज सुनकर चली आईं और मुझे देखते ही गले लगा लिया।

मैं अपने कमरे में गया और देखा सुरभि दी सो रही हैं। मैंने उनके गालों को

दबाया और मुझे देखकर वह चौंककर उठीं। उन्होंने मुझे गले लगाते हुए कहा, "भाई, मैंने तुम्हें बहुत मिस किया।"

मैंने उसे चिढ़ाते हुए कहा, "और अनुज कैसा है?"

मम्मी मुझे देखकर खुश थीं और उन्होंने पहले ही सोच लिया था कि वह मेरे लिए क्या बनाएँगी। मैं थोड़ा पतला हो गया था और वह इस बात से खुश नहीं थीं।

सुरभि दी बिस्तर से उठीं और मुझे खींचकर स्टडी रूम में मेरा हाथ खींचकर ले गईं। वह मुझे कुछ दिखाने की जल्दी में थी।

मैंने कहा, "मुझे कहाँ खींचकर ले जा रही हो, दीदी?" उन्होंने कहा कि "मैं तुम्हारे लिए कुछ लाई हूँ। अपनी आँखें बंद करो।"

उन्होंने जैसे कहा, मैंने वैसे ही किया, पर मुझे लगा कि मैं अपने स्टडी रूम में घूम रहा हूँ। उन्होंने लाइट ऑन की और मुझे आँखें खोलने के लिए कहा।

मैंने जैसे ही अपनी आँखें खोलीं, मैंने देखा कि उन्होंने मेरी और नव्या की फोटो फ्रेम करवा रखी थी। मैंने पहले फोटो को हतप्रभ होकर देखा, फिर अपनी बहन को देखा, जो मुझे मुसकराकर देखना चाहती थी। मुझे पता नहीं, पर मैं झूठी मुसकान भी नहीं दे पाया।

मैंने उन्हें देखकर कहा, "यहाँ किसने फोटो लगाई है; यह फोटो?"

उन्होंने जवाब दिया कि "मैंने मम्मी को इस को यहाँ लगाने को कहा, क्योंकि तुम इससे बहुत प्यार करते हो। वैसे भी तुमने मम्मी को अनुज के बारे में मनाने में मेरी मदद की, तो इतना तो बनता ही था।"

उन्होंने कहा "तुम्हें पसंद नहीं आया?"

मैंने झूठा उत्साह दिखाते हुए कहा, "नहीं..नहीं ऐसी बात नहीं है, पर इसके लिए थैंक्स।"

मुझे वह फोटो पसंद है, पर मैं इससे ज्यादा और कुछ नहीं सोच सकता था कि मेरे माता-पिता ने नव्या को स्वीकार कर लिया है, पर वैदेही का क्या होगा? अगर उसकी फोटो मेरे साथ यहाँ पर टँगी रही होगी तो क्या होगा?

सुरभि दी ने मुझे मेरे कमरे में अकेले छोड़ दिया और मैं उस फोटो को देखता रहा और यह सोचकर परेशान हो गया कि अब मैं क्या करूँ? क्या मुझे उससे मिलना चाहिए और मिलकर यह बता देना चाहिए कि मैं उसके बारे में क्या सोचता हूँ या मुझे उसे भूल जाना चाहिए?

मैं नहाया और अपने परिवार के साथ बैठकर नाश्ता किया और अपने पुराने

स्कूल के दोस्तों के कुछ फोन लिये, जो छुट्टियों में अपने-अपने घर वापस आए हुए थे। मैंने विक्रम के घर पर भी फोन किया तो पता चला कि वह कल आएगा।

उस दिन मौसम काफी अच्छा और खुला था और जाड़े में सूरज की धूप मिलने से ज्यादा अच्छा और क्या हो सकता है? मैं छत पर गया और मजे से धूप सेंकने लगा, तभी सुरभि दी आ गईं। पापा ने छत पर बहुत सारे फूल उगा रखे थे और वहाँ रंगों की बहार थी।

उन्होंने मुझे चिंतित देखा और उसके पीछे का कारण जानना चाहती थी। उन्होंने मुझसे पूछा कि क्या मैं किसी और को पसंद करने लगा हूँ और नव्या को छोड़ देना चाहता हूँ? मैंने उनकी बातें सुनीं और फिर दूर खड़े आम के पेड़ को देखने लगा। मैंने कहा, "पता नहीं क्या हो गया? मैं उससे अभी भी प्यार करता हूँ, पर मैं किसी और को उससे ज्यादा प्यार करने लगा हूँ। वह मेरे साथ पढ़ती है। उसका नाम वैदेही है। वह मेरी पक्की दोस्त है, पर कॉलेज में सभी लोग सोचते हैं कि वह मेरी गर्लफ्रेंड है। पर मैं उसके साथ अपने रिश्ते को लेकर संशय में हूँ। जब मैं उसके साथ होता हूँ, तो मुझे कुछ भी याद नहीं रहता और मैं उसी के साथ रहना चाहता हूँ, और जब मैं उससे दूर होता हूँ तो नव्या मेरे दिमाग में छा जाती है। जब मैं इस बात पर यकीन करना चाहता हूँ कि मैं नव्या से प्यार करता हूँ, तो वैदेही मुझ पर हावी हो जाती है। मैं बहुत ही कन्फ्यूज हूँ, दीदी!"

उन्होंने मुझे ध्यानपूर्वक सुना और फिर कहा, "कोई कन्फ्यूजन नहीं है, भाई। तुम वैदेही से प्यार करते हो।" मैंने उनकी तरफ देखकर यह समझने की कोशिश की कि वह इतने दावे के साथ कैसे कह सकती हैं? तब उन्होंने समझाया, "पिछले दो सालों में तुम्हें किसी ने भी नव्या से अलग नहीं किया। तुम किसी भी तरह उससे अलग नहीं हो सकते थे, पर वैदेही ने यह सेकंडों में कर दिया। इसलिए तुम पर उसका जादू चल गया। विश्वास करो रोहन, तुम वैदेही से प्यार करते हो।"

मैंने उन्हें बहुत ध्यान से सुना और यह महसूस किया कि वह सही कह रही हैं। अब मैं थोड़ा भी उलझा नहीं था। मैंने उनके गाल फिर से खींचे और जोर से चिल्लाया, "दीदी, तुम्हारा धन्यवाद। मैं तुमसे बहुत प्यार करता हूँ।"

मैंने बहुत गंभीर होकर उनसे पूछा, "क्या मुझे उसे प्रपोज कर देना चाहिए?" उन्होंने कहा, "इससे पहले कि कोई उसे प्रपोज करे, तुम उसे प्रपोज कर दो।" "भाई, कभी-कभी प्यार में आपको सोचना नहीं चाहिए, बस कर देना चाहिए। अपनी आँखें एक मिनट के लिए बंद करो और यह देखो कि उन दोनों में कौन तुम्हें सबसे ज्यादा दिखती है?"

मैंने उनकी बात सुनी और फिर वैसा ही किया। मैंने अपनी आँखें एक मिनट के लिए बंद कर लीं और वैदेही को ही अपने सामने मुसकराते हुए पाया। मैंने उसे अपने पास महसूस किया। मैं उसकी मुसकान को महसूस कर सकता था। वह मेरे आसपास कहीं भी नहीं थी, पर ऐसा लग रहा था कि वह मेरे आसपास ही है। अब मुझे पक्का यकीन हो चुका था कि मैं वैदेही से प्यार करता हूँ।

मैंने निश्चय किया कि मैं उसे नए साल की पूर्वसंध्या पर प्रपोज करूँगा और नए साल की शुरुआत अपने प्यार के साथ करूँगा। मैं 2 जनवरी को जबलपुर वापस चला जाऊँगा और अगले दिन उससे गले मिल सकूँगा।

मेरे लिए एक-एक दिन बिताना बहुत कठिन था, इसलिए मैं बाथरूम में घंटों शीशे के सामने बैठकर उसे प्रपोज करने का अभ्यास करता था। मेरी माँ इस बात से चिंतित थीं कि मैं इतना सारा समय बाथरूम में क्यों बिताता हूँ या फिर खुद को कमरे में बंद किए क्यों रहता हूँ? वह अकसर पापा से कहतीं, “मेरा बेटा बदल गया है, अकेला-सा रहता है।”

नए साल की पूर्वसंध्या थी और मैं वैदेही को प्रपोज करनेवाला था। मैंने अपनी बहन को इस बारे में बता दिया था कि मैं बगल के एस.टी.डी. बूथ में जाऊँगा और वैदेही से बात करूँगा। उसने मुझे शुभकामनाएँ दीं।

मैं पापा के स्कूटर से वहाँ गया। उस दिन बहुत ठंड पड़ रही थी। मैंने सिविक सेंटर से खरीदा हुआ जैकेट पहना। सड़कों में भीड़ थी और लोग खुशियाँ मनाने के मूड में थे। मैंने एस.टी.डी. के सामने अपना स्कूटर पार्क किया और उसके अंदर घुस गया। वहाँ पर भी काफी भीड़ थी। मैंने एक बूथ चुना, क्योंकि वह साउंड प्रूफ कमरा कहलाता था।

मैंने एक सीट ली और रिसीवर उठाया। मेरा दिल बहुत तेजी से धड़क रहा था और मेरे कान भी बहुत गरम हो गए थे और मेरे सिर के दोनों तरफ दर्द हो रहा था। मैं बहुत घबराया हुआ था। अगर उसने मुझे रिजेक्ट कर दिया तो क्या होगा? अगर उससे दोस्ती टूट गई तो क्या होगा, ऐसे कई सवाल मेरे दिमाग में घूम रहे थे।

मैंने अंदर पर एक पोस्टर लगा हुआ देखा, जिसपर लिखा हुआ था, 'जितना जरूरी है, उतना ही बात करो। दूसरे भी कतार में हैं।'

मुझे उससे साफ-साफ बात कर लेनी चाहिए, क्योंकि उसके लिए कई और लड़के भी इंतजार कर रहे थे। मुझे पता था कि मैं उससे प्यार करता हूँ और मुझे हमारे रिश्ते के बारे में भी पता था। मुझे पक्का पता था कि वह भी मुझसे ही प्यार करती है।

मैंने उसका नंबर डायल किया। मैं जनवरी के महीने में पसीने से तर था। मैं रिंगटोन सुन पा रहा था, तभी किसी ने फोन उठाया। वह उसका भाई था।

मैंने पूछा, "क्या मैं वैदेही से बात कर सकता हूँ?" यह सुनकर उसने मेरा नाम पूछा। उसने फोन को होल्ड में रखा और उसका नाम लेकर चिल्लाया। मैं फोन तक उसके दौड़कर आने की आवाज सुन सकता था। उसने फोन उठाया उठाया और पूछा, "आप कौन हैं?"

मैंने सँभलते हुए कहा, "मैं हूँ, रोहन।"

उसने पूछा, "क्या तुम वापस आ गए हो या अभी मुझे सागर से फोन कर रहे हो?" मैंने कहा, "नहीं, अभी मैं सागर में हूँ। कल वापस आऊँगा।"

फिर उसने पूछा कि "तो फिर बताइए मि. वर्मा, क्या चल रहा है?" मैंने उससे कहा," तुम्हें और तुम्हारे पूरे परिवार को नए साल की बहुत-बहुत बधाई।" उसने भी मुझे नए साल की बधाई दी। जब उसने कह लिया तो मैंने उससे कहा, "मैं तुमसे कुछ और बात भी कहना चाहता हूँ।"

"क्या हुआ, सबकुछ ठीक है न?" उसने पूछा।

मैं थोड़ा डरा हुआ था। मैं अपने माथे पर पसीने की लकीरें महसूस कर सकता था। मेरी आँखों ने झपकना बंद कर दिया था और मैं अपने दिल की धड़कनों के अलावा कुछ और नहीं सुन पा रहा था। अंततः मैंने कह ही दिया, "आई लव यू।"

मैं चुप हुआ और वह भी चुप थी, मैंने कहा, "आई लव यू। मैं जब भी तुम्हारे साथ होता हूँ, तुम्हें ही देखता रहता हूँ और जब भी तुम्हारे साथ नहीं होता, तो तुम्हारे ही सपने देखा करता हूँ। जब मैं आँखें बंद करता हूँ और तुम्हें मुसकराते हुए देखता हूँ और खुली आँखों में भी तुम्हारे ही सपने देखता हूँ। जब तुम पास होती हो, तो मैं तुम्हें छूना चाहता हूँ और जब तुम मुझे छूती हो, तो मैं तुम्हें गले लगाना चाहता हूँ। तुमने मुझे पूरी तरीके से बदल दिया है। मैं वह रोहन वर्मा नहीं रहा अब मैं तुम्हारे लिए रोहन शर्मा बनना चाहता हूँ।"

उसने बड़े आराम से मुझे सुना और कहा, "अच्छा।"

मैं तो डर रहा था कि वह कहीं फोन से निकलकर मुझे चार झापड़ न रसीद दे और साथ में उसकी 'न' से भी डर था। मैंने फोन नीचे रखने की सोची। मैंने कहा कि, "मैं तुम्हें बाय कहना चाहता हूँ, अच्छा बाय।" मैंने जल्दीबाजी में इतना बोला और रिसीवर नीचे रखने की सोची। इतने में उसने अपना मौन तोड़ा और कहा, "रोहन, रुको, अपना फोन नीचे मत रखो और मुझसे बात करो।"

मैंने कहा, "मैं तुमसे अभी इस स्थिति में बात नहीं कर सकता।"

वह जोर से कहने लगी कि मैं फोन नीचे न रख पाऊँ और फिर उसने कहा, "सुनो रोहन, तुम और मैं बहुत अच्छे दोस्त हैं।"

मैंने फोन उठाया और कहा, "हाँ, कहो।"

उसने कहा कि "देखो, तुम मुझसे ऐसे कैसे बात कर रहे हो? तुमने अभी जो भी कहा, वह सब मेरे लिए सही है। तुम जब कल या परसों कॉलेज वापस आओगे तो हम लोग इस बारे में बात कर लेंगे। तो रोहन, आराम से रहो," उसने मुझे इस संबंध में थोड़ा सहज बना दिया।

मैंने कहा, "अच्छा, फिर मुझे समझाने के लिए धन्यवाद। चलो फिर, कॉलेज में मिलेंगे।" इस तरह मैंने फोन नीचे रख दिया।

रिसीवर नीचे रखने के बाद मैं दीवार की ओर झुका। मैं अभी भी पसीने से भरा हुआ था और उससे अपने दिल की बात करके बहुत हल्का महसूस कर रहा था। मैंने कुछ भी गलत तरीके से नहीं कहा था। उसने कोई जवाब नहीं दिया था और न ही मुझे इस बारे में डाँटा ही। ऐसा इसलिए भी क्योंकि वह भी मुझसे प्यार करती होगी। बिल देने के बाद मैं घर की तरफ भागा। मैं घर पहुँचकर यह सारी बातें अपनी बहन को बताना चाहता था। इस तरह कई सालों में पहली बार मैं नव्या को थोड़ा भी मिस नहीं कर रहा था।

ड्राइव करते वक्त मैं दिमाग में उन सारी बातों को फिर से याद करने की कोशिश कर रहा था, जो मैंने उससे कही। मेरा दिमाग मेरे बस में नहीं है। मुझमें उसके पहले यह भावना कभी नहीं आई। किसी लड़की को प्रपोज करना तब बहुत मुश्किल होता है, जब आपको पता है कि वहाँ से 'न' ही मिलेगी।

मैं जब घर पहुँचा तो अँधेरा घिर चुका था। सुरभि दी मम्मी को पूरियाँ तलने में मदद कर रही थीं। पापा डाइनिंग टेबल पर बैठे थे। सुरभि दी ने अपनी भौंहें उठाकर मुझसे सवाल किया कि क्या हुआ? मैंने पापा से छिपकर उन्हें इशारा किया।

पापा रेडियो में न्यूज सुन रहे थे। उन्हें यह प्रोग्राम सुनना बहुत अच्छा लगता था। सब कोई चुप थे और समाचार सुनने में व्यस्त थे। मैं खड़ा हुआ और बिना किसी को परेशान किए अपने कमरे की तरफ चला गया। जल्दी ही दीदी भी कुछ बहाना करके मेरे पीछे आ गईं।

मैं अपने बिस्तर पर आँखें खोले लेट गया और मुझे वैदेही का मुसकराता हुआ चेहरा अपने सामने दिखने लगा। सुरभि दीदी मेरे कमरे में आईं और पूछा, "रोहन, क्या हुआ? उसने क्या कहा?"

मैं उनकी तरफ देखकर मुसकराया और कहा, "उसने 'हाँ' भी नहीं बोला और 'न' भी नहीं कहा।"

उन्होंने कहा, "खुलकर विस्तार में बताओ।"

मैं उठा और मैंने अपने कमरे का दरवाजा बंद कर दिया और वहाँ जो भी हुआ था, उसके बारे में मैंने उन्हें सबकुछ बता दिया। उन्होंने बहुत धैर्य के साथ मुझे सुना और मेरी बात पूरी हो जाने के बाद उन्होंने मेरी तरफ मुसकराकर कहा, "अच्छा, तो उसने हाँ कर दी? रोहन, मैं तुम्हारे लिए बहुत खुश हूँ।"

"पर उसने 'हाँ' भी नहीं कहा है, उसने मुझे कॉलेज में मिलने को कहा है।" दीदी ने एक अनुभवी शिक्षिका की तरह मुझसे कहा, "ओ मेरे प्यारे भाई, मैं लड़कियों को तुमसे ज्यादा अच्छे से जानती हूँ। लड़कियाँ बहुत सीधा सोचती हैं। अगर वह तुम्हें पसंद नहीं करती, तो उसने सीधे ही 'न' कह दिया होता। तुमने उसे प्रपोज किया, उसके बाद भी वह तुमसे बात करती रही! इसका सीधा मतलब यह है कि वह तुमसे प्यार करती है। इसलिए आराम से रहो और मुझे पार्टी दो।" मैं उसकी बातें सुनकर बहुत खुश था। मुझे यह समझ आ गया था कि नव्या मेरा सच्चा प्यार नहीं हैं, इसलिए मैं उसे प्रपोज भी नहीं कर पाया।

अब मैं उसके साथ अपने भविष्य को लेकर बहुत चिंतित था और इससे मेरी कॉलेज की जिंदगी पर भी बहुत प्रभाव पड़ेगा। मैं बहुत खुश था कि मुझे कोई ऐसा मिल गया है, जिसके साथ मैं अपनी पूरी जिंदगी बिता सकूँगा। भगवान् मुझे इतनी हिम्मत दे कि मैं उसकी मुसकराहट जीवनभर कायम रख सकूँ और स्वयं को उसकी मुसकराहट का कारण बनाऊँ।

एक तरफ जहाँ मैं कॉलेज जाने के लिए बहुत ही बेचैन था, वहीं उससे मिलने से डर भी रहा था। जब हम कॉलेज के दूसरे सेमेस्टर के पहले दिन कॉलेज जाने के लिए तैयार हो रहे थे, तब आकाश ने मुझसे पूछा, "क्या तुम ठीक हो? बहुत परेशान दिख रहे हो?" मैं उसे देखकर मुसकराया और उसे विश्वास दिलाया कि सबकुछ ठीक है। उसने काफी देर तक मुझे देखा, क्योंकि वह मेरे अंदर हुए परिवर्तन को देख पा रहा था।

उसने मुझसे कहा, "नहीं, तुम सही नहीं दिख रहे।" उसने काफी देर तक देखने के बाद कहा, "तुमने डियोड्रेंट की लगभग आधी बोतल अपने ऊपर उड़ेल दी है और तुम पिछले दस मिनट से अपने बाल सेट कर रहे हो और तुमने माउथ फ्रेशनर का भी इस्तेमाल किया है। तुम पहले तो ये सारी चीजों का इस्तेमाल नहीं करते थे!" वह गलत नहीं था। वैदेही को प्रपोज करने के बाद मैं अपने बारे में थोड़ा ज्यादा ही सोचने लगा था। मुझे इस बात का पता था कि इंजीनियरिंग क्लास में रुचि लेने के अलावा कोई तो है, जो मुझपर भी रुचि ले रहा है।

मैं उसकी तरफ मुड़ा और मुसकराते हुए बिस्तर पर बैठ गया और अपनी कमर पर हाथ रखकर लगातार हँसते गया।

"कुछ तो हुआ है, मुझे बता!" चिल्लाकर यह कहते हुए वह मेरे पास बैठ गया।

मैंने शरमाते हुए उसे बताया कि मैंने उसे प्रपोज कर दिया है। मुझे लगता है कि मेरा चेहरा गुलाबी पड़ गया है। वह चौंककर उठा और कहा, "क्या? तुमने किसे प्रपोज किया है?"

मैंने बड़े इत्मीनान से उसे देखते हुए कहा, "हाँ, मैंने वैदेही को प्रपोज किया है।"

उसका चेहरा सफेद पड़ गया और उसकी आँखें फटी-की-फटी रह गईं, उसने मुझसे पूछा, "भाई, उसने तुमसे क्या कहा? वह तो मान गई होगी।"

"अभी तो नहीं, पर उसने मेरे प्रेम-प्रस्ताव को मना भी नहीं किया। वह कॉलेज खत्म होने के बाद ही इसपर एक अंतिम निर्णय लेना चाहती है, पर इस बीच कॉलेज में हम लोग एक अच्छे दोस्त बनकर ही रहेंगे।"

वह उत्साहित होकर नाचने लगा और कहने लगा "बेटा, अगर उसने तुम्हारा प्रेम-प्रस्ताव ठुकराया नहीं है तो इसका मतलब उसने 'हाँ' कह दी है। मैं तुम्हारे और

भाभी के लिए बहुत खुश हूँ।"

'भाभी', उसने वैदेही को 'भाभी' कहा। मैं अभी यह तय ही नहीं कर पा रहूँ हूँ कि उसका सामना कैसे करूँगा और यहाँ इसने उसे भाभी बना दिया है।

मैंने उससे कहा, "सुन, अगर वह यह भाभी शब्द सुन लेगी न, तो वह मुझे मार डालेगी। अपने उत्साह पर काबू रखो और कॉलेज चलो। और सुनो, तुम अपनी भावनाएँ उसके सामने प्रकट मत करना।" मैंने उसे इस जोश को सबके सामने प्रगट करने से भी मना किया।

जब हम कॉलेज पहुँचे को हमारी सिविल इंजीनियरिंग की क्लास पहले ही शुरू हो चुकी थी। हम देर से पहुँचे थे। मैं क्लास के प्रवेश द्वार पर पहुँचा और टीचर से अंदर आने की इजाजत माँगी। वैदेही आगे की सीट पर बैठी थी और मुसकरा रही थी। मैं उससे आँखें मिलाने से कतरा रहा था और आगे बढ़कर ठीक उसके पीछे बैठ गया, जबकि उसके बगल की सीट खाली थी।

मैं जैसे ही सीट पर बैठा, वह पीछे मुड़ी और मुसकराकर मेरी तरफ देखने लगी कि मैं कुछ कहूँगा। पर मैं उसका सामना करने से बहुत घबरा रहा था। मैं अपनी पुस्तकों में देखता रहा।

उसकी मुसकराहट मुझे और नर्वस कर रही थी। मैं उसी व्यक्ति का सामना नहीं कर पा रहा था, जिसके प्यार में मैं गिरफ्तार था। क्लास के दौरान उससे पेन माँगकर मुझसे एक और बार बात करने की कोशिश की, जो मैंने उसे बिना आँख उठाए ही दे दिया। उसने मेरे हाथ से पेन लेते हुए मुँह बनाते हुए भुझे देखा।

जैसे ही क्लास खत्म हुई, मैं खड़ा हुआ और इससे पहले कि वह मुझसे कुछ कहती, मैं वहाँ से चला गया। मैं पता नहीं ऐसा क्यों कर रहा था? मैंने उसे लंच के समय में भी टालने की कोशिश की और अनुराग और विनीत के साथ कैंटीन चला गया। मुझे दिख रहा था कि वह मेरे ऐसे व्यवहार करने से बहुत परेशान हो रही थी।

फिर दिन हमारे बैच के आधे बच्चे सिविल प्रैक्टिकल लैब में थे, जहाँ हमारी टीचर हमें स्ट्रेस के बहुत सारे लेवल के बारे में समझा रही थीं और आधे बच्चे फील्ड प्रैक्टिकल में डंपी फील्ड के बारे में समझ रहे थे। मैंने लैब क्लास की और वह फील्ड क्लास में थी। हमने हमेशा ही फील्ड प्रैक्टिकल चुना था कि हम लोग बात कर सकें, पर उस दिन मैंने वह क्लास नहीं की।

चारु ने क्लास के बीच में मुझसे धीरे से पूछा, "क्या तुम दोनों में झगड़ा हुआ है?"

मैंने कहा, "नहीं, एकदम नहीं" और सेशन पर ध्यान लगाने लगा, पर मेरा दिमाग तो प्रैक्टिकल फील्ड में उसी के साथ घूम रहा था।

सर ब्लैकबोर्ड में हमें स्ट्रेस के बहुत सारे लेवल के बारे में समझाने में व्यस्त थे, तभी अचानक किसी ने दरवाजा खटखटाया। यह तो वैदेही थी। सर ने मुँह बनाते हुए उससे पूछा कि, "क्या हुआ ?" क्योंकि उसने उन्हें क्लास के बीच में टोका था।

उसने अपने हाथ पीछे करके कहा, "सर, हमारी प्रैक्टिकल की क्लास पूरी हो गई है।"

उन्होंने पूछा, "तो क्या तुम अब इस क्लास में आना चाहती हो ?"

उसने कहा, "नहीं सर, मैं पूछना चाहती हूँ कि क्या रोहन आपकी क्लास से अभी बाहर आ सकता है ?" मैं हैरान था। सब लोग मुझे देखकर मुसकरा रहे थे, वहीं प्रोफेसर वैदेही को एकटक देख रहे थे।

उन्होंने अजीब-सा चेहरा बनाकर कहा, "अगर मैं उसे बाहर भेजने से मना कर दूँ तो ?"

हालाँकि मैंने उसे जाने को कहा, पर वह अपनी बात पर अड़ी रही और उसने बड़ी बेबाकी से कहा, "सर, मैंने और उसने, दोनों ने अभी तक लंच नहीं किया है। सर, आप उसे जाने दो, ताकि हम दोनों बैठकर लंच कर सकें।"

सर गुस्सा हो गए और उसे तुरंत जाने को कहा। उसने सर से फिर पूछा, पर सर ने उससे कहा कि वह चली जाए। वह बड़े उदास चेहरे के साथ पीछे मुड़ी और सिर नीचे कर लिया। मैं जल्दी से उठा और उसकी ओर जाने लगा। सर ने तभी चिल्लाकर मुझे कहा, "क्या तुम बैठ सकते हो ? मैंने तुम्हें उठकर जाने को नहीं कहा है।"

"सर, मैं सच में भूखा हूँ। पिछले दो दिनों से मैंने कुछ नहीं खाया है, मैंने हॉस्टल में भी नहीं खाया है। मेरी आँतें भूख के मारे सूख रही हैं। अगर मैं नहीं खाऊँगा तो मैं मर जाऊँगा, प्लीज मुझे जाने दें।" मैं यह कहकर उसकी तरफ भागकर गया। मैंने अपनी क्लास से देखा तो वह कुछ दूरी पर थी। मुझे पता था कि मेरे सिविल टीचर मुझसे बहुत नाराज थे, पर मेरे लिए वह ज्यादा महत्त्वपूर्ण है।

मैंने पीछे से उसका कंधा छूकर उससे कहा, "तो क्या अब हम लोग लंच कर सकते हैं ?" वह पीछे मुड़ी और मेरी तरफ खिलखिलाकर हँसने लगी।

उसने मेरा हाथ पकड़ा और मुझे क्लासरूम के पीछे पेड़ों के किनारे ले गई और कहा, "बेकार आदमी।" यह वह किनारा है, जहाँ हम क्लास बंक करने के बाद छुप जाते थे। वह मेरे इतने पास आई कि मैं उसकी साँसों को महसूस कर सकता था।

पहली बार मैं उसकी खूबसूरत आँखों में झाँक रहा था।

मैं तो नीचे देख रहा था, पर उसने मेरी तरफ देखते हुए कहा, "तुम मुझे सुबह से ही टालने की कोशिश क्यों कर रहे हो?"

उसने जोर देकर कहा, "मेरी आँखों में देखो।" मैंने उसे देखते हुए कहा कि "पता नहीं क्यों मैं सुबह से ही तुम्हें टाल रहा हूँ?"

थोड़ी देर रुकने के बाद मैंने कहा, "ऐसा लगता है कि तुम मेरी गर्लफ्रेंड हो।" वह मुसकराई और मैं उसे देखता रहा, फिर उसने कहा कि "जब तुमने मुझे प्रपोज कर दिया है, तो अब घबरा क्यों रहे हो?"

मैंने पूरे आत्मविश्वास से उससे कहा, "मैं घबराया नहीं हूँ," पर मेरी आवाज काँप रही थी।

वह और पास आकर कहने लगी, "तो तुम मुझसे भाग क्यों रहे हो?" उसकी कुरती मेरी शर्ट को छू रही थी, पर मैं घबरा रहा था।

मैंने उससे कहा कि, "मैं कॉलेज के अंतिम दिन तक सिर्फ तुम्हारा दोस्त बनकर नहीं रह सकता और तुम्हारे जवाब का इंतजार नहीं कर सकता। मैं सिर्फ तुम्हारा हाथ पकड़कर और तुम्हारी खूबसूरत आँखों को निहारकर नहीं बैठ सकता, मेरे हाथ तुम्हारे बालों को सुलझा भी नहीं सकते। मैं कहते-कहते रुक गया। समय रुक गया, पर उत्तेजना अभी भी थी। तभी कुछ सेकेंड के बाद वह मुझे लगातार देखती रही और बैग में से अपना टिफिन बॉक्स निकाला और मेरे हाथ में रख दिया। उसने मेरी तरफ मुसकराकर देखा और कहा, "तुम यह टिफिन खा सकते हो," ऐसा देखकर मैं हैरान हो गया और वह चली गई।

जो भी कुछ उस समय हुआ, उस पर मुझे विश्वास नहीं हो रहा था। मैं वहाँ पंद्रह मिनट तक वैसे ही खड़ा रहा और हमारे बीच जो भी हुआ, उस पर विश्वास करने कोशिश करता रहा। मुझे अपने प्रपोजल का जवाब मिल चुका था।

अगले दिन, लगभग बीस घंटे नौ मिनट और छत्तीस सेकेंड के बाद वैदेही मेरे सामने क्लासरूम में खड़ी थी, जो अभी खाली था।

उसने मेरे अंदर पनपते हुए विचारों को अपनी मीठी आवाज में जगाकर कहा, "रुको, सोचो और फिर जवाब देना।"

मैंने उसे देखकर सिर हिलाया। उसने कहा, "कल जो भी हुआ, उसे भूल जाओ, क्योंकि हम लोग यहाँ पढ़ाई करने के लिए हैं और अपना भविष्य सँवारने के लिए हैं।"

"मैंने बहुत सरलता से उससे पूछा, "फिर आगे⋯ ?"

उसने मेरे कंधे पर अपने हाथ पर रखी पुस्तक मारते हुए कहा कि "मि. रोहन, मुझे पता है तुम्हारी सूई कहाँ पर अटकी हुई है, पर मैं इस बारे में गंभीर हूँ।"

उसने हमारे बीच शर्त रखते हुए कहा, "हमेशा याद रखना कि हम कॉलेज में अन्य लोगों की तरह एक अच्छे दोस्त बनकर रहेंगे, किसी को पता भी नहीं चलेगा कि हम लोग साथ में हैं और हम अपनी पढ़ाई पर ध्यान लगाए रखेंगे।"

जब तक वह मुझे समझा रही थी, मेरे पैर उसे छू गए, उसने तभी अपने हाथ मेरी तरफ आगे कर दिए। मैंने उसे देखा, फिर उसकी आँखों को देखा।

उसने मुझसे कहा, "क्या, आज मैं देवी नहीं हूँ? मेरे हाथ छूओ और मुझे सॉरी कहो।"

मैंने बड़ी मासूमियत से जवाब दिया कि "नहीं, अभी तो तुमने कहा कि छूना नहीं है।"

उसने अपने हाथ पीछे खींचते हुए धीमे से कहा, "मेरे हाथ छूने की अनुमति तो है।"

उसने अपना हाथ पीछे खींच लिया और कहा, "मि. रोहन, दिन में सपने देखना बंद करो। ऐसा कुछ भी नहीं होनेवाला है।" मैं उठा और दरवाजे की तरफ गया और बाहर झाँका, कॉरिडोर में कोई भी नहीं था। मैं फिर उसके पास गया और उसके पीछे खड़ा हो गया। वह एक कुरसी पर बैठकर पुस्तक खोल रही थी।

वह पीछे हटी, उसने अपनी पुस्तकें उठाईं और क्लासरूम के दरवाजे की ओर चली गई। वह क्लास के प्रवेश द्वार पर रुकी, पीछे मुड़ी और कहा, "याद रखना, अगर तुमने इसके बारे में अपने किसी दोस्त या किसी और जाननेवाले को बताया कि हम दोनों एक अच्छे दोस्त के ज्यादा कुछ और भी हैं, तो मैं तुमसे बात करना बंद कर दूँगी।"

मैंने अपने होंठों पर अपना अँगूठा रख लिया। क्या समय था वह, मैं उसे देख मुसकराया और कुरसी पर बैठकर मैंने अपने पैर डेस्क पर रख दिए।

हर गुजरते दिन के साथ मेरा प्यार परवान चढ़ने लगा। मेरे जीवन के हर विचार में मैं उसकी मौजूदगी पाने लगा। उसकी मुसकराहट, उसका व्यवहार, उसके होंठ, उसकी हरकतें, सभी मेरे लिए बेशकीमती थे और उसका साथ मेरे लिए एक सपने जैसा था, जो मैं सच में जी रहा था।

मेरा दूसरा सेमेस्टर बहुत ही अच्छा रहा। मेरे हॉस्टल के दोस्तों को छोड़कर, मेरे जीवन में सिर्फ एक ही दोस्त थी, जो थी वैदेही। हर सुबह मैं उसको साथ लेता और कॉलेज साथ जाता। क्लास के दौरान भी हम लोग साथ बैठते थे। वह हमेशा मेरे लिए एक अलग टिफिन लेकर आती और हम या तो लाइब्रेरी या क्लासरूम में बैठकर टिफिन करते। यह सबको पता था कि हम लोग एक युगल प्रेमी हैं, चाहे हम किसी से कितना ही क्यों न छुपाएँ!

आधी रात का समय था और हम लोग जबलपुर रेलवे स्टेशन के पास फौजी ढाबे की तरफ जा रहे थे। फौजी ढाबा रात में साढ़े आठ बजे खुलता था औ सुबह पाँच बजे बंद हो जाता था। रात में खाना खाने के लिए यह हमारी पसंदीदा जगह थी, महीने की शुरुआत को छोड़कर, जब हमारी जेबों में पैसे नहीं होते थे। इसलिए फौजी ढाबा हमारे दिलों में राज कर चुका था।

उस रात मैं, विनीत, अन्ना, आकाश, राहुल, रमन, मजहर और कुछ और लड़कों के साथ फौजी ढाबा गया। हम लोग हमेशा की ही तरह भूखे थे। मैं अपने बॉक्सर्स में था और वैदेही ने वैलेंटाइन-डे के दिन उपहार में जो सफेद टी-शर्ट दी थी, वह मैंने पहनी थी। उसका यह उपहार मेरे दिल के बहुत करीब था और मैंने रात में उसकी मौजूदगी का एहसास करने के लिए वह टी-शर्ट पहन ली थी।

हम लोग हॉस्टल से जैसे ही बाहर निकले तो छोटू को कहा कि जब हम वापस आएँ तो वह हमारे लिए दरवाजा खोले और वॉर्डन को इसका पता नहीं लगना चाहिए।

हम लोग बात कर ही रहे थे कि विनीत ने मुझसे पूछा, "तुम्हारी टी-शर्ट बहुत ही अच्छी लग रही है। तुमने कहाँ से खरीदी?" मैं उसे बताना नहीं चाहता था कि वैदेही ने मुझे उपहारस्वरूप दी है, पर उसने फिर जोर देकर पूछा कि तुमने यह कहाँ से खरीदी?

पर इस समय आकाश ने मुझे छेड़ते हुए कहा, "यह इसका वेलेंटाइन गिफ्ट है।"

मैंने झट से उसे बीच में टोकते हुए कहा, "ऐसा कुछ नहीं है, यह टी-शर्ट मेरी माँ ने मुझे दी है।"

विनीत लंबे-लंबे डग भरते हुए मेरे सामने आया और मेरी टी-शर्ट को सामने से देखने लगा।

विनीत ने मेरी हरकतों को देख कहा, "अच्छा अगर तेरी मम्मी ने तुझे गिफ्ट की है, तो चल हम आपस में टी-शर्ट बदल लेते हैं।"

मैंने बड़े हठ से उसे कहा, "मैं रोड पर अपनी टी-शर्ट कैसे उतारूँ ?"

"क्यों, तुम लड़के नहीं हो क्या ? हम रैगिंग के दौरान जब नंगे घूम सकते हैं, तो यहाँ क्यों नहीं" उसने जोर देकर कहा, "अपनी टी-शर्ट उतार, मुझे यह बहुत पसंद आ रही है, मुझे यह चाहिए ?"

आकाश भी साथ में मिल गया और कहने लगा। "हाँ, हाँ रोहन अपनी टी-शर्ट विनीत को दे दो।"

विनीत ने अपनी टी-शर्ट उतारी और वह मेरी भी टी-शर्ट उतारकर उसे देने का इंतजार कर रहा था। मैं थोड़ा पशोपेश में था। क्या करूँ या तो अपनी टी-शर्ट उसे दे दूँ या उसके सामने इकरार कर लूँ? उसके बदले मैं फौजी ढाबे की ओर तुरंत दौड़ा। विनीत और आकाश मुझे पकड़ने के लिए मेरा पीछा करने लगे। वहीं और दोस्त भी आ गए। मैं मुश्किल से पचास मीटर ही दौड़ा था कि उन्होंने पकड़ लिया और मेरी टी-शर्ट उतारने लगे।

मैं चिल्लाया, "मोटू, यार, रुक जाओ, मैं तुम्हें यह टी-शर्ट नहीं दे सकता" और फिर मैंने उनसे अपने इश्क का इकरार किया। सारे खुशी से चिल्लाए।

मैं चाहता तो नहीं था, पर अपनी टी-शर्ट को बचाने के लिए मुझे इस बात का इकरार करना ही पड़ा, "यार, समझा करो यह वैदेही ने मुझे दी है।"

उन्होने मुझे छोड़ दिया। विनीत व आकाश, दोनों जोर-जोर से हँसने लगें और बोले, "हम सबको पता है कि तुम्हें यह वैदैही ने ही दिया है, पर हम तुम्हारे मुँह से सुनना चाहते थे। हम तुम्हारे दोस्त हैं और हमें हमारी 'भाभीजान' के बारे में जानने का हक है।"

"अच्छा ठीक है, ठीक है। वह मेरी गर्लफ्रेंड है और उसी ने मुझे यह टी-शर्ट गिफ्ट की है।"

ऐसा सुनकर वे सारे रोड पर ही चिल्लाने लगे और उसका नाम जोर-जोर से लेने लगे।

"मुबारक हो!"

"हमारी अब एक भाभी हैं।" "रोहन की वैदेही"

मैं उन जैसे दोस्त पाकर बहुत खुश था, जो मेरे लिए खुश भी थे और मेरे बारे में सोचते भी हैं। उस रात तो मैं पार्टी ब्वॉय था और मैंने फौजी ढाबे में सबके बदले का बिल दिया।

हम लोग रात में दो बजे वापस आए और अपने कमरों में गए। विनीत आकाश के साथ हमारे कमरे में आया। हम लोगों ने लाइट बंद कर दी और बातें करने लगे। हमारे कमरे के ठीक बाहर लैंप पोस्ट से लाइट आ रही थी।

विनीत ने खिड़की खोली, क्योंकि वह सिगरेट पी रहा था।

विनीत ने एक लंबी कश भरते हुए पूछा कि "तुम हमसे यह क्यों छुपा रहे थे?"

मैंने कुछ सोचकर उसकी गोद में लेटकर फिर जवाब दिया, "वह अभी तो इस बारे में खुलकर बात नहीं कर सकेगी।"

"और तुम्हारे स्कूल की गर्लफ्रेंड के बारे में क्या हुआ, क्या नाम है उसका, नव्या?"

अपनी टी-शर्ट पर हाथ रखकर मैंने कहा, "मुझे लगता है कि वह सिर्फ आकर्षण था, कुछ और नहीं। मैं अब उसके सपने नहीं देखता।"

उसने मुझसे पूछा, "तुम हमें फिर कब उनसे मिला रहा हो, हमारी भाभी की तरह?"

मैं मुसकराकर उसे सुनता रहा, पर मैं उन्हें उससे अभी तो ऐसे नहीं मिला सकता। "भाई, समझा करो, अभी नहीं। मैं नहीं चाहता कि वह अभी से हमारे रिश्ते को लेकर सकपकाए।"

एक अच्छा दोस्त होने की वजह से वह मेरी बात समझ गया और मान भी गया। मेरी लव लाइफ एकदम सही जा रही थी। मेरा दिल और दिमाग प्यार के ही गीत गाता था।

मैं उसके लिए बहुत सारे गाने गाता था और वह उन गानों को काफी मन से सुनती भी थी। हम दोनों दिन भर साथ होते थे, साथ में चारु भी, जो हमें एक समय के बाद 'कबाब में हड्डी' की तरह लगने लगी थी।

चारु ने एक बार वैदेही से कहा भी था कि वह मेरे प्यार में पड़कर दिन पर दिन गोरी भी होती जा रही है, हम दोनों उसके इस बेतुके अवलोकन पर हँसने लगे।

हमारे पहले सेमेस्टर के रिजल्ट आ चुके थे। अनुराग सुबह-सुबह हमारे हॉस्टल दौड़े चले आ रहा था। मैं अभी तक बिस्तर में करवटें बदलकर वॉकमैन में गाने सुन रहा था, वहीं आकाश बाथरूम में पानी बरबाद कर रहा था।

अनुराग ने चिल्लाकर दरवाजे को धक्का मारते हुए कहा, "दोस्त, रिजल्ट आ गए हैं। तैयार हो जाओ, कॉलेज चलते हैं।" उसकी बात सुनकर, कुछ और लोग भी मेरे कमरे में जमा हो गए। हर कोई उत्साहित और घबराया हुआ था।

अन्ना ने डर के कहा, "मेरा तो पक्का ही रुक गया होगा एक सब्जेक्ट।" अनुराग एक लोकल लड़का था और उसे यह सारी खबरें फोन पर मिल गई होंगी। उसे परीक्षा परिणाम के बारे में पक्के से पता होगा, तभी तो वह पहले हॉस्टल आया कि मुझे साथ में ले जा सके। मैंने बाथरूम का दरवाजा जोर से खटखटाया और आकाश जल्दी से बाहर निकला। हम लोग जल्दी से कॉलेज के लिए तैयार हो गए।

मेरा दिल बहुत ही तेजी से धड़क रहा था। मेरे स्कूल की परछाई मेरा पीछा कर रही थी। मुझे लग रहा था कि पता नहीं पास भी हो पाऊँगा कि नहीं! हम जैसे ही कॉलेज गेट के पास पहुँचे तो नोटिस बोर्ड के पास बच्चों की भीड़ जमा थी। सारे अपना रिजल्ट देखने की कोशिश में चिल्ला रहे थे।

हम लोग स्कूटर से उतर गए और उसी तरफ भागे। विक्रम ने मुझे बधाई दी, क्योंकि वैदेही पहले स्थान पर आई थी। मैं उसके लिए बहुत खुश था। वह इस लायक थी। वह सिर्फ देखने में सुंदर नहीं थी, पढ़ाई में भी बहुत अच्छी थी।

मैंने चारों ओर देखा, पर वह आसपास कहीं भी नहीं थी। मैं नोटिस बोर्ड की तरफ अपना रिजल्ट देखने के लिए भागा। मैंने भीड़ के बीच में से अपने लिए रास्ता बनाया, जबकि अनुराग ने रास्ता बनाने के लिए पीछे से लोगों को धक्का दिया।

हमने परीक्षा परिणाम देखने शुरू किए। मैं सारे विषयों में तिहत्तर प्रतिशत अंकों के साथ पास हो गया था।

फिर मैंने वैदेही के अंक देखे, उसे मिले थे—नवासी प्रतिशत। उसने पूरे कॉलेज में टॉप किया था। मैंने धीरे से कहा—'आई लव यू।'

मैं किसी तरह भीड़ में से निकलकर आया और अनुराग के साथ खड़ा हो गया, जो नोटिस बोर्ड के सामने सीढ़ियों पर खड़ा था।

मैंने उससे पूछा, "अरे ठाकुर, क्या हुआ? तुम्हारा रिजल्ट कैसा रहा?"

ऐसा लग रहा था कि वह अभी रोने लग जाएगा, उसने कहा, "एक विषय में फेल हो गया।"

मैंने उसे सांत्वना देने की कोशिश की और कहा, "यार, चिंता मत करो। इसको इतना गंभीरता से मत लो। सिर्फ एक ही विषय तो है, तुम इस कंपार्टमेंट परीक्षा में पास हो जाओगे।"

जहाँ मैं उसे सांत्वना दे रहा था, वहीं आकाश दुःखी-सा चेहरा बनाकर आ गया और उसके साथ विनीत भी आया, जो हँस रहा था।

मैंने पूछा, "विनीत क्या हुआ, तुम्हारा रिजल्ट कैसा रहा?"

उसने फिर हँसते हुए कहा, "होना क्या है? मैं सारे पाँचों विषयों में फेल हो गया हूँ और आकाश दो में।"

अनुराग ने कहा, "बकवास. **** और तुम लोग हँस रहे हो?"

विनीत ने हँसते हुए जवाब दिया, "सुनो, आज मैं फेल जरूर हो गया हूँ, पर एक दिन इंजीनियर जरूर बनूँगा।"

हम लोग बातचीत में मशगूल ही थे कि मैंने दूसरी बिल्डिंग से वैदेही को आते देखा। मैंने खिड़की से देखा कि वह आ रही है। मैं उसकी तरफ भागकर गया।

वह स्कूटी से आ रही थी और मैं दूर से उसे देख चिल्लाकर कहने लगा, "अरे वैदेही।" मेरा नाम सुनकर वह एकदम रुक गई और मुसकराकर मेरी तरफ मुड़ी, चारु, जो पिछली सीट पर बैठी थी, वह नीते उतर गई।

मैंने उसे हल्के-से गले लगाते हुए अपनी साँस रोककर कहा, "मुबारक हो!" पर उसने पूछा, "क्या तुम्हें पता है कि अगले महीने हमारे कैंपस में वार्षिक उत्सव हो रहा है?'' मैंने उससे मुँह बनाते हुए कहा, "सच में, तुम अपना रिजल्ट जानना नहीं चाहोगी।" मैंने उसे बताया कि अपना रिजल्ट देखने से पहले मैंने उसका रिजल्ट देख लिया था। पर उसने बात जारी रखते हुए कहा कि, "पर मैं तो वार्षिक उत्सव के बारे में ज्यादा उत्साहित हूँ।" मैंने भी शरारती अंदाज में कह दिया, "हाँ, मैं तुम्हारे साथ डांस करना चाहूँगा। बॉल डांस करोगी?"

उसने कहा, "चुप रहो, वही पुराने गाने में ग्रुप डांस", आजकल तेरे-मेरे प्यार के चर्चे हर जुबान पर..."

"और तुम्हें ये सारी जानकारियाँ किसने दी हैं?"

"मैं अंजुम सर से मिली थी। उन्होंने कहा कि हमारा बैच इस गाने पर डांस करेगा।"

वह मेरे काफी करीब आई और धीरे से पर बहुत गंभीर आवाज में कहने लगी, "मैं आशा करती हूँ कि हम कॉलेज में अभी तक एक कपल के रूप में प्रसिद्ध न हुए हों।"

हवा उसके बालों को उसके चेहरे पर उड़ा गई। मैं थोड़ा घबराकर आँखें झपकाकर कहने लगा, "नहीं, हम तो अभी भी सबसे अच्छे दोस्त हैं। कोई भी नहीं जानता होगा कि हम एक कपल हैं।"

वह रुकी और मुझसे पूछने लगी, "फिर क्यों तुम्हारे हॉस्टल के दोस्त पीछे से हमारे ऊपर हँस रहे हैं?"

मैंने जैसे ही सुना, तो तुरंत पीछे मुड़कर देखा, मजहर, विनीत, अन्ना सब शैतानी चेहरा बना रहे थे और हमें देखकर हँस रहे थे। मैं उन्हे देखकर चिल्लाया, "क्या हुआ?"

वे समझ गए, "कुछ नहीं रोहन, कोई बात नहीं।" वे फिर से हँसने लगे और दूसरी तरफ चले गए।

इस घटना से वह थोड़ा सकपका गई और उसके चेहरे का रंग बदल गया। उसने फिर पूछा कि "रोहन, मैं तुम पर पूरा भरोसा करती हूँ। आशा करती हूँ, वह हमारे बारे में कुछ नहीं जानते होंगे।"

मैंने उसकी बात पर हामी भरी, और फिर उससे पूछा, "क्या हो जाएगा अगर वह जान जाएँगे?"

थोड़ी परेशान-सी उसने अपने चेहरे से अपनी लट हटाई और कहा, "मैं एक रुढ़िवादी परिवार से हूँ। मेरे पापा यहाँ के कई फैकल्टी मेंबर्स को जानते हैं। अगर उन्हें हमारे बारे में पता चलेगा तो बड़ी मुसीबत हो जाएगी।"

मैंने उससे कहा कि "एक दिन तो उनको पता चल ही जाएगा।"

उसने मुझे समझाते हुए कहा, "हाँ, वह तो है ही, पर उस दिन तुम पूरी तरह से काम करने लगोगे और मेरे पास उनको समझाने के लिए कोई कारण भी होगा।"

मैंने उसकी आँखों में देखा और कहा, "मैं तुम्हें भरोसा दिलाता हूँ कि मैं तुमसे प्यार करता हूँ और कोई यह नहीं जान पाएगा कि हम दोनों एक हैं।"

वह फिर मुसकराई और मैं भी, पर मैं थोड़ा घबराया हुआ भी था, क्योंकि मैं उससे झूठ बोल रहा था। हमारे हॉस्टल में हर कोई हमारे प्रेम-प्रसंग के बारे में जानता था। मेरे दोस्त जानते थे कि मैं उससे प्यार करता हूँ। मुझे पता है कि मैंने अपने करीबी दोस्तों को यह बात बताकर गलती की है, पर अगर मैं उन्हें नहीं

बतलाता तो भी सबको पता चल जाता, क्योंकि सबको यह साफ-साफ दिख रहा था। अगर उसे यह पता चल जाए कि मैंने उससे झूठ बोला है तो क्या होगा? पर मैं अपने प्यार के बारे में पक्का था कि मैं किसी भी परिस्थिति में उसे मना ही लूँगा।

अगले दिन डांस के लिए ऑडीशन शुरू हो गए।

अंजुम सर ऑडिटोरियम की स्टेज पर बैठे थे, जहाँ कुछ और लड़के उन्हें घेरकर बैठे हुए थे। वह हमारे बैच को उस डांस का थीम समझा रहे थे, जो हमें परफॉर्म करना था। हम दोनों गए और अन्य लोगों के साथ खड़े हो गए। उन्होंने समझाया कि यह डांस एक युगल डांस है—जिसमें एक लड़का और एक लड़की होंगे। यह एक बॉलीवुड फिल्म के गाने पर होगा और हमें अच्छी तरह से तैयार भी होना होगा।

वैदेही एवं मैं यह सुनकर बहुत उत्साहित थे। यह एक युगल के रूप में भी सबसे बढ़िया डांस होगा। मैंने उसे छूकर अपनी खुशी जताई।

जब अंजुम सर ने अपनी बात पूरी खत्म कर ली, तो उन्होंने उन सारे बच्चों के नाम एक जोड़ी के रूप में माँगे। मैं तुरंत उनके पास गया और हम दोनों का नाम भी लिखने को कहा।

अंजुम सर ने हमें देखा और फिर कहा, "तुम दोनों पार्टनर्स नहीं बन सकते। अपने लिए अलग पार्टनर्स चुन लो।" उन्होंने अचानक यह बात कही, जिसकी कल्पना भी नहीं की जा सकती थी।

मैंने जोर देकर कहा "सर, पर क्यों? हम दोनों एक पार्टनर की तरह डांस करना चाहते हैं।" वहीं वैदेही एक गंभीर-सा चेहरा बनाकर उन्हें सुनती रही।

उन्होने मुझसे हँसते हुए कहा, "कम-से-कम उसे ही परफॉर्म करने दो।" उन्होंने कहा, "इस गाने के लिए तुम दोनों एक साथ जँचोगे भी नहीं। अपने लिए अलग पार्टनर ढूँढ़ लो।"

मैं उन्हें कुछ भी नहीं कह पाया और वैदेही की तरफ मुड़ा। वह गुस्से में खड़ी थी। उसने मेरी तरफ देखा और ऑडिटोरियम से बाहर चली गई। मैं उसका नाम पुकारता दौड़ता हुआ बाहर चला गया। वह ऑडिटोरियम के बाहर रुक गई और एक खँभे के पास रुक गई।

मैं उसके पास पहुँचा तो देखा उसकी आँखों में आँसू थे। मैंने उससे कहा, "ओ वैदेही, रोना बंद करो। वह सोचते हैं कि हम इस परफॉर्मेंस के लिए ठीक नहीं है। अपना दिल छोटा न करो, यह उनकी सोच है।"

पर वह रुकी नहीं। उसने अपना रूमाल निकाला और रोती ही रही।

मैंने उसे चुप कराने की कोशिश करते हुए कहा, "प्लीज, रोना बंद करो। आई लव यू। इससे कुछ फर्क नहीं पड़ता कि हम साथ में डांस न करें, पर हम दोनों साथ ही में हैं।"

उसने मेरी तरफ देखा। मैं उसे पकड़ना चाहता था पर उसने कहा, "मैं डांस के बारे में चिंतित नहीं हूँ, रोहन। अंजुम सर ने यह क्यों कहा कि 'कम-से-कम उसे परफॉर्म करने दो' क्या इससे यह पता नहीं चलता कि हम दोनों साथ हैं?"

मुझे पता है कि वह मुझसे प्यार करती है, पर उसका यह सोचना कि किसी को इस बारे में पता न चले, इसके बारे में सोचकर मुझे परेशानी हो रही थी।

मैंने थोड़ा तल्ख होकर उससे पूछा, "तुम इस बारे में इतना क्यों सोच रही हो? तुम मुझे प्यार करती हो और मैं तुम्हें, भाड़ में जाए ये दुनिया। मैं किसी से डरता नहीं हूँ।"

उसने अपने आँसू पोंछते हुए जोर से कहा कि "पर मेरे लिए यह बहुत मायने रखता है, रोहन।"

मैंने उसे समझाने की कोशिश की और कहा, "अब तुम्हीं बताओ मैं उन्हें कैसे रोक सकता हूँ? हम दोनों साथ में हैं और यही सच है। एक दिन यह सबको पता चल जाएगा। हम तब कैसे छुपा पाएँगे?"

उसने अपना चेहरा मेरी ओर से घुमाया और दूसरी तरफ देखने लगी। मैं उसके पीछे खड़े होकर उसके जवाब का इंतजार करने लगा। वह मेरी तरफ देखे बिना दूसरी तरफ चली गई, जहाँ आकाश अन्य सहपाठियों के साथ खड़ा था।

उसने आकाश के कंधे में हाथ रखकर उससे पूछा, "आकाश, क्या तुम वार्षिक उत्सव पर डांस के लिए मेरे पार्टनर बनोगे?"

आकाश उसकी तरफ मुड़ा और फिर उसने मेरी तरफ देखा। मैं उसे और रोता नहीं देख सकता था, इसलिए मैंने उसे इशारा किया कि वह 'हाँ' बोल दे।

उसने मुसकराते हुए उसे कहा, "हाँ, जरूर, क्यों नहीं? मैं भी एक पार्टनर की ही तलाश में था।"

मैं उसके पीछे चुपचाप खड़ा रहा, सीने में हाथ रखे और टूटे हुए दिल के साथ। उसने आकाश को धन्यवाद कहा और उसे बताया कि वह अंजुम सर के पास डांस पार्टनर के रूप में उसका नाम लिखकर दे रही है।

मैंने उसका हाथ पकड़कर उससे पूछने की कोशिश की, "वैदेही, तुम इस

बारे में पक्की हो, "पर वह आगे बढ़ गई।

चूँकि वह अपने विचारों में स्पष्ट थी, इसलिए उसने कहा, "यह जरूरी है, रोहन। हमें लोगों को दिखाना है कि हम लोग कोई कपल नहीं है और इससे हमें मदद ही मिलेगी।"

मैंने उसे सुना और उससे एक अंतिम प्रश्न किया, "क्या तुम्हें पक्का पता है कि यहाँ सब कोई जानता है कि हम एक कपल हैं?"

उसने जवाब दिया कि "मैं इस समय सतर्क हूँ और मैं सोचती हूँ कि यही सही है।" हो सकता है वह सही हो और मैं ही चीजों को अलग तरीके से देख रहा हूँ, पर वह उसी चीज को एक अलग नजरिए ये देख रही होगी।

कॉलेज में हुए पूरे दिन के घटनाक्रम के बाद मैं उस शाम तक बहुत परेशान था। मैंने घड़ी में देखा तो रात के खाने का समय हो रहा था। मैंने अपना कमरा बंद किया और मेस में खाना खाने चला गया। उस दिन और दिनों की तुलना में मेरे कदम बहुत धीमे चल रहे थे। मैं बहुत ज्यादा उदास और दुःखी महसूस कर रहा था।

मैं वैदेही की सोच के बारे में परेशान था। वह नहीं चाहती थी कि हमारे रिश्ते को दुनिया जाने, पर स्थिति मेरे हाथ से बाहर जा चुकी थी।

मैं जब मेस में पहुँचा तो मैंने आकाश, विनीत व कुछ अन्य दोस्तों को एक साथ देखा, जो कुछ सीनियर्स के साथ रात का भोजन कर रहे थे। तीन लंबी मेजों को जोड़कर डिनर के लिए एक लंबी टेबल तैयार की गई थी और उसके दोनों तरफ बेंच लगा रखे थे।

विनीत ने मेरा स्वागत करते हुए कहा, "ओ वैदेही, रॉक स्टार्स के मेस में तुम्हारा स्वागत है," यह सुनते ही सब जोर से हँसने लगे। मैंने उन सबको नजरंदाज करने की कोशिश की और अपनी प्लेट ले ली। हमारे हॉस्टल में चिढ़ाना सबका एक पसंदीदा काम था और सब इसे पसंद से करते थे। कोई इस बात की परवाह नहीं करता था कि चिढ़ाने से किसी की भावना आहत हो सकती है।

उस दिन रात में खाने के लिए राजमा, चावल और रोटियाँ थीं। जब तक मैं अपने खाने के लिए प्लेट लगा रहा था, तब तक आकाश ने कहा, "क्या हुआ, रोहन? मुझे लगता है कि अब वह मुझमें दिलचस्पी लेने लगी है, है न!"

फिर सभी लोग हँसने लग गए। मैंने उनकी परवाह नहीं की, अपना खाना लेकर राहुल के बगल में बैठकर खाने लगा।

आकाश ने मुसकराते हुए पूछा, "क्या हुआ? बहुत उदास लग रहे हो। क्या उससे कोई लड़ाई हुई है?"

मैंने भी झूठी मुसकान उकेरी, पर मुझे कोई चीज परेशान कर रही थी। मैंने आराम से अपना खाना खाया और तब तक वे बातें कर रहे थे। राहुल भी चुप से अपना खाना खा रहा था, तब मैंने धीरे से उससे पूछा, "तुम सब लोग आज कॉलेज में हम दोनों पर क्यों हँस रहे थे?"

मेरी आवाज सुनकर और सब लोगों ने बातचीत बंद कर दी और मुझे देखने लगे। विनीत ने तंज कसते हुए कहा कि "अपनी भाभी को देखकर मुसकराने में कुछ गलत है क्या?"

मैंने उससे कहा, "मैंने तुमसे कहा था कि तुम सब उसके सामने कभी यह बात उजागर नहीं करोगे कि तुम हमारे रिश्ते के बारे में सबकुछ जानते हो।"

पर उस दिन मैं अच्छे मूड में नहीं था और अन्ना ने मुझे चिढ़ाते हुए आगे कहा, "आज भाभी ने चूमा नहीं क्या शायद?" मैंने गुस्से में अपनी प्लेट हवा में फेंक दी और अन्ना की शर्ट खींचकर चिल्लाने लगा।

"बेवकूफ, मेरी दोस्ती का मजाक मत उड़ाओ। अगर तुम मेरे रिश्ते को बिगाड़ोगे, तो मैं तुम लोगों को छोड़ूँगा नहीं।"

मेरी आँखें गुस्से में लाल और मांसपेशियाँ सख्त हो गईं।

अन्ना ने मुझे जोर से धक्का दिया और मैं बेंच से नीचे गिर गया। और लोग भी खड़े हो गए और मुझे छुड़ाने लगे। हमारे सीनियर्स, जो अभी तक बैठे हुए थे, मुझे रोकते हुए चिल्लाने लगे, पर मैं गुस्से से भरा हुआ था और मैंने अपने सामने रखी प्लेटों में से एक प्लेट उठाकर उन पर फेंकी। मैंने अन्ना को पीछे से पकड़ा, जबकि विनीत और आकाश मुझे रोकने की कोशिश करते रहे। मैं गुस्से में पागल था, इसलिए उनको भी मारने लग गया। आखिरकार विनीत ने मेरे चेहरे पर एक घूँसा जड़ दिया और मैं गिर गया।

मेरी नाक से खून बह रहा था। मैं किनारे खिसक गया और खून रोकने के लिए अपनी नाक दबाने लगा। विनीत और अन्य खड़े होकर मुझे देखने लग गए। वहीं सीनियर्स ने हमें खींचकर अलग किया और फिर खूब डाँटा। राहुल ने मेस में रखे हुए मेडिकल बॉक्स से थोड़ी रूई निकाली और मेरी नाक साफ की। मैंने उसका हाथ हटाया और उन लोगों को थोड़ी देर तक देखता रहा और फिर रोते हुए जोर से चिल्लाया, "तुम लोग मुझे प्यार नहीं करते हो, तुम सबको शरम आनी चाहिए। तुम लोगों ने मुझे उस लड़की के सामने आज बेबस कर दिया, जिसे मैं अपने जीवन में इतना प्यार करता हूँ। तुम लोगों के कारण आज मैंने उसे रुला दिया।" मैं और जोर से चिल्लाने लगा, "आह…।"

राहुल अब भी मेरा हाथ पकड़कर मुझे रोके हुए था और मेरी नाक से निकलते हुए खून को रोकने की कोशिश कर रहा था, जो मेरी गरदन तक बह चुका था।

अन्ना ने एक सिगरेट निकाली और मेरे बगल में खड़े होकर दूसरी ओर मुँह

करके फूँकनी शुरू कर दी। विनीत उसकी बाँह दबा रहा था और आकाश की टी-शर्ट फट गई थी।

सीनियर्स ने राहुल को मेरा बहता खून साफ करने को कहा और मैं रोता हुआ अकेला खड़ा था। मैंने कुछ मिनट पहले जो भी किया था, उसके लिए मैं बहुत ही बुरा महसूस कर रहा था, क्योंकि मैं अपने गुस्से पर काबू नहीं रख पाया।

मैंने फिर कहना शुरू किया, "तुम लोगों ने मुझे अपना दोस्त कहा था और अब तुम ही लोग मेरा रिश्ता खराब करने पर तुले हो। मैं उससे बहुत प्यार करता हूँ, दुनिया में सबसे ज्यादा, और अगर मैंने उसे तुम लोगों की वजह से खो दिया, तो मैं तुम लोगों को कभी माफ नहीं करूँगा।"

विनीत तब पास में आया और मुझे गले लगा लिया, उसने कहा, "भाई, हमें माफ कर देना। क्या तुम अपने दोस्तों को माफ नहीं करोगे?"

मैंने उसे पीछे धक्का देना चाहा, पर उसने मुझे जोर से पकड़ लिया। उस दिन मुझे इस बात का एहसास हुआ कि अपने दोस्तों से झप्पी पाना दुनिया का सबसे खूबसूरत एहसास है। मैंने भी उसे गले लगाया और उसे 'सॉरी' कहा। हमें देखकर, आकाश भी कूदकर बीच में आ गया और फिर अन्ना भी, फिर राहुल और उस फ्लोर के और लड़के भी आ गए। मैं उन लोगों की झप्पियों के बीच फँसकर सैंडविच बन गया और अपने बहे हुए खून और दर्द को भूल गया।

हम जैसे ही उठ खड़े हुए, विनीत ने मुझे चिढ़ाते हुए फिर कहा, "वैदेही, तुमने आज प्लेट से बहुत बुरी तरीके से हमला किया है।"

इस बार मैं मुसकराने लगा और समझ गया कि वे लोग मुझे चिढ़ाना नहीं छोड़ेंगे, पर अंततः उन्होंने मुझसे यह वादा किया कि वह कभी भी उसको नहीं बताएँगे कि उन्हें हमारे रिश्ते के बारे में पता है।

मैं मेस में कुछ देर तक रहा। राहुल भी वहीं पर रहा। हम एक बेंच खींचकर छत के किनारे में ले गए और बैठकर रोड को देखने लगे।

उसने मुझसे कहा, "क्या तुम वैदेही के बारे में बात करना चाहते हो?"

मैं आगे देखता रहा और फिर मैंने कहा, "आज मैं गलत था। असल में आज मैं तुम लोगों पर गुस्सा नहीं था, मैं खुद से ही नाराज था। मैं अपना ही वादा नहीं निभा पाया।"

राहुल ने मेरी बात सुनी और फिर सोचकर जवाब दिया कि "जहाँ तक मैं वैदेही को जानता हूँ, वह आत्मविश्वास से भरी हुई एक बोल्ड लड़की है, उसे इस

बात से फर्क नहीं पड़ता कि कोई उसके बारे में क्या सोचता है, पर हाँ, मुझे लगता है कि वह घमंडी है।"

मैंने कहा, "घमंडी ? नहीं, एकदम भी नहीं, वह बहुत ही फ्रेंडली है। पर, उसके लिए आज मैंने एक नई बात सुनी।"

राहुल ने इत्मीनान से कहा, "देखो रोहन, वह तुम्हारे साथ बहुत फ्रेंडली है, पर हममें से अधिकांश के लिए वह एक घमंडी लड़की है, क्योंकि उसने पिछले एक साल में अपने कई सहपाठियों से अभी तक बात भी नहीं की है।"

मैंने जोर देकर कहा, "मैं तुम्हारी बात का समर्थन नहीं करता और वह घमंडी भी नहीं है"। राहुल सही नहीं था और मैं वैदेही के खिलाफ कुछ भी गलत नहीं सुन सकता था। वह मेरा प्यार है, और मैं उसका अपमान नहीं सह सकता। यह उसकी सोच हो सकती है, पर मेरे लिए वह सबसे प्यारी और फ्रेंडली इनसान है।

वार्षिक उत्सव का दिन था। मैंने डांस में भाग लिया था और चारु मेरी पार्टनर थी, वहीं वैदेही आकाश के साथ थी। मम्मी और पापा भी जबलपुर से मेरी प्रस्तुति देखने इस आयोजन में आए थे। मेरे लिए वैदेही को मम्मी-पापा से मिलाने का यह सबसे अच्छा समय था।

मैं बैकस्टेज में अपनी प्रस्तुति देने के लिए तैयार हो रहा था, तभी वॉर्डन ने कहा कि तुम्हारे पापा बगीचे में तुम्हारा इंतजार कर रहे हैं। मैं दौड़कर उनसे मिलने गया तो देखा, मम्मी भी उनके साथ खड़ी थीं।

मैं धोती और लाल कुरते के साथ एक पंजाबी पगड़ी पहने था। मैंने उनके पैर छूए और उन्हें खुशी से गले लगा लिया।

मैंने उनका शुक्रिया करते हुए कहा, "इस आयोजन में आने के लिए आप दोनों का धन्यवाद।"

माँ ने मेरे सिर पर एक थपकी देते हुए कहा कि "तुम अपनी प्रस्तुति दे रहे थे, हमें तो देखने आना ही था।"

पापा, जो मुझे प्यार से देखे जा रहे थे, ने अपने बैग से कुछ निकाला, जो वह पकड़े हुए थे।

उन्होंने मुझे गिफ्ट पेपर से लिपटा एक डिब्बा थमाते हुए कहा, "रोहन, यह तुम्हारे लिए है।"

मैंने उस गिफ्ट को आश्चर्य के साथ खोला और मेरी खुशी का ठिकाना ही नहीं रहा, वह था एक शानदार कैमरा। मैंने झट कहा, "वाह! पापा आई लव यू। मैं हमेशा से ही यह चाहता था।"

पापा ने मुसकराते हुए मेरी पीठ पर थपकी दी। अब मैं कॉलेज लाइफ के अपने हर पल वैदेही के साथ कैद कर सकूँगा। मैंने फिर उन्हें धन्यवाद कहा और उनसे कहा कि अब मैं चलता हूँ, क्योंकि मेरी प्रस्तुति अब शुरू होनेवाली है। मैंने उन्हें आगे की सीट में बैठने के कहा, जिससे वह मुझे परफॉर्म करते हुए अच्छे से देख सकें।

बैकस्टेज में मैं बैठनेवाली जगह पर गया, जहाँ सारे विद्यार्थी बैठे हुए थे। मेरी आँखें अनुराग को ढूँढ़ रही थीं। चूँकि उसने इस उत्सव में भाग नहीं लिया था तो वह मेरी प्रस्तुति के समय नए कैमरे से मेरी प्रस्तुति की फोटो ले सकता था।

मैंने उसे अपना कैमरा थमाया और उससे फोटो लेने को कहा। जल्दी ही हमारी प्रस्तुति शुरू हो गई और हमारा शो बहुत अच्छा रहा। मैं देख पा रहा था कि पापा शो को बहुत मजे से देख रहे थे। अभी बहुत सारे शो थे, जैसे ही हमने परफॉर्मेंस पूरी की, हमने कपड़े बदल लिये और विद्यार्थियों की बैठनेवाली जगह पर चले गए।

वैदेही मेरे बगल में आकर बैठ गई और हम लोगों ने पूरा शो अच्छे से, चिल्लाकर, हँसते हुए, मजाक उड़ाते हुए भी देखा। अनुराग ने तब तक बहुत सारी फोटो खींच ली थीं और फिर उसने कैमरा मुझे दे दिया।

मैं सामने से मम्मी-पापा को बैठे हुए देख पा रहा था। मैंने वैदेही के पास आकर उसके कान में आकर इसलिए कहा, क्योंकि बहुत शोर हो रहा था। मैंने कहा, "चलो, तुम्हें मम्मी-पापा से मिलाता हूँ।"

उसने चौंककर कहा, "सच में तुम मुझे उनसे मिलाना चाहते हो?" मैंने उसे अपने पास लाकर उसे समझाते हुए कहा, "हाँ, क्यों नहीं? मैं तुम्हें उनसे मेरी दोस्त की हैसियत से मिलवाऊँगा। आखिर जब कॉलेज खत्म होने के बाद मैं उन्हें हमारे बीच के रिश्ते के बारे में बताऊँगा, तो उन्हें तुम याद तो रहोगी।"

वह उस दिन बहुत सुंदर लग रही थी। एक सुंदर लड़की, जो अपने चेहरे पर मेकअप किए हुए थी, उस दिन कोई परी-सी लग रही थी। मैं उसे घूरने से अपने आपको रोक नहीं पा रहा था।

मैंने उसका हाथ पकड़ा और उसे उठने को कहा और हम मेरे माता-पिता से मिलने के लिए आगे की पंक्ति की में आ गए। उस समय डरी हुई-सी वह और खूबसूरत लग रही थी।

उसने मुझसे बहुत धीरे से कहा, "क्या मैं इनके पैर छू लूँ?" मैं मुसकराने लगा और कहने लगा, "आई लव यू, मेरे लिए यह ही बहुत मायने रखता है, पर उनके पैर छूना तुम्हारी मर्जी है।"

हम लोग जब पास आए तो मम्मी-पापा खड़े हो गए थे और मैंने उसका परिचय कराते हुए कहा, "माँ, यह वैदेही है।"

वैदेही ने उन्हें पहले हाथ जोड़ नमस्ते किया और फिर पैर छूने के लिए झुक गई।

पापा ने उसे रोकते हुए कहा, "रहने दो बेटा, इसकी कोई जरूरत नहीं है।"

माँ उसे बड़ी खुशी से देखे जा रही थीं, जैसे की उसे अभी ही अपने घर ले चलेंगी। वहाँ कुछ ज्यादा कहने को नहीं था, तो मैंने पापा को सूचित किया कि मैं अपने दोस्तों के साथ रहूँगा और हॉस्टल देर से जाऊँगा। वह हमारे रिश्तेदार के वहाँ वापस जा सकते हैं, जहाँ वह ठहरे हुए थे। मैं वहाँ से चला गया और वैदेही भी सहज हो गई। हम लोग अपनी सीट पर वापस आ गए और पूरा शो मजे से देखा।

कुछ ही मिनट बाद उसने मुझे उसके पीछे आने को कहा। वह उठी और चिल्लाते हुए बच्चों की भीड़ को अनसुना कर बाहर चली गई। वह जब चली गई, तब मैं उठा और उसके पीछे आने लगा।

मैं जैसे ही बाहर गया, तो देखा वहाँ घुप्प अँधेरा था और रात के साढ़े आठ बज चुके थे। मैंने चारों ओर देखा, पर वह नहीं दिखी। मैं बगीचे की तरफ गया और देखा कि वह लॉन के बीचोबीच अकेली खड़ी है।

मैं ऊपर गया और उसके पीछे खड़ा हो गया। उसके करीब जाकर मैंने उससे पूछा, "क्या हुआ ?"

उस रात में तारों भरे आकाश को देखकर उसने कहा, "इतनी रात में एक साथ हम दोनों पहली बार है।"

मैंने उससे कहा, "मैंने पहली बार तुम्हें खुले बालों में देखा है, काली रात की तरह, तुम्हारे बाल बहुत खूबसूरत लग रहे हैं।"

उसने जवाब दिया "उन दो तारों को देखो, कितने तेज चमक रहे हैं, ऐसा लगता है कि वह हमें अपने प्यार की कहानी सुनाना चाहते हों, पर उनकी आवाज हम तक पहुँच नहीं रही है।"

उसने अपना सिर नीचे किया और मेरी तरफ मुड़कर बोली, "मैं तुम्हारे साथ समय बिताना चाहती हूँ।"

मैंने पलटकर कहा, "मैं तुम्हारे साथ हर लम्हा बिताना चाहता हूँ।"

वह उस चाँदनी रात में इतनी सुंदर लग रही थी कि मैं उसे चूम लेना चाहता था। वहाँ पर बहुत शांति थी और सभी लोग शो देखने में व्यस्त थे और हम प्रेम के पंछी एक-दूसरे के साथ से बहुत खुश थे। खिले हुए फूलों ने इस पल में और रंग भर दिए थे।

मैंने उससे पूछा, "तुम मुझे प्यार करती हो या यह एक कल्पना है ?"

उसने मेरी आँखों में झाँककर कहा, "एक बात याद रखना, भविष्य में जो कुछ भी हो, मैं मौत आने तक तुम्हें प्यार करती रहूँगी।"

मैंने उसका हाथ पकड़ा और कहा, "चलो, अंदर चलते हैं।"

उसने मुझसे कहा, "क्यों तुम्हें यहाँ अच्छा नहीं लग रहा ?"

मैंने भी उसकी आँखों में देखा और कहा, "मेरे लिए भी यह रात सबसे ज्यादा रोमांटिक और यादगार रात रहेगी। मैं इस रात को आखिरी साँस तक याद रखूँगा। भगवान् ने मुझे तुम्हें मेरी जिंदगी में सबसे अच्छे उपहार के रूप में भेजा है। इससे पहले कि मेरा दिल इस बात को सुन ले, चलो यहाँ से चलें।" मैंने उसका हाथ पकड़ा और चलने लगा, पर उसने मेरा हाथ पकड़ मुझे वापस पीछे खींच लिया।

मैं जैसे ही उसकी ओर मुड़ा, वह आँखें बंद की हुई खड़ी थी। उसके खुले बालों को हवा उड़ाए जा रही थी और उसके दुपट्टे का किनारा भी हवा में उड़ रहा था। वह ऑडिटोरियम में वापस नहीं जाना चाहती थी।

उसने अपनी आँखें खोलते ही अगले मिनट में धीमे से कहा, "आई लव यू और मैं तुम्हें हमेशा प्यार करती रहूँगी। तुमने मेरे अंदर जो भी कुछ पाया हो, पर मैंने तुम्हें पाकर सच्चा प्यार पाया है, जिसके बारे में मैं कभी सोच भी नहीं सकती थी।"

उस समय मुझे समझ आ गया कि वह मुझे कितना चाहती है और मैं उसे कितना चाहता हूँ।

अगर कोई आपको प्यार करता है तो आपको उससे ताकत मिलती है और किसी को प्यार करने से आपको उत्साह मिलता है। प्यार एक ऐसी शर्त है, जिसमें अपनी खुशी की ही तरह दूसरे व्यक्ति की खुशी भी उतनी ही जरूरी है।

वापस जाते हुए उसने मुझे एक और बात कही, "हालाँकि अभी मैं जीवन की अधिकतर चीजों के लिए अनिश्चित हूँ, पर एक बात पक्की है कि मैं तुमसे प्यार करती हूँ और हमेशा तुम्हें प्यार करती रहूँगी।"

मैं उसके शब्दों को सुन मुसकरा उठा और मैंने उसके माथे को चूम लिया।

वह मेरे मम्मी-पापा से मिलकर बहुत विश्वास से भरी हुई थी। हो सकता है उसे अब विश्वास हुआ हो कि मैं उसे सच में प्यार करता हूँ। खुले बागान में उसका मुझे चूमना इस बात का सबूत था कि वह मुझे सच्चे दिल से और दिल की पूरी गहराइयों से प्यार करती थी।

कभी-कभी तो मैं उसे समझ नहीं पाता हूँ, पर मैं बिना कुछ जाने ही यह चाहता हूँ कि उसे सिर्फ प्यार करता रहूँ।

आज का दिन-2003

रात के साढ़े ग्यारह बज रहे थे और मैं देहरादून में प्रवेश कर चुका था। मैं वैदेही की यादों में इतना डूब गया था कि मुझे याद ही नहीं कि ये चार घंटे कैसे गुजर गए! मुझे ऐसा लगा कि मैं वापस कॉलेज के दिनों को जी आया और वह जबलपुर में मेरा इंतजार कर रही है, पर असलियत कुछ और ही थी। मैं देहरादून में अकेला था। हम जैसे ही चंद्रबाणी चौक से गुजर रहे थे, मैंने राजेश से कार रोकने को कहा।

उसने सिर हिलाया और कार की स्पीड कम कर दी और पार्किंग लाइट्स जलाकर कार को रोड के किनारे रोक दिया। राजेश ने पीछे मुड़कर मेरी ओर देख कहा, "सबकुछ सही है न, सर?"

मैंने जवाब दिया "हाँ, बस सिगरेट का एक पैकेट चाहिए था।"

मैं नीचे उतरा और किनारे में अब तक खुली हुई उस छोटी सी पान की दुकान के पास गया। मैंने अपना पर्स निकाला और उससे सिगरेट का पैकेट देने को कहा। राजेश ने कार का बोनट खोला और उसमें पानी का लेवल देखा। मैंने एक सिगरेट निकाली और सीट की तरफ पीछे की ओर झुक गया। मैंने एक कश खींचा और उस शाम के बारे में सोचने लगा, जब पापा का फोन आया था।

मैं दोस्तों के साथ हॉस्टल में मजे कर रहा था, तभी किसी ने चिल्लाकर मेरा नाम पुकारा। मेरे लिए फोन आया था।

मैं फोन उठाने के लिए भागा। एस.टी.डी. बूथ के मालिक, जो बहुत ही मुश्किल से मुसकराते थे, ने मुझे रुकने के लिए कहा, क्योंकि पापा फिर फोन करनेवाले थे। मैं हैरान हो गया कि पापा ने पता नहीं मुझे क्यों कॉल किया होगा? वह मुझे बहुत कम कॉल करते थे। जैसे ही फोन बजा, मैंने तुरंत झुककर उठा लिया।

पापा ने खुशी में मुझे सूचित किया कि "रोहन, एक खुशखबरी है।" मैंने माँ को कुछ बुदबुदाते हुए सुना, वह भी मुझसे बात करने के लिए लालायित थी।

उनकी खुशी को महसूस करते हुए मैंने अपने चेहरे पर मुसकान लाते हुए उनसे पूछा, "क्या हुआ, पापा?"

उन्होंने कहा, "सुरभि की शादी का दिन तय हो गया है और शादी दस दिन बाद है।"

यह तो बहुत अच्छी खबर है। मैं अपनी बहन के लिए बहुत खुश था, वह अब अपनी नई जिंदगी शुरू करेगी।

"वाह, यह तो बहुत ही अच्छी खबर है। कहाँ है वह ?" मैंने पापा से पूछा, पापा ने मुझे बताया कि वह अपने खास दोस्तों के साथ शॉपिंग करने गई है और उसे आने में देर हो जाएगी। मैंने उनसे कहा कि उसे मेरे बदले में बधाई दे देना और मैं उसे कल फोन करूँगा।

माँ ने पापा से फोन छीनते हुए कहा, "बहुत सारे काम करने हैं। तुम कम-से-कम एक हफ्ता पहले घर आ जाना।"

मैंने कहा, "हाँ, माँ! मैं जरूर जल्दी आऊँगा।"

वह जोश में कहे जा रही थीं, "मैं तुम्हारे हॉस्टल के लिए भी शादी के कुछ निमंत्रण-पत्र कुरियर कर दूँगी। तुम अपने दोस्तों को भी शादी में आने के लिए आमंत्रित करना।"

ऐसा सुनकर, मेरे दिमाग में एक विचार आया। मैंने उनसे कहा कि वह फोन का रिसीवर पापा को दे दें।

मैंने पापा से गुजारिश की कि "क्या आप सिविल लाइंस के संगम होटल में मेरे कुछ दोस्तों के लिए कमरे बुक कर सकते हैं ?"

उन्होंने जवाब दिया, "क्यों नहीं ? मुझे बता देना कितने कमरे बुक कराने हैं !"

मैं यह सोच रहा था कि अपने कुछ करीबी दोस्तों, जिसमें वैदेही भी शामिल है, को सुरभि दी की शादी में बुलाऊँ। मेरा विचार था कि इसी बहाने मैं उसे अपने पूरे परिवार से भी मिला दूँ। उसे भी मेरे पूरे परिवार से मिलने और उन्हें समझने के लिए समय मिल जाएगा। हो सकता है कि इससे हमारे रिश्ते के बीच थोड़ी बर्फ और पिघले और वह खुलकर के हमारे रिश्ते को स्वीकार कर पाए।

पर यह भी पक्का नहीं था कि वह शादी में भाग लेने के लिए आएगी भी कि नहीं। उसके तेवरों को समझ पाना बड़ा कठिन होता है।

मुझे पता था कि अगर मैं उसे शादी में आने को कहूँगा, तो वह लोगों की नजर में आने के चक्कर में 'न' कह देगी। इसलिए मैंने उसे इस बाबत मनाने के लिए एक प्लान सोचा। मुझे जैसे ही निमंत्रण-पत्र मिले, मैंने उसे नजरंदाज कर उसके कुछ करीबी दोस्तों के बीच निमंत्रण-पत्र बाँट दिए। मुझे पता था कि अगर मुझे उसे जलाना है तो मुझे चारु के साथ फ्लर्ट करना होगा। वार्षिक उत्सव के बाद से वह बहुत ही असुरक्षित-सा महसूस कर रही थी, इसलिए मैंने चारु के साथ मिलकर यह

प्लान बनाया कि यह प्लान कहीं काम कर जाए।

उस दिन मैं कॉलेज पहुँचा, वहाँ चारु और रीना वैदेही के साथ बाहर खड़ी थीं। रीना भी हमारी सहपाठी थी, जो एक पढ़ाकू और चुपचाप रहनेवाली लड़की थी। चारु और रीना कुछ पढ़ाई के बारे में बात कर रहे थे, वहीं वैदेही मेरी डायरी में लिखी कविताओं को पढ़ने में मशगूल थी। उसने वार्षिक उत्सव वाले दिन मेरी डायरी मुझसे ली थी, जब मैंने शो के दौरान अपनी कविताओं की कुछ पंक्तियाँ उसमें से पढ़ी थीं। उसे पता नहीं था कि मैं उसके पास पहुँच गया हूँ और उसके पास खड़ा हूँ।

मैं उसे जलाने के लिए अपनी योजना शुरू करने ही वाला था। मैंने अपने बैग में से शादी के निमंत्रण कार्ड निकाले और कहा, "हाय! चारु और रीना।" उन्होंने भी मुसकराते हुए मुझे जवाब दिया। वैदेही ने भी मेरी तरफ मुसकराकर देखा, तो मैं भी उसे देख मुसकराया और फिर मैंने अपना चेहरा अच्छे तरीके से बनाते हुए चारु की ओर देखकर कहा, "चारु, यह तुम्हारे लिए है।" मैंने एक कार्ड उसे और दूसरा रीना को दे दिया।

रीना ने कार्ड खोलते हुए कहा, "यह क्या है? किसकी शादी हो रही है?" मैं वैदेही का परेशान चेहरा देख पा रहा था, पर मैं अंदर से मुसकरा भी रहा था।

मैंने उन्हें कहा, "मेरी बहन सुरभि दी की शादी हो रही है तुम सबको आना है। जबलपुर से सागर सिर्फ पाँच घंटे ड्राइव करके पहुँच सकते हैं।"

वैदेही ने किसी तरह डायरी बंद की, अपने कंधे पर बैग डाला और चारु एवं रीना के साथ मेरी गुफ्तगू पर अपनी अरुचि दिखाते हुए आगे बढ़ गई और मुझे भेड़िये की तरह देखने लग गई। मैंने उसकी चाल को देखा और उसका पीछा करने लगा। कुछ कदम चलने के बाद, मैं उसके बराबर में आ गया और उससे पूछा, "क्या तुम सुरभि दी की शादी में सागर आओगी?"

वह रुकी और मेरे सामने मोनालिसा-सी मुसकाने लगी। मुझे वह मुसकान बहुत पसंद थी। उसने कुटिलता के साथ मुस्काते हुए कहा, "तुम नव्या को बहुत मिस करते हो?"

मैंने तत्परता से जवाब देते हुए उससे झट से कहा, "मैं सिर्फ तुमसे प्यार करता हूँ।"

उसने पूरे आँकड़ों के साथ कहा कि वह तुम्हारी सारी तीन सौ छब्बीस कविताओं में छाई हुई है। हालाँकि मैंने भी कभी यह गौर नहीं किया था।

मैंने हैरान होकर उससे कहा, "क्या तुमने सारी पढ़ लीं?" उसने चलते हुए कहा कि इस बात से कुछ फर्क नहीं पड़ता और फिर मैं उसके पीछे चल पड़ा। पता नहीं लड़कियाँ इतनी उलझीं हुईं क्यों होती हैं? उसे पता है कि उससे मिलने से पहले मैं नव्या को पसंद करता था, तो मैंने उसी के लिए कविताएँ लिखी होंगी, पर अब मैं उससे प्यार करता हूँ और मैं उसी पर कविताएँ लिखूँगा।

मैंने उससे अचानक ही पूछ लिया "तो क्या तुम शादी में आ रही हो?" उसने थोड़ी देर सोचा और फिर उसने मेरी आँखों में आँखें डालकर जवाब दिया, "एक ही शर्त पर पहला, अगर सब कोई जाएँगे तब, और दूसरा, अगर तुम उन सारी जगहों में मुझे ले जाओगे, जहाँ तुम नव्या के साथ गए थे, तब।"

पहली शर्त तो मैं समझ गया, क्योंकि तभी वह अपने परिवारवालों को उसे भेजने के लिए तैयार कर पाएगी, पर उसकी दूसरी शर्त बकवास थी। वह उन जगहों पर घूमकर क्या करेगी, जहाँ मैं नव्या से मिला करता था, पर वह स्कूल ही था। पर उसने जब मेरी आँखों में देखा तो मैं उससे वह ही कह पाया, जो वह मुझसे सुनना चाहती थी और मैंने कह दिया, "हाँ, पक्का। विनीत उन सबके लिए एक बस कर देगा, जो शादी में आना चाहते हैं। सारे सागर में दोपहर तक पहुँच जाओगे और फिर अगली सुबह सब लोग जबलपुर के लिए निकल लेना। मैंने होटल में कमरे भी बुक कर दिए हैं।"

उसने जोर देकर कहा और "मेरी दूसरी जरूरी शर्त का क्या होगा?" मैंने उससे कहा, "हालाँकि मुझे अपने स्कूल जाने का मन नहीं है, पर क्योंकि तुम इतना जोर दे रही हो, तो मैं तुम्हें वहाँ ले जाऊँगा।" उसने एक शरारत भरी मुसकान बिखेरी और फिर वह चली गई।

इसके बाद मैंने निमंत्रण-पत्र लगभग अपने सभी मित्रों में बाँटे और उनमें से अधिकतर लोगों ने विवाह में शरीक होने की हामी भी भरी। मैं लगभग एक सप्ताह पहले शादी के लिए चला जाऊँगा तो इसलिए विनीत और ठाकुर बस बुक करने की जिम्मेदारी लेंगे और सबको साथ लेकर आएँगे।

मैं सचमुच बहुत खुश था कि वैदेही मेरे शहर में आएगी। मैं चाहता था कि वह सुरभि दी से मिले, क्योंकि वह पहले नहीं मिल पाई थी। एक साथ सारे परिवार को देखना सच में कितना अच्छा होगा! हाँ, वैदेही मेरे परिवार का हिस्सा बन चुकी थी।

सुरभि दी की शादीवाले दिन सागर के सिंधी बाजार में मैं दीदी का लहँगा लेने जा रहा था, तभी पापा ने मुझे सूचित किया कि संगम होटल से फोन आया है कि

मेरे मेहमान वहाँ पहुँच चुके हैं। मैं होटल पहुँचकर सारे इंतजाम देखने चला गया कि सारी चीजों का बंदोबस्त सही से हुआ है और मेरे सारे दोस्त वहाँ आराम से हैं कि नहीं। मैं स्कूटी चलाकर होटल पहुँच गया। मैंने वहाँ विनीत, अन्ना व ठाकुर को किनारे में खड़े सिगरेट पीते देखा। मैं मुसकराते हुए उनके पास गया। हम आपस में गले मिले और मैंने यहाँ तक आने के लिए उनसे धन्यवाद कहा।

ठाकुर ने कहा, "अगर किसी चीज की जरूरत हो, तो हमें जरूर बताना, हम उसे पूरा कर देंगे।" मैंने उसे धन्यवाद कहा और कहा कि "तुम लोग थोड़ी देर आराम कर लो और शाम के छह बजे तक तैयार हो जाना, क्योंकि बारात जल्दी आ जाएगी।"

वे सिगरेट पी रहे थे और मैंने उनसे कहा कि मैं थोड़ी सी देर में आता हूँ, क्योंकि मैं वैदेही से मिलना चाहता था। पाँच दिन हो गए थे उसे देखे हुए। मैंने प्रथम तल में जाने के लिए सीढ़ियाँ प्रयोग कीं। मैं रिसेप्शन में पहुँचा ही था और मैनेजर से सारे इंतजामों के बारे में बात कर रहा था। फिर मैं जबलपुर से आए अपने सभी दोस्तों का स्वागत करने के लिए चला गया।

मैं सीधे कमरा नंबर 107 में गया और वहाँ का दरवाजा खटखटाया, जो पहले से ही खुला हुआ था। मैंने देखा कि मेरी प्रेमिका चारु और रीना के साथ खड़ी, शाम को शादी में तैयार होने के लिए पहनने के लिए आभूषणों के बारे में बात कर रही थी।

वैदेही ने जैसे ही मुझे देखा, उसने झट से कहा, "मैं होटल पहुँचने पर तुम्हारा इंतजार कर रही थी कि तुम होटल के गेट पर वेलकम कार्ड के साथ हमारा स्वागत करोगे।" मैं उसे देख मुसकराता रहा।

मैंने उससे कहा, "अच्छा, माफ करना। मैं ऐसा कर सकता था, पर अभी भी देर नहीं हुई है", तभी मैंने पाउडर की एक बोतल उठाई और उसमें से थोड़ा पाउड़र अपनी हथेली पर लेकर उसके माथे पर तिलक लगा दिया। हम सब फिर जोर से हँसने लगे और उसने मेरे कंधे पर फिर चटाक से एक मारा। मैंने उन सबसे पूछा, "आशा है, तुम सबकी यात्रा अच्छी रही होगी।"

चारु ने कहा कि "पूरी यात्रा बहुत अच्छी रही और होटल भी शानदार है।" मैंने उनसे दोपहर का भोजन करने को कहा, जो एक कॉमन एरिया में था और उनसे गुजारिश की कि वे वैदेही को थोड़ी देर उसके साथ छोड़ दें। उसने कमरे से बाहर आते हुए मुझसे पूछा कि "रोहन, तुम मुझे क्यों खींच रहे हो?"

मैंने उसे बाहर किया और उसकी आँखों में देख कहा, "देखूँ तो सही, पाँच दिनों से तुम्हें देखा नहीं है।" वह मुसकराई और मुझे बड़ी अदा से देखने लगी।

उसने मुसकराते हुए चेतावनी देते हुए कहा, "इससे ज्यादा की उम्मीद मत रखना।"

मैं मुसकराया और अपने शातिर तरीके से देखने के अंदाज को गायब कर दिया। मैंने उससे पूछा, "मेरे साथ शॉपिंग करने के लिए चलोगी?"

उसने पूछा, "कहाँ?"

मैंने उसे कहा कि "मैं अपनी बहन का लहँगा लेने जा रहा हूँ। क्या तुम मेरे साथ चलोगी?"

बहुत ही सुंदर तरीके से वह मेरे साथ आगे चलने लगी। हम दोनों पार्किंगवाली जगह तक पहुँच गए। उसने कहा, "अरे, स्कूटी!"

मैंने उसे चाभी पकड़ाते हुए पूछा "क्या तुम ड्राइव करना चाहोगी?"

उसने मेरे हाथों से चाभी लेकर शैतानी भरी मुसकान के साथ कहा, "मि. रोहन, आज तुम अपने शहर में मशहूर हो जाओगे, क्योंकि आज तुम शहर की सबसे खूबसूरत लड़की के साथ स्कूटी में पीछे बैठकर घूमोगे।"

मैं थोड़ा अनमना-सा उसके पीछे बैठ गया। वह नई सड़क पर ड्राइव करने के लिए बेताब थी। वह मुझसे पूछती रही कि किस तरफ जाना है और मेरी आँखें उन लोगों की ओर थीं, जो मुझे जानते थे, और मुझे उसके साथ स्कूटी में उसके साथ उत्सुकता भरी निगाह से देख रहे थे। सागर प्राइमरी मार्केट में भारी ट्रैफिक के बीच से गुजरने के बाद हम सिंधी बाजार पहुँचे।

सिंधी बाजार लड़कियों के कपड़ों और उनसे जुड़ी अन्य चीजों के लिए विख्यात है। वहाँ पहुँचते ही वह आँखें फाड़े बाजार को देखने लगी। हमने गली के दोनों ओर लड़कियों के सूट और साड़ियों के लिए बनी सँकरी रोड का रास्ता लिया। हम उस दुकान में आ गए, जहाँ से हमें लहँगा उठाना था। मैंने उनसे पूछा, "भैया, क्या लहँगा तैयार है?" उन्होंने वैदेही को देख हामी भरी और लहँगा पैक कर दिया।

जो आदमी लहँगा पैक कर रहा था, वैदेही ने उसे बीच में रोककर कहा, "रुको, पहले मैं जाँच लूँ।"

उसने उस लहँगे को अपने बदन पर लगाकर कहा, "बहुत सुंदर! तुम्हारी बहन इस लाल रंग के जोड़े में बहुत सुंदर लगेगी।" मैंने उसे देखा और यह कामना की कि वह दिन जल्द ही आए, जब वह भी मेरे लिए ऐसा ही लाल जोड़ा पहनेगी।

चूँकि पापा ने पहले ही उस लहँगे के पैसे दे दिए थे, तो हमने वहाँ से उसे उठाया और वापस ड्राइव कर होटल में वापस आ गए। हम जैसे ही होटल के पास के सिविल लाइंस पहुँचे, तब मैंने उससे पूछा, "क्या तुम सागर के प्रसिद्ध गोल-गप्पे खाना चाहोगी?"

वह बहुत उत्साहित हुई और मान गई। वह मेरे पीछे बैठ गई और मेरे कंधे पर उसने हाथ रखा। मैंने किनारे के शीशे से उसे देखा और मुसकराने लगा। हम सागर के प्रसिद्ध चाट भंडार पहुँचे।

हमने अपनी प्लेटें लीं और उसने अपना बड़ा सा मुँह खोला और एक गोल-गप्पा उसमें एक बार में ही घुसा दिया। उसकी आँखें चौड़ी हो गईं और तीखा गोलगप्पा खाने से उसकी आँखों से टपाटप आँसू बहने लगे। अपने लिए तो एक गोलगप्पे के बाद मैंने तो खाना बंद कर दिया, पर उसे गोलगप्पे देते रहने को कहा। मैं सिर्फ उसे देखना चाहता था। कोई इतना खूबसूरत कैसे हो सकता है? उसकी हर अदा मुझे पागल किए जा रही थी। मैं उसी में खो गया। उसने अपनी कोहनी से मुझे मारकर पूछा, "तुम किन खयालों में खोए हुए हो?" मैंने बड़े प्यार से अपना सिर हिलाया और मुसकराने लगा। अब वह भी मुसकरा रही थी और अपने हाव-भावों से बता रही थी कि उसे गोलगप्पे बहुत पसंद आए।

हम लोग होटल में वापस लौट आए ताकि विनीत और ठाकुर अभी भी सीढ़ियों के नीचे खड़े थे। वैदेही सीढ़ियों से ऊपर दौड़कर चली गई ताकि शादी के स्थान पर छह बजे तक तैयार होकर आ जाए। मैंने कह दिया था कि शादी के समय में मैं व्यस्त होऊँगा, इसलिए हो सकता है कि मैं उन लोगों के साथ न हो पाऊँ, पर वे लोग आराम से शादी के मजे लें। मैंने उन्हें शादीस्थल का पता एक कागज पर लिखकर दे दिया और घर वापस आ गया।

मैं सीधे सुरभि दी के पास पहुँचा, जो हाथों में मेंहदी लगवाने में व्यस्त थीं। मेरी बहन उस दिन बहुत ही सुंदर दिख रही थी। मैंने उसे देखा और याद करने लगा कि कैसे हम लोग गोल्ड मेडल पाने के लिए लड़ाई करते थे। आज के बाद से, एक नया रिश्ता शुरू होनेवाला है, जिससे रिश्ते और मजबूत होंगे। हम एक-दूसरे की भावनाओं को और अच्छे से समझेंगे। मैंने प्लास्टिक के बैग से उसका लहँगा निकाला और उसके सामने रख दिया। मैंने उससे कहा, "यह रहा तुम्हारा लहँगा। देख लो, सही है कि नहीं या इसमें कोई ऑल्टरेशन की जरूरत तो नहीं?" वह बहुत खुश दिख रही थी।

उसने कहा, "वाह, यह एकदम सही है भाई, धन्यवाद।" मैं जैसे ही अन्य कामों में लगने के लिए उठा, तो उसने पूछा, "वैदेही कहाँ है ?"

मैं रुका और पीछे मुड़कर मैंने जवाब दिया, "वह तो होटल में है और शाम को आएगी।"

"अरे, तुम्हें उसे यहाँ लेकर आना चाहिए था। मैं उससे मिल लेती। मैं देखना चाहती थी कि वह अप्सरा कैसी है ?" उसने कहा।

मैं मुसकराया और फिर उसने कहा, "परेशान मत हो, वह तुमसे जरूर मिलेगी। तुम अनुज के बारे में सोचो।"

मैं थोड़ा भावुक हो गया और उसे गले लगा लिया। उसने कहा, "रोहन, ऐसा मत करो। अगर मैं रोने लगूँगी, तो मेरा सारा मेक-अप बह जाएगा।" मैं रोता हुआ उस कमरे से चला गया।

शाम का समय था और मेहमानों ने शादी स्थल में आना शुरू कर दिया था। पापा-मम्मी भी तैयार थे और शादी स्थल में मेहमानों का स्वागत करने के लिए हमारे कुछ मेहमानों के साथ पहले से ही पहुँच चुके थे। इस भव्य शादी की सारी तैयारी पूरी हो चुकी थीं। मैं नीले रंग का फॉरमल सूट पहनकर तैयार था और मैंने साथ में नीली रंग की प्रिंटेड टाई भी पहनी हुई थी। मैं जैसे ही शादी के जनमासे की ओर तैयारियाँ देखने के लिए पहुँचा तो मुसकराते हुए पापा ने मुझे गले लगा लिया और कहा, "मेरा बेटा अब एक सुंदर-सा आदमी बन गया है।"

मैं मुसकराते हुए उनके गले लगा और मैंने कहा, "धन्यवाद, पापा।"

स्टेज के आगे का हिस्सा सुंदर लाल-सफेद फूलों से सजा हुआ था, जिसके बीच में बड़ा सा लाल सोफा रखा हुआ था, जो वर-वधू के बैठने के लिए था। उस समय तक कुछ ही मेहमान पहुँचे थे और वह सारे आगे की पंक्ति में बैठ गए थे। शहनाई से बजता संगीत हवा में घुलकर चारों ओर गूँज रहा था।

वैदेही के कहे अनुसार सुरभि दी लाल लहँगे में अत्यंत ही खूबसूरत लग रही थीं। वह शादी के लिए तैयार खड़ी एक नई वधू के रूप में आकर्षक लग रही थीं, जिसने साथ में आभूषण पहने हुए थे और खूबसूरत श्रृंगार भी किया हुआ था। दीदी के आने तक बहुत सारे मेहमान पधार चुके थे, पर मेरी आँखें इस दुनिया की सबसे खूबसूरत लड़की वैदेही को देखने के लिए तरस रही थीं।

मैं वर के लिए माला लाने की तैयारियों में जुटा हुआ था, जो कभी भी वहाँ पहुँच सकते थे, पर तभी मैंने वैदेही को मुख्य द्वार से आते हुए देख लिया। वह

बैंगनी और गुलाबी रंग के लहँगे में बेहद सुंदर लग रही थी। मैं अपनी आँखें उस पर से नहीं हटा पाया। मैं जब उसे ताक रहा था, तब वह मुझे देखकर मुसकराने लग गई। वह इस दुनिया की सबसे खूबसूरत, नायाब लड़की लग रही थी।

उसने मेरी तरफ हाथ उठाकर एक बड़ी सी मुसकान के साथ देखा और अपनी उँगलियों से 'ओके' की मुद्रा बनाई, तभी मैंने उसके पीछे देखा, नव्या खड़ी थी। मेरी मुसकान अचानक गायब हो गई।

नव्या, सुरभि दी की दोस्त की रिश्ते में बहन थी और वह उनके साथ आई थी। मेरी आँखें उसकी तरफ रुक गईं, जबकि मैं वैदेही की ओर हाथ हिला रहा था। नव्या सुंदर लग रही थी। उसने पीले और काले रंग का सूट पहना था। वैदेही ने मेरी आँखें और मुसकराहट पढ़ ली और पीछे मुड़कर देखा कि मैं किसे देख रहा हूँ। नव्या पर से ध्यान हटा मेरी आँखें वापस वैदेही को देखने लगीं। मैं ऐसा दिखावा करने लगा जैसे कि मैंने नव्या को देखा ही न हो, जबकि नव्या ने मुझे देख लिया था और वह थोड़ा मुसकराई भी थी। वैदेही ने कभी भी नव्या को नहीं देखा था, न ही उसकी कोई फोटो देखी थी। उसे यह भी नहीं पता था कि मैं किसे देख रहा हूँ ? मैं पशोपेश में था, क्योंकि अभी मैं उन दो इनसानों के सामने खड़ा था, एक, जिससे मैंने कभी सबसे ज्यादा प्यार किया था और दूसरी वह, जिससे मैं अब सबसे ज्यादा प्यार करता हूँ।

वैदेही मेरे बहुत पास आकर मेरे कानों में बोली, "मि. रोहन, मुझे यह नहीं पता था कि तुम इतने सुंदर भी लग सकते हो ?"

मैंने उसका हाथ पकड़ा और उसे कहा, "मुझे भी कहाँ पता था कि दुनिया की सबसे खूबसूरत लड़की मेरी प्रेमिका होगी ?" उसने मुझे अपनी चमकीली निगाहों से देखा।

मैंने देखा कि नव्या अपनी बहन के साथ किसी और तरफ जा रही है और स्टेज के सामने बैठ रही है। मुझे समझ में नहीं आ रहा था कि मैं नव्या के पास जाकर उससे मिलूँ या न मिलूँ और उससे बात करूँ ? मुझे यह कभी भी नहीं पता था कि नव्या उससे जुड़ी मेरी भावनाओं के बारे में जानती भी है कि नहीं।

मैंने वैदेही और अन्य दोस्तों को सीट लेने को कहा और मैं स्वयं मुख्य द्वार पर पहुँच गया, क्योंकि बारात आ चुकी थी। मैं दौड़कर अपने माँ-पापा के पीछे खड़ा हो गया। अनुज शेरवानी में बहुत सुंदर लग रहे थे। वह मुझे देखकर मुसकराए। अनुज के रिश्तेदार एवं दोस्त बारात में नाच रहे थे। हमने उन्हें मालाएँ पहनाईं और बैठने को कहा।

कुछ दी देर में सारी रीतियाँ शुरू हो गईं। अनुज स्टेज पर स्थित सोफे पर बैठ गए। अब सुरभि दी के स्टेज पर आने का समय था। मैं मुख्यद्वार पर उन्हें लाने के लिए गया और चुनरी का एक किनारा पकड़कर लाने लगा, जिसे चारों किनारे से एक-एक व्यक्ति पकड़ता है। वधू को उस चुनरी के नीचे ही चलना होता है।

मैं सुरभि दी के आगे उनके बाएँ और चुनरी का किनारा पकड़कर चल रहा था। वह कुछ कदम चलीं और फिर रुक गईं। अपना चेहरा मेरे कानों के पास लाकर उन्होंने कहा, "तुम वैदेही को बुलाकर उससे दूसरा किनारा पकड़ने को कहो।" मैं उसकी भावनाएँ देखकर मुसकराया और वह किनारा किसी भाई को पकड़ाकर वैदेही के पास गया। मैं उसके पास गया और उसके कान में वह बताया, जो सुरभि दी ने मुझसे कहा था। वह मुसकराई और मेरे साथ चलने लगी। जैसे ही हम दीदी के पास पहुँचे, वैदेही उन्हें देखकर मुसकराई और उनके चेहरे के पास अपना चेहरा लाकर बोली, "दीदी, आप बहुत ही सुंदर लग रहे हो।" मैं उसे दीदी के साथ बात करते हुए देख बहुत खुश था। मैंने फिर से चुन्नी का किनारा पकड़ा और वैदेही ने मेरे बगल का दूसरा किनारा पकड़ा। हम साथ में चलने लगे, एक ही गति से, एक कदमताल के साथ। मैं उसे देखने के लिए दाईं ओर मुड़ा और वह मेरी आँखों में देख मुसकराने लगी। मैं भी मुसकराया। जैसे ही मैं स्टेज के पास पहुँचा, वहाँ मैंने नव्या को उसकी बहन के साथ बैठे देखा, जो वधू के आने पर तालियाँ बजा रही थी।

नव्या ने मुझे देखा और मुसकराई। मैं वापस मुसकराकर आगे बढ़ गया। हम सुरभि दी को वरमाला के लिए स्टेज पर लेकर गए। मैं शादी की रीतियाँ शुरू होने के समय वैदेही के बगल में खड़ा हो गया। हर कोई उत्साहवर्द्धन कर तालियाँ बजा रहा था। तब उसी समय वैदेही ने मेरे हाथ में चिकोटी काटी, मैं उसे देख मुसकराया। उसने मुझे इशारे किए कि मैं भी उन रीति-रिवाजों को सीख लूँ। मैंने भी उसे कंधे से हल्का सा किनारे को धक्का दिया और उसने भी मुझे थोड़ा धकेल दिया।

जहाँ हम उन रीतियों को मजे से देख रहे थे, वहीं मेरी नजर नव्या पर पड़ी, वह मुझे देख रही थी, जिसे यह अच्छा नहीं लग रहा था। मैंने मुसकराना बंद कर उसकी ओर देखना ही बंद कर दिया।

जैसे ही कुछ रिवाज खत्म हुए। मैंने अपने दोस्तों को भोजन करने की जगह पर जाने को कहा और वैदेही से जाने की अनुमति माँगी कि मैं अपने कुछ मेहमानों को देख आऊँ। मैं सीधे नव्या के पास गया और जो किनारे पर खड़ी थी और कॉफी का इंतजार कर रही थी। मैंने उससे पूछा, "हैलो नव्या, कैसी हो तुम?" वह मेरी

तरफ मुड़ी और अपने अंदाज में उसने मुझसे मुसकराकर कहा, "मैं ठीक हूँ, तुम कैसे हो?"

"मैं भी ठीक हूँ।"

फिर हम दोनों की बातचीत के बीच एक खामोशी छा गई और फिर बाद में उसने कहा, "मैं तो सोच रही थी कि तुम मुझसे किसी चीज के बारे में बात करोगे?"

मेरे सारे भाव गायब हो गए और मैं उसे सारी बातें बताना चाहता था कि अब सबकुछ बदल गया है, पर मैं उसे दुःखी करना नहीं चाहता था। पर मैं परेशान क्यों हो रहा था? मुझे यह नहीं पता था कि वह मुझे चाहती थी कि नहीं।

मैंने सोचा कि यह बढ़िया होगा कि मैं उसे कभी नहीं बताऊँगा कि मैं कभी उसके प्रति आकर्षित था और मैंने बात का विषय ही बदल दिया—"तो तुम्हारी फार्मा की क्लासेज कैसी चल रहीं हैं?"

उसने कहा, "हाँ, ठीक ही चल रही हैं।" और फिर हम दोनों के बीच एक अजीब-सी खामोशी छा गई, जिससे उसने यह कहकर तोड़ा कि "तुम्हारे साथ वह लड़की कौन है?"

मैं निःशब्द हो गया, समझ ही नहीं आया कि क्या कहूँ? अगर मैं उससे कहूँ कि वह मेरी बस एक दोस्त है, तो वह झूठ होगा, पर हो सकता है नव्या को मुझसे कुछ अपेक्षाएँ होंगी, पर अगर मैं उससे यह कह दूँ कि वह मेरी गर्लफ्रेंड है, तो वह मुझे मारेगी। कुछ देर सोचने के बाद मैंने सोचा कि इससे सच-सच कह दूँ।

मैंने उससे बहुत आत्मविश्वास के साथ कहा, "वह मेरी गर्लफ्रेंड वैदेही है।" उसने जैसे ही यह सुना तो मेरी तरफ एक बनावटी हँसी हँस दी।

अपना उदास चेहरा लिये उसने मुझसे कहा, "अब मुझे चलना चाहिए। मेरी बहन मेरा इंतजार कर रही होगी।"

मैं मुसकराया और उसे आगे जाने का रास्ता दिया। वह मुझे देखे बिना ही आगे चली गई और अचानक रुककर पीछे मुड़ी और कहने लगी, "रोहन, तुम्हें पता है एक दिल के अंदर बहुत सारी भावनाएँ दबी-छिपी होती हैं, पर कई लोगों में से कुछ लोग ही इसे बाहर ला पाते हैं। आशा करती हूँ कि तुम उसके प्रति सच्चे बने रहोगे, क्योंकि जब भावनाओं को ठेस पहुँचती है तो जिंदगी प्रभावित हो जाती है।"

मैं उसे देखता रहा और वह भी कुछ सेकंड के लिए मुझे देखती रही। फिर वह बिना पीछे मुड़े आगे निकल गई।

स्वर्ग में हर इनसान की किस्मत लिख दी जाती है। मैंने ऐसा सुना था, पर पहली बार इसे महसूस भी किया। नव्या मुझसे प्यार करती थी और अगर मैंने उसे स्कूल में ही प्रपोज कर दिया होता और उसने स्वीकार कर लिया होता तो मैं कभी वैदेही से नहीं मिल पाता। किस्मत चाहती थी कि मैं और वैदेही साथ में रहें, इसलिए यह सारा कुछ हुआ। मैं अब बहुत निश्चिंत था।

जिस लड़की को मैंने पागलों की तरह बरसों प्यार किया था, वह अब मेरी आँखों के सामने से जा रही है, पर यहाँ अब कोई गिला नहीं है।

नव्या

हैलो। मेरा नाम नव्या है और मैं अब रोहन की यादों का हिस्सा नहीं हूँ। मैं उसके बारे में बुरा लिखना चाहती हूँ, पर अभी भी मैं उससे प्यार करती हूँ। हो सकता है, जिंदगी की आखिरी साँस तक। पर मैं उसे उसकी मासूमियत के कारण प्यार करूँगी।

जब मैं सबसे पहले उसे स्कूल में मिली थी, मुझे नहीं पता था कि मैं उससे प्यार करने लग जाऊँगी। मैंने हमेशा उसकी आँखों में प्यार ही देखा था। वह हर रोज स्कूल आता था, यहाँ तक कि जब उसके सहपाठियों ने भी आना छोड़ दिया था, पर वह हर रोज मुझसे मिलने आता था, पर उसने भी यह नोटिस नहीं किया कि मैं भी स्कूल हर रोज सिर्फ उससे मिलने आती थी।

मुझे हमेशा से यह पता था कि वह सिर्फ मेरी आवाज सुनने के लिए फोन करता है और फिर फोन नीचे रख देता है। पर उसे तो पता ही नहीं था कि मेरे फोन पर कॉलर आईडी इंस्टॉल की हुई थी और वह जब भी फोन करता, तो सिर्फ मैं ही उस फोन को क्यों उठाती थी! जबलपुर जाने से पहले अंतिम बार मैंने जब उसे देखा था, तब वह विक्रम के साथ स्कूल के बाहर खड़ा था, मैं चाहती थी कि वह मेरे पास आए और मुझे प्रपोज करे, पर उसने ऐसा कभी नहीं किया।

जब उसने मुझे अपने हॉस्टल से फोन किया, तब मैं बहुत आशावान् थी कि वह अब मुझे प्रपोज करेगा, पर उस दिन भी उसने ऐसा कुछ नहीं किया। हो सकता है कि यह सब किस्मत में लिखा हो, जिस कारण मैंने भी उसे प्रपोज करने से रोका, पर किस्मत ने ही उसे मुझे प्रपोज करने के लिए हमेशा के लिए रोक दिया।

रिश्ते हमेशा ही स्वर्ग में बन जाते हैं और यह बात साबित भी हो गई। मैं उसे प्यार करती थी और वह मुझे प्यार करता था, पर फिर भी हम जिंदगी में कभी साथ नहीं रह पाएँगे।

मुझे याद है, स्कूल में एक बार उसने अपनी फिजिक्स की पुस्तक मुझे पढ़ने के लिए दी थी और उसमें उसने एक कविता भी लिखकर रख दी थी।

उसने अगले दिन स्कूल में मुझे बताया कि उसने वह कविता गलती से रख दी थी, पर उसे यह नहीं पता था कि मुझे उसकी कविता कितनी अच्छी लगी थी।

वह हमेशा वही देखता था, जो वह देखना चाहता था। उसने हमेशा अपने लिए नियम बनाए। उसने बिना जाने हमेशा अपनी ही कहानी लिखी, पर उसे यह पता ही नहीं था कि मैं हमेशा से ही उसकी कहानी का हिस्सा थी।

मैं अब उसकी जिंदगी में फिर कभी नहीं आ पाऊँगी, पर वह मेरे साथ बिताया हुआ समय और यादें कभी चाहकर भी अपनी यादों से जुदा नहीं कर पाएगा। मैं प्रार्थना करती हूँ कि वैदेही और वह हमेशा साथ मिल-जुलकर खुशी से रहें।

एक दिन जब मैं उनसे मिलूँ, तो मैं उन दोनों को वैसे ही मुसकराते देखना चाहूँगी, जैसे मैंने उन्हें आज देखा है। मैंने उन दोनों को बहुत उदास मन से देखा था, पर मन की गहराइयों से मैं अपने दोस्त रोहन के लिए बहुत खुश थी। उसे अपने लिए कोई बहुत अच्छा इनसान मिल चुका था। भगवान्, मुझे भी ऐसा ही अच्छा जीवनसाथी तलाशने में मदद करें।

इंतजार करनेवालों के लिए समय की गति धीमी है,
डरनेवालों के लिए बहुत जल्द है समय की गति,
रोनेवालों का समय काटे नहीं कटता,
आनंद से भरे लोगों का समय है कम पड़ता,
पर प्यार करनेवालों के लिए समय शाश्वत है।
तुम्हें हमेशा प्यार करती रहूँगी मैं, रोहन।

तुम्हारी अधूरी गर्लफ्रेंड,
नव्या

आधी रात हो चुकी थी और शादी की रीतियाँ चल ही रही थीं। मैं अपने कॉलेज के दोस्तों और वैदेही के साथ वहाँ बैठा हुआ था। पापा और माँ सुरभि दीदी के पीछे बैठे हुए थे, जो यज्ञ की अग्नि के सामने अनुज के साथ बैठकर शादी से जुड़े संस्कारों में व्यस्त थे।

हम लोग जोर-जोर से हँस रहे थे और बातें कर रहे थे। मैं उनके यहाँ आने के कारण उनका कृतज्ञ हो गया। अनुराग अपने चाचा के बारे में कहानियाँ सुनाकर हम सबको खूब हँसा रहा था।

वैदेही हम सब लोगों के बीच से उठकर एक शांत-सी जगह पर जाने के लिए उठ गई और मुझे इशारा किया कि मैं भी उसके साथ आकर बैठूँ। मैंने अपने दोस्तों से उसके पास जाने की अनुमति ली। मैं उठा, अपना ब्लेजर अपने कंधे पर डाला और उसके पास चला गया। वह मुख्य द्वार के पास घूमती रही और मैं उसके पीछे-पीछे चलता रहा। बाहर एकदम शांत-सा माहौल था और मैं उसके पास पहुँचकर उसके पीछे चलने लगा।

उसने मुझे देखकर कहा, "रोहन, तुमने मुझसे कुछ वादा किया था।"

मैंने परेशान होकर उससे पूछा, "क्या मैं कुछ भूल गया हूँ?"

उसने कहा, "तुमने मुझसे कहा था कि तुम मुझे वह सारी जगहें दिखाओगे, जहाँ तुम नव्या से मिले थे।"

मैंने साँस भरकर उससे कहा, "हाँ, मुझे याद आया।" मैंने शादी के स्थल को देखकर एक बार के लिए यह सोचा कि क्या मैं कुछ देर के लिए उन रीति-रिवाजों के बीच से उठकर कहीं जा सकता हूँ। मैंने अपनी स्कूटी की चाबी निकाली और कहा, "अच्छा, आओ, चलते हैं।"

उसने मुझसे पूछा, "पक्का?" उस समय तक मैंने स्कूटी भी बाहर निकाल ली थी।

मैंने उससे कहा, "मिस शर्मा, आइए ड्राइवर आपका इंतजार कर रहा है।"

वह मुसकराई और स्कूटी की पिछली सीट पर कूदकर बैठ गई। मैं मुसकराया और थोड़े छेड़ने के अंदाज से उससे कहा, "मैं बार-बार ब्रेक का प्रयोग करता हूँ।" उसने मेरे सिर पर एक थप्पड़ मारा।

उसने भी अपने चेहरे पर दुष्ट-सी हँसी लाकर कहा, “ड्राइवर, आगे देखो और ड्राइव करो।”

खाली सड़क, खूबसूरत मौसम, प्यार की खामोशी और आसमान में चमकते सितारे मेरी उस ड्राइव को बहुत खूबसूरत बना रहे थे। मैंने स्कूटी के शीशे से देखा तो वैदेही पीछे बैठकर मेरे कंधे पकड़े हुए थी। वह सुंदर भी लग रही थी। हम जैसे ही अपने स्कूल के पास पहुँचनेवाले थे, तभी मैं थोड़ा पीछे की ओर झुका और मैंने उससे कहा, “आई लव यू।” वह शरमाकर मुसकराई। इस बार तो उसने मुझे बाँहों में ही भर लिया और अपना बायाँ गाल मेरे कंधे पर रख दिया।

अगले पंद्रह मिनट में हम स्कूल के मुख्य द्वार में पहुँच गए। मुख्य द्वार से स्कूल की मुख्य बिल्डिंग तक पचास मी. लंबी लेन है। हम गेट में एक छोटे से रास्ते से होकर उस लेन की ओर चलने लगे, जिसके दोनों किनारों की ओर कतारों में पेड़ खड़े थे। यह मेरे स्कूल का सबसे यादगार रास्ता था, क्योंकि हम अपने स्कूल के लिए इसी रास्ते से हर रोज घुसते थे।

मैंने पहली जगह के बारे में बताया कि यह वह यादगार लेन है, जहाँ से मैं हर रोज स्कूल खत्म होने के वक्त, चलकर अपनी बसों तक पहुँचने के लिए नव्या का पीछा करता था। उसने मुझे बड़ी गंभीरता से देखा। हम आगे बढ़े, पर अब वह मुझसे आगे जाने के लिए लंबे-लंबे डग भरने लगी और बिना पीछे मुड़े उसने मुझसे कहा, “इस लेन में पहले तुम नव्या का पीछा करते थे, और अब मेरा पीछा करों।” वह दुष्टता भरी मुसकान के साथ तेज चलने लगी और मैं उसका पीछा करने लगा।

लेन पार करने के बाद हम मुख्य प्रशासकीय बिल्डिंग की ओर आए। वहाँ ईसा मसीह की एक बड़ी सी मूर्ति थी, जो बाँहें फैलाए अपने चाहनेवालों को बाँहों में भरने के लिए तैयार थी। वह उस मूर्ति के सामने खड़ी हो गई और बंद आँखों से कुछ प्रार्थना करने लगी।

मैंने उससे कहा, “प्रशासकीय बिल्डिंग के साथ ही सिस्टर्स और नन का हॉस्टल था, जो वहाँ रहती हैं, तो यहाँ से जल्दी चलो। अगर किसी को पता चला कि हम लोग रात में स्कूल में घुसे हैं तो हमें धक्के मारकर निकाल दिया जाएगा।” रात में स्कूल कुछ अलग ही लग रहा था और वहाँ सबकुछ शांत भी था। हम एसेंबली वाली जगह भी पहुँचे। मैं उसका हाथ पकड़कर स्टेज के किनारे गया। “यह वह स्टेज है, जहाँ हर सुबह हम लोग प्रार्थना करते थे और वह उस तरफ से आती थी।” मैं उसकी ओर मुड़कर उँगली के इशारे से दिखाने लगा कि वह इस तरफ से आती

थी। वह फिर गंभीरता से मुझे सुनने लगी और फिर उसने कहा, "रोहन, क्या तुम उसी जगह पर फिर से खड़े हो सकते हो, जहाँ तुम उस दिन खड़े थे?"

सवालों से घिरा चेहरा बना मैं उसे सुनता रहा और स्टेज पर चढ़ गया और वह मुझे देखती रही। मैंने उससे कहा, "मैं उस दिन यहाँ खड़ा हुआ था।" अपनी वही मुसकराहट के साथ वह उस तरफ मुड़ी, जहाँ से नव्या आती थी। वह उस जगह पहुँच गई और फिर एक साँस लेकर पीछे मुड़ी और वही रास्ता लेकर आई, जो बरसों पहले नव्या ने लिया था। वह मेरी तरफ आई, जबकि मेरी आँखें उसके कदमों पर थीं। वह बड़ी बेफिक्री में चलती, उतनी ही सुंदर दिखती हुई मेरे पास आई और मुझसे पूछा, "क्या वह ऐसे ही आती थी?"

मैं उसकी आँखों में खो गया और कुछ नहीं कह पाया। उसने मुझसे फिर पूछा, "क्या वह स्टेज पर ऐसे ही आती थी?"

मैंने बड़बड़ाते हुए कहा, "हो सकता है।"

वह मुसकराई और फिर उसने कहा, "मुझे अब और जगह भी ले चलो।"

मुझे यह समझ नहीं आ रहा था कि वह अब क्या चाहती है, पर मैं उसके साथ उन लम्हों को जी रहा था।

मैंने उससे कहा, "हाँ, चलो, दूसरी ओर चलें।" मैं उसे बिल्डिंग की दूसरी ओर ले गया, जहाँ एक बड़ा सा ऑडिटोरियम था। हम कॉरिडोर की ओर चल पड़े और अंततः वहाँ पहुँच गए। मैंने उससे कहा, "वैदेही, यहाँ से आओ। लगता है, यह दरवाजा खुला है।"

ऑडिटोरियम बहुत बड़ा था। उसमें एक साथ करीब दो हजार लोग एक साथ बैठ सकते थे। मैंने लाइटें जला दीं। वह ऑडिटोरियम की खूबसूरती को निहारने के लिए एक बार पूरा घूमी। ऑडिटोरियम के आगे स्टेज था। मैं उसके सामने खड़ा हो गया और उससे कहा, "यह वह स्टेज है जहाँ मैंने नव्या के साथ एक प्रस्तुति दी थी।"

कुछ कदम चलकर वह हाथ मोड़े हुए आई और अपने चेहरे पर प्यारी मुसकान लिये स्टेज को देखने लगी। उसकी आँखों से पता चल रहा था कि वह गहरी सोच में थी। वह स्टेज के बीच में गई। उसने अपना बैग खोला, जो उसने अपने कंधे पर लटकाया हुआ था और उसमें से एक वॉकमैन निकाला। उसने अपना बैग ऑडिटोरियम में एक तरफ रख दिया और मुझे आने को कहा। मैं भी आ गया, उसने वॉकमेन में एक कैसेट घुसाई और अपने ईयरफोन लगा लिये। मैं

जैसे ही उसके पास पहुँचा, तो उसने मुझे शातिर मुसकान के साथ मेरे बाएँ कान में एयर प्लग लगा दिए और अपने दाएँ कान में, चूँकि एयर प्लग बहुत लंबा नहीं था, इसलिए हम पास-पास ही रहे, इतने पास कि मैं उसकी साँसों को महसूस कर सकता था। मैं थोड़ा खोया-सा उसकी आँखों में झाँक रहा था।

उसने मेरा दायाँ हाथ अपनी कमर में रखा और मेरा बायाँ हाथ पकड़ लिया। उसने धीरे-धीरे पैर चलाने शुरू किए। वह मेरे साथ धीरे-धीरे डांस करने की कोशिश कर रही थी। चारों तरफ शांति थी और हमारे कानों में सबसे रोमांटिक गाना घुल रहा था। हम एक-दूसरे को महसूस करते हुए उसी धुन में नाचते रहे। वह आत्मविश्वास से भरी हुई थी पर थोड़ा शरमा रही थी, पर मैं घबराया हुआ था। वह जैसे ही मुड़ी उसके कोमल बाल मेरे चेहरे को छू गए। हमारे हाथ हिलते रहे और पैर थिरकते रहे।

उसने फिर अपना सिर ऊपर करके गाना बंद कर मेरे हाथ पकड़कर मुझसे अजीब से चेहरा बनाकर पूछा, "भविष्य में तुम अपने स्कूल से कौन सी यादें याद रखोगे?"

मैंने थोड़ा रुककर उसकी आँखों में देखकर जवाब दिया, "मैं जिंदगी भर इस रात को हमेशा याद रखूँगा।"

वह थोड़ा सहज सी लगी और मुसकराई। मैंने उसकी तरफ देखा और उसकी हथेली को चूमते हुए कहा, "तुम क्या करना चाह रही थी?"

उसका चेहरा चमक रहा था और मुसकराते हुए उसने अपना बैग उठाया और कहा, "आज के बाद से तुम जब भी अपने स्कूल को याद करोगे, तो तुम्हें सिर्फ मैं ही याद आऊँगी।"

मैं उसे सुनता रहा। उसने आगे कहा, "मैं तुम्हारी यादों को नव्या के साथ नहीं बाँट सकती हूँ।"

मैं विस्मयपूर्वक उसे देखता रहा और उसे गले लगा लिया। तभी किसी ने ऑडिटोरियम का दरवाजा खोला और आवाज दी, "कौन हैं वहाँ?" मैं पीछे मुड़ा और देखा कि स्कूल प्रशासन की एक सिस्टर अपने हाथ में टॉर्च लिये आई हुई थी।

मैंने वैदेही का हाथ पकड़कर कहा, हे भगवान्! "वैदैही, अब हमें भागना होगा।" उसे हाथ खींचते हुए हम ऑडिटोरियम की दूसरी ओर से भागने लगे। हम भागते रहे और टॉर्चलाइट की मद्धिम रोशनी हमारा पीछा करती रही। हम स्टेज के दरवाजे के दूसरी ओर भाग गए और भाग्यवश वह दरवाजा खुला हुआ था। हम

चिल्लाए, हँसते हुए भागते रहे। वहीं सिस्टर हमें रोकने के लिए चिल्लाती रही। मैंने कहा, "वैदेही दौड़ो, हम रुक नहीं सकते हैं।" हम कॉरिडोर की ओर दौड़े और हमारे पदचापों की आवाज हमारे स्कूल के चारों ओर गूँजती रही।

सिस्टर ने पीछे से चिल्लाकर कहा, "गार्ड, कहाँ हो तुम? इन घुसपैठियों को पकड़ो।" पर हम एक-दूजे का हाथ पकड़े मुख्य द्वार के लेन में पहुँच गए। मैंने देखा कि गार्ड हमारे पीछे भागते हुए आ रहे हैं। हम और जल्दी भागे। वैदेही जोरों से हँसे जा रही थी। वह इस आँख-मिचौली के खेल के मजे ले रही थी। हम गेट से बाहर आ गए और स्कूटी की ओर भागे। जब तक हम स्कूटी को चाभी से शुरू करते, गार्ड भी हमारी ओर भागे आ रहे थे।

वैदेही ने मेरे कंधे को जोर से दबाकर कहा, "रोहन, जल्दी शुरू करो। वे लोग आ रहे हैं।" जब तक गार्ड वहाँ पहुँचे, तब तक हमारी स्कूटी शुरू हो चुकी थी और फिर हम भाग लिये।

उस रात हमने जो कुछ किया, उसे सोच हम खूब हँसे जा रहे थे। वह भी पीछे से हँसे जा रही थी, पर उसने कहा, "अरे! सब बहुत जबरदस्त रहा। कुछ देर के बाद मैं पीछे मुड़कर यह देखने के लिए रुका कि कोई हमारा पीछा तो नहीं कर रहा। जब मैं इस बात से आश्वस्त हो गया कि आसपास कोई नहीं है, तब मैंने स्कूटी रोकी। वह भी एक किनारे खड़ी हो गई और हम लोग अपना पेट पकड़कर खूब हँसते रहे। हमने हँसी रोकने की कोशिश की, पर फिर एक-दूसरे का चेहरा देख दाँत निकालकर हँसने लगे।

अचानक मैंने हँसना बंद कर दिया और उसके पास जाकर उसका हाथ पकड़ा। मैंने उसकी आँखों में देखा, जो अभी भी मुसकरा रही थीं। उस खामोश शहर में मैंने उससे कहा, "हम दोनों के भीतर जिंदगी जीने का एक जज्बा है और हमारी कोशिश यह रहती है कि हम एक-दूजे के भीतर उस जज्बे को जिंदा रखे। तुम मेरा एक जज्बा हो वैदेही, और मेरे इस जज्बे को कभी हल्का मत पड़ने देना।" उसने भी हँसना बंद कर दिया और जवाब दिया, "प्यार विश्वास का दूसरा नाम है और हँसी प्रार्थना की शुरुआत है। मैं जहाँ भी रहूँ, तुम मेरी दुआओं में हमेशा साथ रहोगे।"

हम दोनों एक-दूसरे की आँखों में खोए रहे और सफेद रुई के फाहों से बादल गहरे आसमान से गायब हो गए। आकाश अचानक गहरा, भरा हुआ सा, बोझिल बादलों से भरने लगा। अब वह खाली आसमान खाली बारिश होने के संकेत दे

रहा था। बादल, वो भी काले बादल, आकाश में भरे अच्छे संकेत दे रहे थे और अचानक बारिश शुरू हो गई।

वैदेही ने अपना सिर और पास कर लिया। मैं उमंग और डर, दोनों से ही भरा जम गया था। वह मेरी तरफ झुक गई और अपना माथा मेरे ऊपर रख दिया। हमने अपनी आँखें बंद कर लीं। पानी की बूँदें मेरी पलकों पर गिरने लगीं। उसने बुदबुदाते हुए कहा, "तुम्हारा धन्यवाद।"

मैंने धीमी पर रूखी आवाज में पूछा, "पर क्यों?"

प्यार एवं स्नेह से लबरेज आवाज में उसने कहा, "तुम्हारा इस तरह का होने के लिए।"

हम एक-दूसरे से अलग हो गए और धीरे-धीरे गहरी-गहरी साँसें लेने लगे। अपने आप पर काबू न रखते हुए मैंने उसका सिर अपने हाथ में लिया और उसे जबरदस्त तरीके से चूम लिया। उसके हाथ मेरे शरीर के हर भाग को छूते गए।

हम फिर अलग हो गए और अपनी आँखें खोलीं। हम एक-दूसरे को लजाते हुए देखने लगे। मैंने उससे कहा "अब देरी हो रही है और हम लोग भीग भी चुके हैं।"

उसने भी चमकदार मुसकान के साथ मेरी 'हाँ' में 'हाँ' मिलाई।

मैंने अपनी स्कूटी शुरू की और शादी स्थल में वापस जाने लगे, जहाँ शादी की सारी रस्में लगभग खत्म होने को थीं और मेरी बहन की विदाई का समय आ गया था।

मैंने अपनी माँ को दीदी के सामने रोते हुए यह कहते सुना, "विवाह, भगवान् के सामने किया जानेवाला या किसी पेपर में हस्ताक्षर किया जानेवाला कोई संस्कार नहीं है। यह दो दिलों के एक साथ धड़कने का संगम है, जिसमें दोनों एक-दूजे की खुशी और संपन्नता के लिए त्याग करते हैं। शादी एक आशीर्वाद है, जो हम एक-दूजे को दो जान-एक प्राण बनने हेतु देते हैं।" ऐसा सुन मेरी आँखें भर आईं।

अनुराग ठाकुर

प्यार में डूबी दो जानों के लिए इससे ज्यादा अच्छी बात और क्या हो सकती है कि उन्हें इस बात की तसल्ली तो है कि वे एक-दूसरे के दुःख में एक-दूजे के साथ खड़े रहें। रोहन मेरा सबसे अच्छा दोस्त रहा या यूँ कहें तो वह मेरे लिए मेरे दूसरे परिवार जैसा था, मेरे भाई जैसा। हम सबसे पहले कॉलेज में मिले थे और उसी समय दोस्त बन गए थे। दोस्त जिनके बीच न कोई नफा, न कोई उम्मीद की राहें। रोहन एक ऐसा लड़का रहा, जो बहुत ही संयमी, शांत और सुलझा हुआ लड़का था। वह बिना कोई राग-द्वेष के अपने दोस्तों को हमेशा से ही समझता था और यही उसकी सबसे बड़ी खासियत रही।

वैसे तो वह एक मूर्ख किस्म का लड़का था। मैं समझता हूँ अमूमन हर एक लड़का मूर्ख होता है। उसने मुझे एक बार कहा था कि वह नव्या नाम की एक लड़की को स्कूल में बहुत चाहता था, पर जब वह वैदेही के प्यार में पड़ा, उसे तब जाकर नव्या के बारे में अपनी भावनाओं का पता चला कि वह प्यार नहीं सिर्फ आकर्षण था, पर उसने वैदेही को कभी धोखा नहीं दिया।

मुझे याद है, एक बार की बात है, हम लोग गोरखपुर में कहीं किनारे पर बैठकर चाय पी रहे थे। उसने तब अपने हॉस्टल के दोस्तों के बारे में अपनेपन की बात कही। ये वही दोस्त थे जो वैदेही के साथ उसके रिश्ते का मजाक उड़ाते थे। हालाँकि उसे पता था कि वैदेही एक जिम्मेदार लड़की है और वह समझती है कि उसके दोस्त उसे चिढ़ा रहे हैं, पर वह वैदेही को हर बदनामी से बचाए रखना चाहता था।

वह एक ऊर्जावान लड़का था और अपने अभिभावकों से बहुत प्यार करता था। वह उनकी मर्जी के विरुद्ध कभी नहीं जा सकता, पर यह बात भी पक्की थी कि उसके माँ-बाप ऐसी कोई स्थिति ही पैदा नहीं होने देंगे, जिससे वह उनके विरुद्ध कुछ करे।

जब मैं उसके यहाँ सागर में उसकी दीदी की शादी में गया तो यह

देखकर हैरान हो गया कि उसके माता-पिता कितने खुले विचारोंवाले हैं। उन्होंने कभी लड़कियों के बारे में बात करने से नहीं रोका। इतनी आजादी के बाद भी वह एक ही लड़की का होकर रहा।

अब वैदेही पर वापस आते हैं। मैं वैदेही को पिछले चार सालों से जानता हूँ। वह जबलपुर की सबसे खूबसूरत लड़की है। निर्भीक, तेज-तर्रार, बुद्धिमान, खुले विचारोंवाली और बहुत ही खूबसूरत लड़की। जबलपुर के सबसे नामी स्कूलों में क्राइस्ट चर्च का नाम आता है और वहाँ से ही शहर की सबसे तेज, खूबसूरत दिखनेवाली और टेलेंटेड लड़कियाँ निकलकर आती हैं। और वैदेही जैसी लड़की को कौन छिपाकर रख सकता था? वह जबलपुर के हर एक स्कूल के लड़कों के सपनों की रानी थी।

पर इसके अलावा वह अपने रवैए और अक्खड़ स्वभाव के लिए भी प्रसिद्ध थी। पर मैं नहीं मानता कि अगर कोई लड़की आपकी बात नहीं मान रही, तो इसका यह मतलब नहीं कि वह जिद्दी या अक्खड़ हो।

रोहन और वैदेही दो अलग प्रवृत्ति के लोग थे, पर इतिहास में भी यह सिद्ध हो चुका है कि विपरीत स्वभाववालों में आकर्षण तय है, इसलिए वह दोनों साथ थे। मैं हमेशा से ही रोहन के लिए चिंतित रहता था, क्योंकि अगर उसने रोहन को छोड़ दिया तो वह बुरी तरह से टूट जाएगा।

मैं खुद को रोहन का सच्चा दोस्त मानता था, पर सच्चाई यही थी कि मैं कॉलेज के टाइम में उसके साथ कभी नहीं होता था। वैदेही उस पर अपना अधिकार बनाए रखती थी। कॉलेज के दिनों में रोहन उसी के बगल में बैठा करता था, वह उसी का टिफिन उसके साथ खाता था, वह उसके साथ प्रैक्टिकल कक्षाओं में जाता था और वह खाली समय में उसी से बातें किया करता था और फिर शाम को उसको घर भी छोड़ने जाता था। रोहन को यह समझ ही नहीं आ रहा था कि उसके दोस्त उससे दूर छूटते जा रहे हैं, या हम यूँ कहें कि वह कोई दोस्त बना ही नहीं रहा था।

मुझे लगा कि मुझे भी उसका दोस्त नहीं रहना चाहिए, क्योंकि उसे किसी की जरूरत ही नहीं है। वैदेही और रोहन एक-दूसरे के लिए बने थे और उनके बीच में कोई नहीं आ सकता था, यहाँ तक कि रोहन अपने हॉस्टल के दोस्तों को भी खोते जा रहा था।

मुझे नहीं पता कि वह कितना सही था, या वैदेही एकदम सही थी, पर मुझे लगा कि मैं एक अच्छे दोस्त को खोता जा रहा हूँ, क्योंकि वह प्यार में खोया हुआ था। मेरे लिए वह हमेशा मेरा सबसे पक्का दोस्त था, और उसके लिए मैं हमेशा ही उसके पास मौजूद था।

मैं दूसरे सेमेस्टर की परीक्षा के बाद अपने घर सागर में छुट्टियों में आया हुआ था। अगले दिन मैं जबलपुर जानेवाला था और फिर मेरा तीसरा सेमेस्टर भी शुरू होनेवाला था।

सुरभि दी ने हमें एक दिन अपने घर रात के खाने पर बुलाया था, क्योंकि वह भी सागर में ही रह रही थी, तो छुट्टियों में कभी-कभार उससे मिलने चले जाता था। उस दिन अनुज जीजू ने मुझे खाने पर बुलाया और मेरे लिए मटन बनाया था। मैंने सुना ही था कि वह सुस्वादु भोजन बनाते हैं, पर आज तक खाने का मौका नहीं मिल पाया था। इसलिए खाने पर जाने के लिए उत्साहित था।

शाम के सात बजे तक हम उनके घर पहुँच गए। माँ-पापा ने अपना स्कूटर लिया और मैं उनके पीछे अपनी स्कूटी से आ गया। मुझे सुरभि दी की वह गुलाबी स्कूटी, जो शादी से पहले उन्होंने अपने लिए खरीदी थी, को चलाने में बहुत चिढ़ होती थी, पर पापा ने उस समय मुझे बाइक देने से मना कर दिया था।

अनुज ने दरवाजा खोला और हमारा स्वागत करते हुए कहा, "पिंक स्कूटी में सवार हीरो, आओ तुम्हारा स्वागत है।"

मैंने मुँह लटकाकर उन्हें जवाब दिया, "एक दिन रात में मैं इसे पेंट कर दूँगा।" सुरभि दी दौड़ती हुई बाहर आईं और मुझे गले लगा लिया।

माँ ने मेरी बहन से पूछा, "क्या तुम अभी भी खाना पका रही हो? मेरी कोई मदद चाहिए?" उसने कहा, "नहीं, सबकुछ तैयार है। वह तो अनुज ही अभी तक खाना बना रहे हैं, मैं तो उनकी ही मदद कर रही थी।"

पूरे घर में मटन की खुशबू फैली हुई थी। हम लोग आराम से बैठ गए। मैं खुद को रोक नहीं पाया और रसोई में जाकर मटन को एक नजर देखने चला गया।

मैंने कहा, "हाँ, यह बहुत ही स्वादु लग रहा है और मुझे बहुत भूख भी लगी है।" अनुज ने मटन हिलाते हुए अपनी शरारत भरी टोन में मुझसे कहा, "मुझे थोड़ा समय और दो, मटन जल्द ही तैयार हो जाएगा। तुम पेट भरकर छक कर खा लो, क्योंकि मुझे नहीं लगता कि आगे आनेवाले कुछ सालों के बाद तुम्हें मांसाहारी भोजन मिलेगा भी?"

मैं थोड़ा चकराया और पूछा "क्यों?"

उन्होंने मुझे चिढ़ाते हुए कहा, "मुझे लगता है, वैदेही ब्राह्मण है।"

मैं मुसकराया और फिर जवाब दिया, "जीजू, आप भी ब्राह्मण हो और आप मटन बना रहे हो!"

हम लोग हँसने लगे और मैं बैठक में वापस आकर अपनी बहन के पास जाकर बैठ गया।

सुरभि दी ने मुझसे पूछा, "अब तुम्हारा कौन सा सेमेस्टर शुरू होगा?" मैंने कहा "तीसरा", और अगले दिन की यात्रा के बारे में सोचते हुए कहीं खो ही गया। मैंने यह गौर किया कि वैदेही से मिलने के बाद मेरे विचारों में थोड़ा परिवर्तन आया है।

मैं अपनी बहन के वहाँ रात के खाने पर आया था, पर मेरा दिल और दिमाग वहीं वैदेही पर अटका हुआ था।

अनुज बाहर आए और पापा के साथ बैठकर राजनीति पर चर्चा करने लगे और माँ सुरभि दी को रसोई में मदद करने चली गईं।

मैं कॉलेज में अपने अगले दिन के बारे में सोच रहा था। मैंने नई टी-शर्ट और जींस खरीदी थी, क्योंकि हमें अब पहले साल जैसे ड्रेसकोड का पालन नहीं करना था। मैंने अपने बालों का स्टाइल भी बदल लिया था और अपने लिए जूते भी खरीदे थे। मैं वैदेही को रिझाने का एक भी मौका खोना नहीं चाहता था। मुझे पता है, वह मुझे चाहती है और यह जरूरी है कि मैं उसे कभी नीचा न दिखाऊँ। हम दोनों साथ में बहुत अच्छे युगल लगते थे। मैं पाँच फीट दस इंच लंबा और वह बहुत ही सुंदर शारीरिक संरचनावाली करीब पाँच फीट छह इंच लंबी लड़की थी।

जब से मैंने सुरभि दी और अनुज को एक साथ खुश रहते देखा है, तब से मैं उसे बहुत मिस कर रहा था। मैं खड़ा हुआ और पापा को कहा, "पापा, मैं अभी आ रहा हूँ।"

उन्होंने मेरी तरफ देखा और अखबार नीचे रखकर पूछा, "कहाँ जा रहे हो?"

"कुछ नहीं, बोर हो रहा हूँ, इसलिए थोड़ा घूमकर आता हूँ।"

उन्होंने कहा, "अच्छा ठीक है, जल्दी आना" और मैं चला गया। मैं वैदेही से बात करना चाहता था, क्योंकि मैं उसे बहुत मिस कर रहा था। सुरभि दी के घर से उसे फोन करना मुझे सही नहीं लगा, इसलिए मैं एक एस.टी.डी. बूथ में चला गया, जो रोड के किनारे पर ही था।

"क्या आपका फोन खाली है? मुझे जबलपुर में एक नंबर मिलाना है" मैंने

एसटीडी बूथ के मालिक से यह पूछा, जो टी.वी. देख रहा था। उसने बिना बोले ही इशारा किया कि फोन किनारे केबिन के अंदर रखा हुआ है। अब मुझे उससे बात करने में और चूमने में आसानी होगी। मैंने रिसीवर उठाया और उसका नंबर डायल किया। जैसे मैं नव्या से बात करने में झिझकता था, वैसे वैदेही के साथ नहीं था और अगर किसी दूसरे व्यक्ति ने फोन उठा लिया तो मैं उसके बारे में ही पूछूँगा।

मैंने उसका नंबर डायल किया था। कुछ देर इंतजार करने के बाद तीसरी घंटी में किसी ने फोन उठाया और कहा, "हैलो।"

किसी महिला ने फोन उठाया। मैंने कहा, "हैलो, क्या मैं वैदेही से बात कर सकता हूँ?"

उन्होंने पूछा, "क्या मैं जान सकती हूँ कि आप कौन बोल रहे हैं?"

मैंने झिझकते हुए एक हल्की-सी मुसकान के साथ कहा, "मैं रोहन हूँ, उसका सहपाठी।"

फिर ऐसा हुआ, जिसकी मुझे कभी उम्मीद न थी, उन्होंने गुस्से में कहा, "रोहन, मैं तुम्हें साफ-साफ बता देना चाहती हूँ कि वैदेही तुमसे बात करने में कतई भी इच्छुक नहीं है। तुम उसे न तो फोन करना, न ही उससे बात करने की कोशिश करना। आशा है, तुम्हें साफ-साफ सब समझ आ गया होगा।"

मैं हैरान हो गया और मेरी साँसें रुक-सी गईं। मेरा गला सूखा जा रहा था और मेरे सिर में अचानक दर्द शुरू हो गया। मैंने जो अभी सुना था, उसकी कभी कल्पना भी नहीं की थी। मेरी आवाज भर सी गई और माथे से पसीने की बूँदें टपकने लगीं और मुझे ऐसा लगा कि मेरे शरीर में रिसीवर को पकड़ने के लिए भी ऊर्जा नहीं बची है।

उन्होंने फोन पटक दिया। मैं थोड़ा आश्चर्य में पड़ गया कि फोन उठानेवाला इनसान कौन था? क्या वैदेही सही है या वह किसी मुसीबत में है? मेरे दिमाग ने काम करना बंद कर दिया। मैं वहाँ कुछ मिनटों के लिए बैठ गया और यह सोचने लगा कि क्या मुझे उसे फिर से फोन करना चाहिए? पर मैंने सोचा, नहीं। वह महिला बहुत गुस्से में लग रही थी। मैं खड़ा हुआ, केबिन खोला और बाहर आ गया। मैं इतना परेशान हो गया कि मैं बूथ के मालिक को पैसे देना ही भूल गया। उसने मुझे पीछे से आवाज दी और दस रुपए माँगे। मैं बहुत उदास हो गया और अपने दिल की आवाज तक नहीं सुन पा रहा था। मुझे समझ नहीं आ रहा था कि अब क्या करूँ? पर मुझे इतना समझ आ गया था कि ऐसे में मुझे सुरभि दी के घर

नहीं जाना चाहिए। मैं थोड़ा शांत हुआ और बगल के एक पार्क में जाकर बेंच पर जाकर बैठ गया।

क्या हुआ होगा ? वह कौन औरत होगी, जिसने मुझे अभी डाँटा है ? हो सकता है कि उसने अपने पापा को हमारे बारे में बताया होगा और उन्होंने उसे मुझसे बात करने से जबरदस्ती रोका होगा, पर अगर उसके पापा को कोई समस्या है, तो उन्हें मुझे प्रधानाध्यापक के पास ले जाना चाहिए था, क्योंकि वह तो सीधे मैनेजमेंट के लोगों को जानते हैं। क्या वैदेही मुझसे बोर हो गई है या क्या मुझसे पीछा छुड़ाने का उसे यही सबसे अच्छा तरीका लगा ?

मेरे दिमाग में बहुत सारे सवाल कौंध रहे थे और मेरे पास किसी का जवाब नहीं था। कुछ दिन पहले तो वह मेरी बाँहों में थी, मुझे चूम रही थी। कुछ ही दिनों में ऐसा क्या हो गया ? मैं आसमान को देखकर दूसरे सेमेस्टर के अंतिम दिन की बात याद करने लगा। हम लोग ज्योति टॉकीज में फिल्म देखने गए थे।

मुझे अच्छे-से याद है कि वह पिक्चर हॉल में मेरे बगल में बैठी थी और फिल्म के बीच में उसने मेरे कान में फुसफुसाते हुए कुछ कहा भी था। मैंने अपनी हथेली से उसके हाथों को दबाया भी था और उसकी आँखों में देखकर मैंने उसे जवाब दिया कि, "मैं भी तुम्हें बहुत मिस करूँगा।"

उसने मोनालिसा वाली मादक मुसकान के साथ मुझे कहा, "जब तुम्हें यह लग रहा है कि तुम अपनी सारी जिंदगी किसी के साथ बिताना चाहते हो और तुम्हारी वह अगली जिंदगी जल्द-से-जल्द शुरू हो, तब ऐसे में तुम मुझे एक महीने के लिए छोड़कर जा रहे हो, बुद्धू।"

मैं उसे याद करके मुसकराने लगा और फिर अचानक लगने लगा कि मेरा शरीर गरम हो रहा है। क्या मुझे बुखार हो गया है ? मैं उठा और सीधे सुरभि दी के घर वापस आ गया।

जैसे ही मैं घर में घुसा, वैसे ही अनुज ने मुझसे कहा, "डिनर तैयार है। तुम कहाँ रह गए थे ?"

सुरभि दी ने कहा, "सब लोग प्लीज डाइनिंग टेबल पर आ जाइए।" मैं उदास-सा दिख रहा था और मेरी आँखें लाल हो गई थीं। पापा ने मेरे चेहरे की ओर देखकर कहा, "क्या हुआ रोहन, सबकुछ ठीक है न ?" मैंने भी उन्हें देखकर कहा "हाँ पापा, सबकुछ ठीक है।"

उन्होंने फिर कहा, "नहीं, तुम्हारी आँखें लाल हैं और चेहरा पीला पड़ गया है।"

मैंने कहा, "मुझे बुखार लग रहा है।" माँ, तभी जल्दी से मेरे पास आईं और मेरा माथा छुआ कि वह गरम है या नहीं। उन्होंने कह दिया कि मुझे बुखार है। उस कॉल का मेरे ऊपर क्या प्रभाव पड़ा? वह कॉल मेरे दिल-ओ-दिमाग में घर कर गई।

पापा ने गुस्साते हुए कहा, "जल्दी खाना खाओ और आराम करो। तुम्हें कल सुबह जाना भी तो है। और अगर बुखार कल भी रहा तो कल मत जाना।" मैंने बिना कुछ कहे सिर हिलाया। मेरे सिर में टेंशन के कारण दर्द हो रहा था। मेरे दिमाग में बहुत सारे सवाल कौंध रहे थे और दिल उन सवालों के जवाब ढूँढ़ने मे लगा था। मैं जोर-जोर से रोना चाहता था, पर मुझे अंदर से यह बात पता थी कि वैदेही मुझसे बहुत प्यार करती है और यह कोई मजाक नहीं है। मुझे दिल से पता था कि कल जब मैं कॉलेज जाऊँगा, तो वह मुसकराकर मेरी तरफ आएगी। मैं कल ही कॉलेज जाऊँगा। उसके पास मुझसे बात नहीं करने का कोई कारण नहीं है, पर मुझे नहीं पता था कि मैं फिल्म के इंटरवल के बाद वाले भाग में पहुँच चुका हूँ, जहाँ से पटकथा अब मौन हो चलेगी।

मेरे तीसरे सेमेस्टर का पहला दिन था।

मैंने नीली जींस और सफेद टी-शर्ट पहनी हुई थी, जिसमें हँसता हुआ स्माइली प्रिंट किया हुआ था, पर मैं भीतर से परेशान व बुझा-सा था। मेरा दिल रो रहा था और मुझे मेरे सवालों का जवाब चाहिए था।

मैं विनीत और अनुराग के साथ कैंपस के भीतर घुसा। वे लोग भी जींस और टी-शर्ट में अलग से दिख रहे थे। मैं जैसे ही घुसा, मेरी आँखें उसे ढूँढ़ने लग गईं और वह कहीं नहीं दिखी। मेरे अधिकतर सहपाठी क्लासरूम के बाहर झुंड में खड़े थे।

मैंने अपने एक सहपाठी से पूछा, "हम सब लोग यहाँ पर क्यों खड़े हैं?"

उसने कहा, "तीसरे सेमेस्टर की कक्षाएँ यहाँ लगेंगी।"

मैं उसे देखकर मुसकराया और चारों ओर उसे देखने लगा। अंतत: वैदेही दिख गई। वह नीला सूट पहने अपनी दोस्त चारु और रीना के साथ बैठी हुई थी।

"हे भगवान्, आपका धन्यवाद, वह मुझे दिख गई।"

मैं उसके पास मुसकराता, भागता हुआ यह सोचकर गया कि वह मुझे गले लगाकर मेरा स्वागत करेगी, पर पता नहीं क्यों मेरे कदम वहाँ जाने से रुक गए। मैं उसे बैठा हुआ देख रहा था, क्योंकि मैं उससे कुछ ही कदम पीछे खड़ा था। मेरी मुसकान गायब हो गई और दिल की धड़कन तेज हो गई। मैं हाँफता हुआ पीछे मुड़ गया। कोई चीज थी, जो मुझे उस तक जाने से रोक रही थी कि पूछूँ कि क्या हो गया?

मैंने जब उसे प्रपोज किया और फिर उसे एवॉइड किया तो वह मेरे पीछे थी और मुझे इन सबके बीच उसने सहज किया था। मुझे इस बात का भरोसा था कि अगर सबकुछ सही है और हमारे बीच कुछ भी नहीं बदला है तो वह मेरे पास आएगी और मुझसे बात करेगी। वह अचानक से बात करना नहीं छोड़ सकती। मुझे दिल से सौ फीसदी यकीन था कि वह मेरे पास कुछ ही समय में मुसकराते हुए आ जाएगी। वह मेरे बिना नहीं रह सकती और मैं भी उसके बिना अधूरा हूँ।

मैंने अपने कदम वापस खींचे और किनारे जाकर बेंच पर जाकर बैठ गया। मैं एकदम अकेला बैठा हुआ था, पर मेरी आँखें उसी पर टिकी थीं। वह मेरी सीधी

लाइन पर थोड़ी दूरी पर बैठी हुई थी। मैंने कंधे से अपना बैग निकाला और उसे किनारे रखा। मैं बिना पलकें झपकाए उसे देखे जा रहा था। मुझे पता है कि उसने भी मुझे देख लिया है कि मैं उसके सामने बैठा हूँ और उसे अपलक देखे जा रहा हूँ।

वह चारु से बात कर रही थी, पर अजीब-सी लग रही थी। उसकी आँखों से लग रहा था कि वह मेरे कारण परेशान थी, पर मैं उसे देखता रहा। वह चेहरे से परेशान दिख रही थी और वह मुसकरा भी नहीं रही थी और फिर हमारी आँखें मिलीं। मैं कोई मौका खोना नहीं चाहता था, इसलिए उसे देख मैं मुसकराया। उसने चमकती आँखों से मेरी ओर देखा, पर उसके चेहरे पर कोई मुसकान नहीं थी। मेरी पलकें झपकीं और मुसकान गायब हो गई और चेहरे पर दुःख दिखने लगा। वह खड़ी हुई, उसने अपनी पुस्तकें उठाईं और मेरे पीछे दूसरी तरफ जाकर बैठ गई।

ऐसा क्या हो गया, मैं तो एकदम भी नहीं समझ पाया। मैं पिछले एक महीने से घर पर था। मैंने ऐसी क्या गलती कर दी? कुछ-न-कुछ तो हुआ ही होगा, जो मैं समझ नहीं पा रहा, या जो मुझे याद नहीं आ रहा।

मैंने सोचा कि मुझे उससे बात करनी चाहिए, इसलिए मैं उसके पीछे जाने लगा, पर हमारी इलेक्ट्रॉनिक्स की टीचर आ गईं और उन्होंने सबको क्लास में आने को कहा। मैं भी अंदर गया और देखा कि उसके बगल की सीट खाली है। क्लास में सभी जानते थे कि मैं उसी के साथ बैठूँगा, इसलिए किसी ने भी वह सीट नहीं ली। मैं मुख्य द्वार पर खड़ा उसकी तरफ देखता रहा। मैं थोड़ा परेशान था कि उसके बगल में बैठूँ या नहीं! कुछ सेकंड सोचने के बाद मैंने निश्चय किया कि मैं आगे चला जाऊँगा। वह मुझसे प्यार करती है और मुझे इस बात पर कोई शक नहीं है।

एक बात तो मुझे समझ आ गई थी कि वह मुझसे दूर भाग रही है, पर मुझे इन बातों के जवाब चाहिए थे कि वह ऐसा क्यों कर रही है? मैं उसके पीछे खड़ा हो गया और अपना बैग उठाकर आगे उसके पास जाकर बैठ गया, पर उसने अपनी सारी पुस्तकें उठाईं, जो वह लेकर आई थी और बिना देखे सीट पर रख दीं। पर क्यों? वह ऐसा क्यों कर रही थी? मैं उसकी आवाज मिस कर रहा था।

खुद को अपमानित महसूस कर मैंने अपना बैग उठाकर अपने कंधे पर रखा और पीछे की सीट पर बैठ गया। हर कोई जोड़े में या अपने दोस्तों के साथ बैठा था। मैं चारों ओर घूमा और फिर एक सीट खाली पाई। मैं सीढ़ियों के सहारे अंतिम सीट पर जाकर अकेले बैठ गया।

हमारे अधिकांश सहपाठियों ने यह परिवर्तन देखा और वे समझ गए कि हमारे

बीच कुछ तो गड़बड़ है। मेरी आँखें उस पर ही टिकी थीं, अपलक। मैं अपनी कॉपी पर उसका नाम बार-बार लिखे जा रहा था और क्लास में जो हो रहा था, उस पर मेरा ध्यान थोड़ा भी नहीं था।

पैंतालिस मिनट के बाद क्लास खत्म हुई और हर कोई अपनी सीट से उठकर इधर-उधर बतियाते, हँसते और आपस में कुछ कहते हुए दिखा, पर मैं अपनी ही सीट में बैठा रहा, उसे अपलक, परेशान होकर लाल आँखों से देखता रहा। कोई भी मेरे पास नहीं आया और न ही किसी ने मुझसे कुछ बात की। मैं अकेला बैठा उसका इंतजार करता रहा।

पिछले एक साल में मैं वैदेही के प्यार में इतना डूब चुका था कि मैंने अपने कई दोस्तों को नजरंदाज कर दिया था। वे लोग भी आगे बढ़ गए थे, मुझे उसके साथ छोड़कर।

मैं अपनी सीट से उठा और उसके पास गया। वह चिंतित चेहरे के साथ अपना बैग पैक कर रही थी। मैंने अंततः बहुत बोझिल होकर उससे पूछ ही लिया, "कैसी हो?"

उसने जवाब देना जरूरी नहीं समझा। पर मैं देख पा रहा था कि वह कितनी असहज दिख रही थी। मैंने उससे फिर पूछा पर वह मुझे टालकर चारु से बात करने लगी, जो अपने चश्मे के पीछे से मुझे देखे जा रही थी। वैदेही ने चारु से कहा, "चारु, चलो, लाइब्रेरी चलें।"

वह खड़ी हो गई और आगे बढ़ने लगी, तभी मैंने उसका हाथ पकड़कर जोर से कहा, "मुझे जवाब चाहिए।" उसने मुझे देखे बिना अपना बैग, पुस्तकें उठाईं और चली गई।

चारु उसके साथ चली गई। मैंने उसे रोकना चाहा, पर वह चलती रही। मैं उसके पीछे चलता रहा और क्लासरूम के दरवाजे पर जाकर रुक गया और देखता रहा कि वह मुझे छोड़कर जा रही है। मैं अपनी आँखों के भीतर उमड़ते-घुमड़ते हुए आंसुओं को महसूस कर पा रहा था। मैं खुद से यह कह रहा था कि रोहन, तुम उसे ऐसे ही जाने नहीं दे सकते, जब तुम्हें यह पता ही नहीं है कि तुम्हारी गलती क्या है।

मैंने अपने कंधे पर अपना बैग डाला और क्लास से चला गया। मैं अकेला महसूस कर रहा था। अनुराग और विनीत सदर बाजार आईसक्रीम खाने गए हुए थे। मैं क्लासरूम के बाहर गया और वहाँ बेंच पर अकेला बैठा रहा।

कुछ ही मिनटों के बाद मैं हॉस्टल वापस चला गया। उस दिन वह कॉलेज,

जो मुझे इतना पसंद था, एक श्मशान की तरह लगने लगा। मैं हॉस्टल अकेला जाने लगा। एक मैं ही अकेला वापस आ गया था और बाकी सारे लोग अभी कॉलेज ही में थे। मैंने अपना कमरा खोला और अंदर जाकर एक किनारे बैग रखा और किनारे जाकर बैठ गया।

हर जगह शांति पसरी हुई थी, सिर्फ हॉस्टल की इमारत के आसपास गाड़ियों की आवाजें आ रही थीं।

जब हम साथ मिले थे, मुझे पता था कि वो तुम ही हो,
जिसके बारे में सोचकर दिन निकल जाएगा
और तुम्हें सपनों में साथ ले, रातें कट जाएँगी
जो मुझे रोते हुए सँभाल लेगी,
और मेरी हँसी को साथ मिल
खिलखिलाहट बना देगी, जो मेरे साथ
मेरी जिंदगी ही बाँट लेगी और उसे ही मैं हमेशा प्यार
करता रहूँगा, मुझे पता था यह सब, जब हम साथ मिले थे।

मेरे दिल की धड़कन रुक गई थी, उसके बारे में ऐसा सोचकर। वह मुझसे दूर जा रही थी। मेरे आँसुओं का फव्वारा फूट पड़ा। आँसू ऐसे बहने लगे, जैसे किसी प्रपात में जल बहता हो और वह मेरे चेहरे से होते हुए नीचे बहे जा रहा था। मैं भीतर से एक परेशान बच्चा बन चुका था, जिसका दिल अंदर से कच्चा था। ऐसा लगा कि किसी ने मेरे भीतर से कुछ ले लिया है। उसने मेरी आत्मा को चुराया था। यह एक ऐसी चोट थी, जो कोई आदमी देख भी नहीं सकता था।

मैं जोर-जोर से रोता रहा। उस दिन मेरे आँसू रुकने का नाम नहीं ले रहे थे। मैं तकिए में अपना मुँह घुसाकर रोता रहा। मुझे पता ही नहीं चला कि रोते-रोते कब नींद आ गई, पर जब मैं उठा तो मुझे अपने हॉस्टल के दोस्तों की आवाज सुनाई दी, जो मुझे रात के खाने के लिए नीचे बुला रहे थे।

रात के भोजन के दौरान आकाश ने मुझसे पूछा, "क्या सबकुछ सही है?" मैंने सिर हिलाते हुए 'हाँ' कहा और कहा कि सबकुछ सही है। पर उसके पास कुछ और प्रश्न अभी शेष थे। "तुम आज इतनी जल्दी क्यों आ गए थे?"

मैंने उससे कहा कि मैं अंदर से अच्छा महसूस नहीं कर पा रहा हूँ। आकाश ने उसके बाद तो मुझसे कुछ नहीं पूछा पर उसके अंदर अभी भी बहुत सारे सवाल

थे, मेरे पास जिनके कोई जवाब नहीं थे।

मैं मैस में अपनी सीट पर बैठा रहा, जबकि सभी लोग वहाँ से जा चुके थे। उसने मुझसे बात करना छोड़ दिया था और मेरी जिंदगी को चुप-सा बनाकर चली गई थी। मेरा दिमाग सिर्फ उसी के बारे में सोच रहा था।

मुझे पता था कि मैं किन स्थितियों से होकर गुजर रहा था, पर मैं किसी को बताना नहीं चाहता था।

मुझे खुद ही पता नहीं था मैं क्या करूँ? अगर मैंने उससे जबरदस्ती की, तो मैं उसे और तकलीफ पहुँचाऊँगा या मुझे समय पर ही यह छोड़ देना चाहिए और इंतजार करना चाहिए कि वह मेरे पास वापस आए। मैं पशोपेश में था।

पिछले तीन दिनों से मैं जब कॉलेज जा रहा था और क्लासरूम के बाहर बैठकर उसे भी बाहर से दर्द में ही देखा करता था।

वह मेरी तरफ देखना भी नहीं चाहती थी। अगर मैं एक सेकंड के कुछ भाग में भी उस पर ध्यान केंद्रित कर लेता, तो मेरी आँखें आँसुओं से भर जातीं। मुझे पता है कि वह मुझे चाहती है, पर मैं उसके खयालों में भी नहीं आ रहा था। यह बहुत ही कष्टप्रद था कि सूरज हर रोज एक नए दिन के स्वागत के लिए उगता, पर उन दिनों में अब उसकी हँसी शामिल न थी, न ही उसमें किन्हीं शिकायतों की पोटली थी या कोई प्यार भरी कमेंट्री। मैं चाहता था कि वह मुझे फिर से स्टूपिड कहे या मेरे से हाथ सटाकर अपने पैरों पर इलजाम लगा दे। मैं चाहता था कि वह अपना रूमाल नीचे फर्श पर गिराए और उसे अपने साथ ले जाना भूल जाए और मेरे साथ टिफिन खाने के लिए लंचटाइम का इंतजार करे।

अब तक तो सबको पता लग गया था कि हम लोगों के बीच कुछ तो हुआ है। पर मैं इस बारे में घबराया नहीं था और अब मैं किसी भी बारे में घबरा नहीं रहा था। मैं अपनी पढ़ाई के बारे में भी परेशान नहीं था। मैं खाने के बारे में भी परेशान नहीं था। मुझे अपनी सेहत की भी कोई फिक्र नहीं थी। मुझे अपने परिवार की भी चिंता नहीं थी। मुझे उसके अलावा अब किसी और बात से मतलब नहीं था।

वह बहुत ही अजीब-सा बरताव कर रही थी। वह मेरी तरफ नहीं देख रही थी, उसने मुसकराना भी बंद कर दिया था। वह किसी से भी नहीं मिलती थी और वह पीली और उदास-सी दिखने लग गई थी।

मैंने सोच लिया था कि मैं उससे बात करके ही रहूँगा और अपने सवालों के जवाब मिले बिना उसे छोड़ूँगा नहीं। मैं क्लास के बाहर बैठे रहा और क्लास के खत्म होने का इंतजार करता रहा। कुछ ही देर में प्रोफेसर क्लास से बाहर निकले और धीरे-धीरे करके विद्यार्थी भी बाहर निकलने लग गए।

मैं दरिद्र जैसा दिख रहा था। मेरे बाल लंबे हो चुके थे। मैं बहुत बेतरतीब से कपड़े पहनने लगा था और यहाँ तक कि मेरी दाढ़ी भी बढ़ चुकी थी। कुछ देर बाद वह चारु और रीना के साथ अपने हाथों में पुस्तक पकड़े हुए बाहर आई। वह चारु से बात करते हुए आ रही थी और मुझे अनदेखा कर रही थी। मेरे लिए सबकुछ

रुका हुआ था। मैं कैंपस में किसी को भी देख नहीं पा रहा था और मैं यह भी नहीं देख रहा था कि कैंपस में मेरे बारे में लोग क्या सोचते होंगे! मैं किसी की परवाह नहीं करता।

मैं जिस बेंच पर बैठा हुआ था, वहाँ से उठा और उसके पीछे जाने लगा। इस बीच कई लोगों द्वारा किए गए 'हैलो' पर मैंने ध्यान ही नहीं दिया और सीधे उसके पीछे चलता रहा। वह अपनी दोस्तों के साथ मुख्य द्वार गेट की ओर जा रही थी। मैं उसके पीछे ही चल रहा था। अब वह उनसे अलग हो ली और अकेले चलने लगी। उससे बात करने का यह सुनहरा मौका था। मैं जल्दी-जल्दी चलने लगा और उसके पास पहुँच गया। मैंने पीछे से उसका नाम पुकारा। वह मुड़ी, मुझे देखा और फिर चलने लगी। मैंने उसका दायाँ हाथ खींचा, जो मैंने उसकी कोहनी से पकड़ा था और फिर उसके सामने आ गया। वह रुकी और नजरें मिलाने से बचती रही।

मैंने उससे सीधे कहा, "मुझे तुमसे बात करनी है।" वह मुझे गुस्से से देखती रही और बिना कुछ कहे फिर जाने को तैयार थी। मैंने फिर उसका हाथ रोकने की कोशिश की और फिर मैंने जोर से चिल्लाकर कहा, "तुम्हें मुझसे बात करनी पड़ेगी, वैदेही।"

पर उसने मुझसे फिर एक शब्द भी कुछ नहीं कहा और चलने लगी। इस बार मैंने उसे रोका नहीं, क्योंकि मैं कोई तमाशा खड़ा करना नहीं चाहता था। वह चली गई और मैं अपनी कमर पर हाथ रखे वहीं खड़ा रह गया।

मैं पीछे से चिल्लाने लगा, "अगर तुम किसी को भुलाना चाहते हो, तो उससे घृणा मत करो। जिस चीज से और जिन लोगों से तुम घृणा करते हो, वह तुम्हारे दिल में घर कर जाते हैं। अगर तुम आगे बढ़ना चाहते हो और किसी चीज को भुलाना चाहते हो तो तुम घृणा नहीं कर सकते।"

उसने मेरी बातें सुन लीं थीं, क्योंकि वह अब धीरे-धीरे चलने लगी थी। मैंने उससे कहा, "मुझे पता है कि तुम मुझसे प्यार करती हो। अगर हम बात करेंगे, तो समस्या का समाधान हो पाएगा।"

वह पीछे मुड़े बिना चलती रही। मैं मुख्य दरवाजे के किनारे उसी जगह खड़ा रहा और फिर चिल्लाया, "वैदेही, मैं तुमसे प्यार करता हूँ और एक बात याद रखना, अगर तुमने मुझसे बात नहीं की, तो मैं यहाँ से एक इंच भी नहीं हिलूँगा।"

वह मेरे अंतिम शब्दों को सुनकर रुक गई। मेरे भीतर ऐसे में एक आशा की किरण जगी कि वह मेरे पास आएगी और बात करेगी, पर उसने मुड़कर मुझे अजीब

तरीके से देखा और फिर चली गई।

मैं चिल्लाता रहा, "मैं मजाक नहीं कर रहा हूँ, मैं इस जगह से नहीं जाऊँगा। मैं यहाँ अपनी आखिरी साँस तक खड़ा रहूँगा", पर वह लंबे-लंबे कदम भरकर चली गई।

मैं वहीं खड़ा रहा और उसकी तरफ तब तक देखता रहा, जब तक वह मेरी आँखों से ओझल न हो गई। मैं देख रहा था कि कॉलेज से विद्यार्थी अब बाहर निकल रहे थे। कुछ लोगों ने बाइक और स्कूटर से झुककर मेरी तरफ हाथ हिलाया, पर मैं वहीं खड़ा रहा और उसकी वापसी का इंतजार करता रहा। मुझे प्यास लग रही थी, पर मैंने वादा कर लिया था कि मैं वहाँ से एक इंच भी आगे नहीं हिलूँगा, सो मैं वहीं रहा। मुझे पक्का पता था, अगर वह नहीं आई तो मैं उसके लिए मर जाऊँगा।

वह छोड़कर चली गई और उसने जो दिल में खाली जगह कर दी थी, उसे अब कोई भर नहीं सकता था। वह मेरे डीएनए में बस चुकी थी। मुझे पता है कि उसने मेरी किसी गलती के कारण मुझसे बात करना छोड़ दिया है, पर मैं यह जानने की भरसक कोशिश कर रहा हूँ कि वह गलती क्या थी? चूँकि अब वह मेरा हाथ पकड़ने के लिए मेरे साथ खड़ी नहीं थी, तो मैं अकेला खड़ा रहा और मेरे भीतर कुछ भी करने का कोई दम नहीं था। पर वह हमेशा ही मेरी गर्लफ्रेंड बनी रहेगी, चाहे वह अब मेरी खामोश गर्लफ्रेंड ही थी।

मैं वहीं खड़ा रहा। मेरी आँखें रो-रोकर गीली हो चुकी थीं और दिल से मैं उसकी वापसी को लेकर नाउम्मीद हो चुका था। कुछ समय बाद आकाश और अनुराग कैंपस गेट से बाहर आए और उन्होंने मुझे वहाँ अकेला खड़ा देखा। उन्हें अभी तक सही से कुछ पता नहीं था कि मेरे व वैदेही के बीच में क्या हुआ है, पर वह कुछ अंदाजा तो लगा ही सकते थे।

आकाश ने मुझे अनुराग की बाइक सीट पर बैठे हुए कहा, "अरे रोहन, किसी का इंतजार कर रहे हो? आओ हॉस्टल चलें, अनुराग तुम्हें छोड़ देगा।" मुझे समझ नहीं आया कि क्या जवाब दूँ, पर मैं भी जिद्दी था और मैं यहाँ से हिलूँगा नहीं।

मैंने उन्हें कहा, "तुम लोग चलो, मैं किसी का इंतजार कर रहा हूँ।"

उसने कहा, "अच्छा ठीक है, बाय। अब हॉस्टल में मिलेंगे।" वहीं ठाकुर अपना स्कूटर रोड की बाईं ओर से चलाकर ले गया।

वह जैसे ही गए, मैंने समय देखने के लिए अपनी कलाई मोड़ी, उस समय दोपहर के तीन बज रहे थे। गरमी की दोपहरी थी और तपता हुआ सूरज मेरे पीठ की

ओर था, पर वह धूप मेरी पीठ को इतना नहीं जला रही थी, जितना मेरा दिल जल रहा था। मैंने चारों ओर देखा और एक बड़ा सा पत्थर किनारे रखा हुआ देखा। मैं रोड की ओर मुँह करके उस पर बैठ गया।

मेरे दिल में शंका तो थी, पर मुझे विश्वास था कि वह वापस आएगी। मैंने भी करीब एक घंटा वहाँ बैठे-बैठे बिता दिया था। मुझे याद आया कि मैंने वार्षिक उत्सव की तसवीरें प्रिंट करवाईं थीं, जो मैंने अपने नए कैमरे से खींची थी और फिर मैं उन्हें उसे दिखाने लाया था। वह फोटो देखने के लिए बेताब थी, क्योंकि उसने बहुत ही अच्छा नृत्य किया था और वह उस दिन बेहद खूबसूरत लग रही थी। जिस दौरान वह एलबम देख रही थी, उसी समय उसने मुझसे ऐसा सवाल पूछा था जिसका मेरे पास उस समय कोई जवाब नहीं था।

उसने अचानक नोटिस किया कि एलबम की अधिकांश फोटो उसके द्वारा दी गई प्रस्तुति एवं अदाओं की हैं। मैंने अनुराग से पहले ही पूछ लिया था और उसने भी बता दिया था। उसने मेरे खातिर अधिकांश फोटो भाभी की ही ली थीं।

वैदेही ने शक की निगाह से मुझसे पूछा कि "इन ढाई सौ फोटो में से कैसे दो सौ मेरी ही हैं?"

मेरे पास इसका कोई जवाब नहीं था, पर मैंने फिर भी कहा, "यह महज एक संयोग भी हो सकता है। हो सकता है कि तुमने सबसे ज्यादा शो में भाग लिया था, इसीलिए।"

उसने आगे पूछा, "पर मेरी अधिकांश फोटो अकेले की ही हैं, किसने खींची यह सब?" मैंने इसे हल्के में लेने की कोशिश की और फिर जवाब दिया, "मुझे याद आ रहा है, अनुराग ने यह किया होगा, पर यह सब जान-बूझकर नहीं किया।" मैंने उसे विश्वास दिलाने की कोशिश की।

वह मुझे शक की निगाह से देखती रही और उसने कहा, "मैं उम्मीद करती हूँ रोहन, तुम सच बोल रहे हो, क्योंकि अगर मुझे पता चला कि तुमने हमारे बारे में हॉस्टल में सबको बताया होगा और उन लोगों ने इस बात का अगर मजाक उड़ाया तो उस दिन तुम मेरे मुँह से अपना नाम अंतिम बार सुनोगे।"

उसने जब मुझे यह चेतावनी दी थी, वह सचमुच गंभीर थी, पर मैंने उसकी बात पर ध्यान नहीं दिया।

पर क्या मुझसे बात नहीं करने का यह कारण है या कुछ और भी हो सकता है?

शाम के छह बज रहे थे और सूरज भी अस्त हो चुका था, तब मैंने देखा कि विनीत और आकाश मेरी तरफ बाइक से चले आ रहे हैं।

जैसे ही वह मेरी तरफ पहुँचे, विनीत ने बाइक किनारे लगा दी।

पर कोई फायदा नहीं। वे समझ गए कि कुछ तो चल रहा है। वे बाइक से उतरे और मेरे बगल में आकर बैठ गए। कुछ ही सेकेंड के बाद, आकाश ने पूछा, "तुम हमें खुद बताओगे, या हम तुम्हें पीटना शुरू कर दें?"

मैंने थोड़ा रुककर कहा, "उसने मुझसे अचानक बात करना छोड़ दिया है।" विनीत ने खीजते हुए कहा, "और तुम यहाँ बैठकर उसका इंतजार कर रहे हो और जैसा फिल्मों में होता है, वैसे ही तुम इस आशा में बैठे हो कि वह तुमसे बात करने के लिए दौड़कर आएगी!"

मैं भी उत्साहवश मुसकराने लगा।

उसने मेरा हाथ पकड़ और मुझे खींचते हुए कहा, "चलो, उठो और हॉस्टल वापस चलो।"

मैंने मना करते हुए कहा, "भाई, प्लीज मुझे विश्वास है कि वह मुझसे मिलने के लिए आएगी और वह मुझे यहाँ अकेले बैठे नहीं देख सकती है।"

आकाश मेरे ऊपर चिल्लाया, "क्या तुम पागल हो, रोहन? तुम्हें उसके तेवर के बारे में पता है। उसने अपने सहपाठियों से कभी बात नहीं की और तुम्हें विश्वास है कि वह तुम्हें दिलासा लेने के लिए वापस आएगी?"

"मेरा दिल कह रहा है कि वह आएगी।" मैंने धीरे से विश्वास के साथ कहा और फिर आगे कहा, "कम-से-कम एक बार कोशिश तो कर लेने दो, क्या तुम हम दोनों को एक साथ फिर से देखना नहीं चाहते?"

उसने कहा, "रोहन, तुम किसे बुद्धू बना रहे हो? वह कभी भी तुम्हारे साथ नहीं थी। उसे कॉलेज के पहले साल खेलने के लिए एक खिलौना चाहिए था और उसने तुम्हारा इस्तेमाल किया।"

मैंने पलटकर कहा, "यह बात नहीं है।"

विनीत ने तेज आवाज में कहा, "तुम यह जानते हो, अगर यह मामला नहीं है, तो उसने तुमसे बिना किसी कारण के बात करना बंद क्यों कर दिया? मैंने कई ब्रेक-अप देखे हैं, पर बिना किसी कारण का ब्रेक-अप मैंने अपनी जिंदगी में पहली बार देखा है।"

उनकी बातें सुनकर मैं और ज्यादा अड़ गया, मैंने फिर दोहराया, "कुछ भी

हो जाए, मैं यह जगह छोड़नेवाला नहीं हूँ।"

आकाश ने पूछा कि "अगर वॉर्डन या तुम्हारे माँ-पापा में से किसी का फोन आया तो… ?"

मैं उनसे विनती करते हुए देखता रहा, "मैं तुम्हारी मदद चाहता हूँ। वॉर्डन को सँभाल लेना और अगर घर से किसी का फोन आए तो उन्हें बता देना कि मैं हॉस्टल में नहीं हूँ।"

विनीत मेरे लिए काफी चिंतित था। उसने आकाश से एक बोतल पानी लाकर मुझे देने के लिए कहा। आकाश कॉलेज कैंपस में से पानी की बोतल भरकर ले आया। विनीत अपने कूल्हों के बल बैठ गया और मेरा हाथ पकड़कर बोला, "मुझे पता है कि तुम उसे प्यार करते हो और अगर वह तुमसे प्यार करती है, तो मैं समझता हूँ कि वह तुम्हारे पास जरूर आएगी, पर वादा करो कि अगर वह आधी रात तक वापस नहीं आएगी, तो तुम हमारे साथ हॉस्टल वापस चल दोगे।"

मैं उनकी आँखों में एक सच्चा दोस्त देख सकता था।

मैं मुसकराया और उन्हें इस बात का आश्वासन दिया। इस बीच आकाश पानी लेकर दौड़ता हुआ आया। उन्होंने मुझे बोतल दी और बाइक पर बैठ गए। वह जैसे ही बाइक से जानेवाले थे, मैंने तभी अचानक उनसे पूछ लिया, "अगर वह कभी नहीं आई तो?"

विनीत मेरी आँखों में देखता रहा और फिर आगे बढ़ गया, और मुझे पीछे वहीं बैठा छोड़ गया। अगर किसी रिश्ते में किसी प्रकार की कोई गड़बड़ी हो, तो लोगों को आपस में बात करनी चाहिए, सुलझाने के लिए लड़ना चाहिए, पर वह तो अजीब सा व्यवहार कर रही थी, मुझे उलझा रही थी। मैं समझ नहीं पा रहा था कि उसे कैसे सँभालूँ?

मेरा दिमाग उसकी छुअन, उसकी मुसकान को याद करके परेशान हुए जा रहा था। अनजानों को दोस्त बनते सुना था, पर दोस्तों को अनजान बने देख परेशानी हो रही थी।

मैं अपनी घड़ी की ओर देखता रहा और हर सेकंड की सुई एक साल की तरह लग रही थी। अँधेरा छा चुका था और रात में कीड़े परेशान करने लग गए थे। मुझे बहुत तेज भूख भी लगी थी और कमजोरी भी हो रही थी। मेरी अंदर की ऊर्जा कम होने लगी थी और मेरी आँखें बंद हुए जा रही थीं। मैं उन सुंदर पलों को याद किए जा रहा था, जो मैंने उसके साथ बिताए थे, जिससे मेरे अंदर ताकत बनी रहे।

पर कहीं-न-कहीं दिल से मैं सारी आशाएँ खो चुका था।

उसने साथ में बिताए हुए सारे पलों को बुरी याद में बदल दिया था। मैं जब भी उन क्षणों के बारे में सोच रहा था, वह आगे से आकर मुझे खाए जा रही थी। उसने मुझे पूरी तरह से तोड़ दिया था और अगर मैं अब उसकी आवाज कभी सुन न पाऊँ, तब भी उसकी छुअन जिंदगी भर मेरे साथ रहेगी या हमेशा के लिए रहेगी।

कुछ दूर से मैंने देखा कि एक बाइक मेरी तरफ आ रही थी। स्ट्रीट लाइट की चमक में मैंने देखा कि विनीत और आकाश मेरी तरफ चले आ रहे थे। मेरी ऊर्जा अब खत्म हो गई थी। वे जैसे ही मेरे पास पहुँचे, तो उनके बिना कुछ कहे ही मेरी आँखें भर आईं मैं फूट-फूटकर रोने लगा। आँसू मेरे गालों से अविरल बहते रहे।

आँसुओं की नमकीन बूँदें मेरी ठुड्डी पर गिरती गईं और मेरी कमीज भिगो गईं। हो सकता है यह आँसू मेरे दर्द को कम कर दें। मैंने अपना सिर विनीत के कंधे पर टिकाया और खुद को रोने से रोक नहीं पाया। घाव अभी हरा था और कच्चा था। मेरे दोस्त मुझे रो लेने दे रहे थे। उन्हें पता था कि रोने से मेरा दिल हल्का हो जाएगा। उन्हें पता था कि मैं दर्द में हूँ। मैं रोते गया और उनके कंधे पर ही बेहोश हो गया।

मुझे पता है कि मेरी एक गर्लफ्रेंड है, पर मेरी खामोश गर्लफ्रेंड मुझे बहुत सता रही थी।

विनीत

मैं एक ऐसा आदमी हूँ, जिसकी जिंदगी में प्यार के लिए कोई जगह नहीं है, पर उस रात रोहन को पकड़कर मुझे प्यार के दर्द का एहसास हो गया।

हालाँकि मैं भी चाहता था कि मुझे भी ऐसी कोई मिले जैसे रोहन वैदेही को प्यार करता था। उसने मुझे सिखाया कि प्यार कामुकता से कहीं ऊँचा है और प्यार का सच्चा अर्थ क्या है। उसने मुझे सिखाया कि 'आई लव यू' का सही अर्थ कुछ और है। इसका अर्थ है, कुछ भी हो जाए, मैं अपनी जिंदगी के साथ तुम्हारी भी रक्षा करूँगा। इसका अर्थ है कि विपरीत परिस्थितियों में भी मैं तुम्हें आराम दूँगा। इसका अर्थ है कि अगर समय सही है तो मैं तुम्हारे साथ नाचूँगा-गाऊँगा भी। इसका मतलब है कि मैं तुम्हें दगा नहीं दूँगा, तुम्हें छोड़ूँगा नहीं। तुम जब भी कोई गलती करो, तो मैं तुम्हें माफ कर दूँगा। प्यार का मतलब है कि मैं तुम्हें कहीं अकेला नहीं छोड़ूँगा। इसका मतलब है कि मैं तुम्हें कभी खतरे में नहीं डालूँगा।

वह मेरी बाँहों में एक बच्चे की तरह रोता रहा और मैंने उसे रोने दिया। मैं चाहता था कि वह उस रात अपने सारे दुःखों को बहा दे। वह रोता रहा और मैं उसे पकड़े रहा, फिर वह बेहोश हो गया। आकाश ने सुझाया कि मैं उसे थोड़ा पानी पिलाऊँ, पर मैंने ऐसा करने से उसे रोक दिया; क्योंकि अगर वह फिर उठ गया तो उसे वापस ले जाना मुश्किल होगा।

हमने उसे उठाया और बाइक पर रखा। आकाश ने उसे पीछे से पकड़े रखा और हम उसे वापस हॉस्टल में ले गए। उसका शरीर बुखार से तप रहा था। हमने उसे कमरे में सोने दिया और सारी रात उसकी निगरानी करते हुए जगे रहे। वह दर्द में भी बार-बार उसका नाम पुकारता रहा।

मैं अपने दोस्त के बारे में चिंतित था और मुझे वैदेही पर गुस्सा आ रहा था। मैंने हमेशा ही उस पर शक किया था। उसके तेवर ने मुझे हमेशा ही संशय में रखा। कई लोगों के ब्रेक-अप हुए हैं, पर इसके ब्रेक-अप का कारण कुछ और ही था।

मैं उस लड़की को भी दोष नहीं दूँगा, पर रोहन भी बेवकूफ था, जिसने नव्या को इतने सालों तक प्यार करने के बाद एक ऐसी लड़की के लिए छोड़ दिया, जो कभी उसकी नहीं बनना चाहती थी। मैंने नव्या को उसकी बहन की शादी के समय देखा था, वह बहुत ही सुंदर थी और उसकी आँखें बड़े अच्छे से बता रही थीं कि वह उसे कितना प्यार करती थी, पर मेरा दोस्त रोहन तो वैदेही के प्यार में अंधा था।

मेरे अनुसार, उसका घमंड ही उसके अजीब-से व्यवहार का मुख्य कारण था। हमारे दूसरे सेमेस्टर का परीक्षा परिणाम आया था और वैदेही ने फिर प्रथम स्थान प्राप्त किया था। हो सकता है कि वह रोहन को अपना दोस्त कहने में शर्मिंदा महसूस करती होगी, क्योंकि उसे बस ठीक-ठाक प्रतिशत ही प्राप्त हुए थे। हो सकता है, वह मर्सिडीज कार एवं बँगलों के सपने देखती होगी। हो सकता है, रोहन के घर जाने के बाद वह समझ गई होगी कि उसके सपने वह तो पूरे नहीं कर सकता, इसलिए वह आगे बढ़ जाना चाहती होगी।

पर मैं सिर्फ अपने दोस्त के बारे में चिंतित था, किसी और के बारे में नहीं। कभी-कभी मैं यह सोचता हूँ कि हो सकता है कि लड़कों के साथ कैसे बरताव करते हैं, यह वैदेही को पता ही न हो, क्योंकि वह लड़कियों के स्कूल में पढ़ी है। उसे लड़कों के साथ किस प्रकार पेश आना चाहिए, यह पता होना चाहिए। हो सकता है, लड़कों के साथ किस प्रकार पेश आना चाहिए या उसे उनसे कैसे बातचीत करनी चाहिए, वह उसे सही से आता ही न हो।

पर मैं यह मानता हूँ कि रोहन और वैदेही व्यक्तिगत तौर पर बड़े ही अच्छे इनसान होंगे, पर वे एक-दूजे के लिए नहीं बने थे। रोहन इस बात को जितनी अच्छी तरह से समझ जाए, यह उसी के लिए अच्छा होगा।

मुझे पता है कि रोहन के लिए यह बहुत मुश्किल होगा कि वह उसकी यादों को भूल जाए, पर एक वह ही है जो खुद को इस परिस्थिति से निकाल पाएगा। दोस्तों के रूप में हम उसकी सिर्फ मदद ही कर सकते थे।

अभी देहरादून में

मैं आधी रात में देहरादून के राजपुरा रोड में स्थित अपने होटल पहुँचा। मैंने अपने ड्राइवर राजेश को सूचित किया कि हम सुबह मेरठ के लिए निकलेंगे, इसलिए रात में वह आराम कर ले।

कंपनी अपने कर्मचारियों के लिए होटल में ठहरने का बंदोबस्त करती है। हमारी कंपनी द्वारा दी जानेवाली यह सुविधा सबसे बेहतरीन थी। मुझे कभी भी होटल न मिलने की या होटल को पैसे देने की कभी चिंता नहीं करनी पड़ी।

मैं होटल के स्वागत-कक्ष में पहुँचा और अपना कर्मचारी कार्ड दिखाया, उन्होंने तत्क्षण मुझे मेरे कमरे की चाबियाँ थमा दीं। मैं अपने कमरे में घुसा, जो बहुत ही सुंदर एवं सुविधाजनक था। मैंने अपना सामान नीचे रखा और जूते उतारे। मैंने एश ट्रे उठाई, जो सेंट्रल टेबल पर रखी थी और बिस्तर में घुसकर सहज हो लिया।

मैंने सिगरेट निकाली और फूँकने लगा और साथ में यह सोचने लगा कि उससे कैसे संपर्क बनाया जाए? कुछ कश खींचने के बाद मेरा दिमाग चलने लगा। मैंने टेलीकॉम कंपनी में काम किया है, तो किसी यूजर का डाटा निकालना मेरे लिए बाएँ हाथ का खेल था।

मैंने होटल का लैंड लाइन फोन उठाया और मेरठ स्थित हच के मुख्य स्विचिंग सेंटर में फोन किया। मुख्य स्विचिंग सेंटर उसी ऑफिस के प्रथम तल में था, जहाँ मैं काम करता था, इसलिए वहाँ के अधिकांश कर्मचारी मेरी जान-पहचान के थे।

टेलीकॉम में हम जो भी अपने मोबाइल में करते हैं, वह स्विचिंग सेंटर में सेव हो जाता है। सरकारी विभाग किसी अपराधी को पकड़ने के लिए इन डाटा का इस्तेमाल करते हैं। मैंने स्विचिंग सेंटर का नंबर डायल किया।

"हैलो, मैं कमल बोल रहा हूँ, आप कौन बोल रहे हैं?"

हे भगवान् आपका धन्यवाद, जो कमल ने ही फोन उठाया। वह स्विचिंग सेंटर इंचार्ज था और मेरा बहुत अच्छा मित्र भी है।

"हैलो कमल, मैं रोहन बोल रहा हूँ।"

"तुम किस नंबर से बात कर रहे हो और तुम्हारा मोबाइल कहाँ है ? महाजन सर तुमसे बात करना चाहते थे" उसने बताया।

महाजन सर मेरे बॉस थे और कंपनी के सबसे बुद्धिमान एवं बेहद शांत इनसान थे और मैं अपनी जिंदगी में इस तरह के इनसान से पहली बार मिला था। वह अपने कनिष्ठ कर्मचारियों के लिए बहुत की मददगार थे और अच्छे बॉस के रूप में एक सटीक उदाहरण थे।

मैंने कमल को अपने मोबाइल के बारे में बताया था कि वह टूट गया है।

मैंने उससे पूछा, "मैं किस प्रकार से एक नया सिम, वही नंबर और अपना डाटा फिर से प्राप्त कर सकता हूँ ?"

उसने कुछ देर सोचा और फिर उसका समाधान बताया, "कल सुबह तुम देहरादून के वितरण प्वाइंट जाना और एक सिम ले लेना और मुझे उसका रजिस्ट्रेशन नंबर बता देना। मैं उसी में वह नंबर डाल दूँगा।"

मैंने बहुत उत्सुकता से उससे पूछा, "मेरे सिम में जो डाटा है, उसका क्या होगा ? क्योंकि मेरे लिए वह डाटा बहुत जरूरी थे।"

उसने बताया कि "वह तुम्हारे पुराने सिम में खो गया है।"

मैंने उससे प्रार्थना की, "नंबर के बारे तो कोई बात नहीं, वह तो मैं वापस ला सकता हूँ, पर मुझे तुम्हारी मदद चाहिए।"

"क्या ?"

मैंने उससे विनती करते हुए कहा, "मेरे फोन के टूटने से पहले मेरे मोबाइल में एक मैसेज आया था, मुझे वह नंबर जल्द-से-जल्द चाहिए। दोस्त, मैं जानता हूँ कि तुम मेरे लिए यह काम कर सकते हो।"

उसने कुछ देर सोचकर जवाब दिया, "अगर महाजन सर को पता चलेगा कि मैंने तुम्हारे लिए डाटा निकाला है तो… ?"

मैंने उससे फिर अंतिम बार याचना एवं प्रार्थना की, "प्लीज…प्लीज… प्लीज।"

उसने कहा, "अच्छा, अच्छा ठीक है, मुझे कुछ देर में फोन करो। मैं तुम्हारा वह नंबर निकालने की कोशिश करता हूँ और फिर तुम्हें बताता हूँ।"

मैंने उसे बार-बार धन्यवाद कहा और फिर फोन काट दिया। मैंने भगवान् को धन्यवाद दिया कि उन्होंने मुझे टेलीकॉम उद्योग का कर्मचारी बनाया।

मैंने दूसरी सिगरेट निकाली और फिर सुलगाने लगा। मेरे लिए हर एक सेकेंड

बरसों-सा लग रहा था। मैं उसका नंबर चाहता था और उसे फोन करना चाहता था। मैं उसकी आवाज करीब पाँच साल बाद सुनूँगा।

कुछ ही मिनट के बाद, कमल ने मुझे वापस फोन किया और मैंने उससे पूछा कि "शाम के करीब छह बजे उस अंतिम मैसेज का लास्ट नंबर क्या था?"

उसने मुझे रुकने के लिए कहा और खोजने के बाद मुझे वह नंबर दे दिया, जिसे मैंने तुरंत एक नोटपैड पर लिख लिया।

मैंने उसे धन्यवाद देते हुए कहा, "धन्यवाद कमल, तुमने मेरी जिंदगी बचा ली।"

उस समय रात के सवा बजे थे। क्या मुझे उसे उस समय फोन करना चाहिए या सुबह का इंतजार करना चाहिए? मैं थोड़ा परेशान था, क्योंकि मेरा मन कह रहा था कि आगे बढ़ो, फोन करो। मैंने रिसीवर उठाया और तेज साँस लेने लगा।

मेरे दिल की धड़कन बहुत तेज हो गई थी। मैंने अपनी साँस पर काबू रखते हुए उसका नंबर डायल किया।

मोबाइल में से पहले से ही रिकॉर्ड आवाज घोषणा करने लगी, 'आपके द्वारा डायल किया गया नंबर या तो अभी बंद है या कवरेज क्षेत्र से बाहर है।'

मैंने फिर से वही पहले से रिकॉर्ड की हुई आवाज सुनने के लिए फोन किया। मैंने बार-बार फोन ट्राई किया और परेशान हो गया। हो सकता है, उसका मोबाइल बंद पड़ा हो।

मैं परेशान था, क्योंकि मेरे पास उसका लैंडलाइन नंबर नहीं था। मैं बिस्तर से उतरा और अपना लैपटॉप का बैग निकाला। मैं विनीत का नंबर अपने मेलबॉक्स से निकालना चाहता था। मुझे याद था, उसने अपना नंबर अपनी मेल में अपने हस्ताक्षर के नीचे लिख भेजा था। मैंने अपना लैपटॉप खोला और एक सिगरेट जलाई। मुझे याद आ रहा था कि उस दिन मैं कितना टूट गया था, जब विनीत उस रात मुझे हॉस्टल लेकर आया था।

मुझे अगले दिन बहुत तेज बुखार था और मेरे दोस्तों में मुझे हॉस्टल में ही रहने को कहा, जबकि वह कॉलेज चले गए। मैं हॉस्टल के बिस्तर में अपने लंबे बालों, लंबी दाढ़ी, सूजी हुई आँखों में रजाई में लिपटा पड़ा रहा। मैंने जब आँखें खोलीं तो हॉस्टल में सन्नाटा पसरा पड़ा था। मेरे कमरे की खिड़की भी आधी खुली हुई थी, जिससे सूरज की रोशनी छनकर आ रही थी। मैं सीधे लेट गया और अपने ऊपर घूमते हुए पंखे को देखने लगा। मैं उसे देखता ही गया। मैं अपनी जिंदगी खत्म क्यों नहीं कर देता?

मैं अवसाद में पड़ा यह सारी बातें सोचता रहा, पर अपनी माँ, पापा, बहन, वैदेही का चेहरा यादकर मुझमें हिम्मत आ गई। नहीं, मैं आत्महत्या नहीं कर सकता, क्योंकि मैंने वैदेही से वादा किया है कि कुछ भी हो जाए, मैं अपनी जिंदगी कभी खुद से खत्म नहीं कर दूँगा, क्योंकि उसने भी मुझसे वादा किया था कि कुछ भी हो जाए, वह भी मुझे हमेशा प्यार करती रहेगी। मुझे विश्वास था कि वह अभी भी मुझसे प्यार करती है, यह सिर्फ समय का खेल है और चीजें बहुत जल्दी सुलझ जाएँगी।

हालाँकि मुझे अभी भी अंदर से बुखार था, पर मैंने जींस और टी-शर्ट पहनी और कॉलेज जाने के लिए कमरे का दरवाजा खोला। हॉस्टल में अकेले बैठे मुझे और बुरा लग रहा था। मैं बाहर गया और एक रिक्शा किया। मैं अपनी कोई पुस्तक या कोई बैग नहीं ले जा रहा था, क्योंकि मुझे पता था कि आज मैं कोई क्लास करने नहीं जाऊँगा। मैं वैदेही के अलावा किसी और चीज के बारे में नहीं सोच सकता था।

मैं जैसे ही कॉलेज पहुँचा, अंदर जाकर मैं क्लास के बाहर एक सीट पर बैठ गया। मैं उसे क्लास के अंदर बैठा देख रहा था और वह लेक्चर पर ध्यान लगाए हुई थी। मेरी आँखों उसकी ओर अपलक टिकी हुई थीं। कुछ देर बाद वह मुड़ी और उसने मुझे बैठे देखा और देखते ही अजीब-सा मुँह बना लिया। मैं वहाँ से नहीं हटा और उसे निहारते रहा।

मैंने तब तक दस दिन की क्लास मिस कर दी थी।

मैं बाहर धूप में बैठा था, तभी रीना पीछे से आई, पर मैं अपने ही खयालों में खोया हुआ था।

उसने पीछे से मेरे कंधे पर हाथ रखकर कहा, "क्या इससे उसको कोई फर्क पड़ेगा?"

मैं पीछे मुड़ा और उसकी तरफ अपना लटका हुआ चेहरे लेकर धीरे से कहा, "तुम लेक्चर में नहीं जा रही हो?"

वह आगे आई और उसी बेंच में बगल में बैठ गई, जिसपर मैं बैठा हुआ था और कहने लगी, "नहीं, आज जाने का मन नहीं था, पर तुम्हें क्या हुआ है? अपनी हालत तो देखो!"

मुझे पता था कि मैं कैसा लग रहा हूँ, पर मैंने कोई जवाब नहीं दिया।

"तुम गलत बस में चढ़ गए हो रोहन, और यही कारण है कि तुम्हारी मंजिल भी गलत हो गई है।"

वह मुझे समझाना चाहती थी। वह मुझे जो समझा रही थी, उस पर मैं कोई दोष नहीं दे सकता था, क्योंकि वह हमारे बारे में जानती थी। मैं चुप रहा और कुछ देर बाद वह उठ गई, क्योंकि मैं उससे बात करने में कोई दिलचस्पी नहीं दिखा रहा था।

वह जैसे ही उठी, मैंने उससे पूछा, "रीना, क्या तुम मेरी एक मदद कर सकती हो?" उसने मेरी बात सुनी और बैठ गई, "हाँ, मैं तुम्हें देख रही हूँ। मैं नहीं चाहती कि तुम कोई उम्मीद खोओ रोहन। बताओ, मैं तुम्हारी कैसे मदद कर सकती हूँ?"

मैं उससे कहते गया, "क्या तुम मेरे बदले उससे बात कर सकती हो? वह मुझसे बात नहीं कर रही है, मुझे पता नहीं, क्यों? क्या तुम उसके साथ मेरा पैच-अप करा सकती हो?"

उसने कहा, "एकदम नहीं, तुम उसे मुझसे बेहतर जानते हो। वह मेरी बात एकदम नहीं सुनेगी।" पर मैंने उससे बहुत मिन्नतें कीं और अंततः वह मान गई।

"जब वह बाहर आ जाएगी तो एक बार मैं उससे बात करूँगी।"

पर इस बीच उसने मुझे बहुत समझाने की कोशिश की। मैं उसकी बात अनसुनी कर सिर हिलाता रहा। मुझे यह नहीं पता था कि वह मेरा इतना ध्यान रखती है। उसने मुझसे पूछा, "क्या तुम्हारा कोई और दोस्त नहीं है, क्योंकि ब्रेक-अप के बाद मैंने तुम्हें किसी दोस्त के साथ नहीं देखा?"

मैंने उसे आश्चर्य से देखा, "प्लीज रीना, इसे ब्रेक-अप मत कहो। हमारे बीच कोई एक गलतफहमी हुई है, बस।"

वह मुसकराई और फिर हमने देखा कि क्लास खत्म हो गई है। मैंने उससे फिर विनती कर पूछा, "वैदेही बाहर आ रही है। क्या तुम उससे बात करोगी?"

"रुको, मैं उससे बात करती हूँ।" ऐसा कहकर वह उसके पास गई। मैं उसी जगह बैठा रहा और उसे वैदेही के पास जाते देखता रहा।

विनीत और अनुराग ने मुझे बाहर बैठे हुए देखा और मेरी तरफ दौड़कर आए।

विनीत ने मेरा माथा छूकर कहा, "तुम कॉलेज क्यों आए हो?" मुझे अभी भी बुखार था। "तुम मर जाओगे, यार! चलो मैं तुम्हें वापस हॉस्टल छोड़ आऊँ।"

विनीत मुझसे बातें कर रहा था और मैं वहाँ कोई प्रत्युत्तर न दे बैठा हुआ था। मैं जानना चाहता था कि रीना और वैदेही के बीच क्या बात हुई? मैं देख रहा

था कि रीना वैदेही को कुछ समझाने की कोशिश कर रही थी और वह उदास-सा मुँह बनाए हुई थी। वैदेही मेरे बारे में कुछ कह रही थी और जिस तरह वह हाथ नचा-नचाकर बात तक रही थी, उससे साफ जाहिर हो रहा था कि वह मेरे बारे में बात करने के लिए तैयार नहीं थी।

पाँच मिनट के बाद रीना वापस आई। मैं उठा, विनीत और अनुराग को पीछे छोड़ मैं उसकी तरफ जाने लगा।

"उसने क्या कहा ? क्या वह मुझसे बात करने के लिए तैयार हुई ?"

रीना ने मुँह बना लिया, "मुझे माफ करना रोहन, वह अड़ी हुई है, और उसने कहा कि अगर मैं तुम्हारी वकील बनूँगी तो वह मुझसे भी बात करना बंद कर देगी।"

उसकी अकड़ अब मेरी समझ से बाहर थी। मैंने रीना को छोड़ा और वैदेही की ओर गुस्से में जाने लगा। मुझे सफाई चाहिए थी।

मैं उसके पास गया और वह चारु के साथ खड़ी हो गई। मैं उसके सामने चेहरे में गुस्सा लिये खड़ा हो गया। उसने बहुत ही बेदर्दी से घृणास्पद तरीके से मेरी आँखों से आँखें मिलाईं। मैं उससे बात करने गया। मैं उसे अपने शब्दों से चोट पहुँचाने गया। मैं उसे बताने गया कि वह गलत है। मैं उसे बताने गया कि वह मेरे साथ गलत कर रही है। मैं उसे बताने गया कि मैं उसे बहुत मिस करता हूँ। मैं उससे अपने प्यार की भीख माँगने गया। पर मैं उसके सामने खड़ा रहा और एकटक उसकी आँखों में देखता रहा। वह भी मेरे सामने अपलक खड़ी रही, और मैं भी। समय का घूर्णन रुक-सा गया था, यहाँ तक कि मेरे होंठ काँप रहे थे और मेरे कंधे भावावेश में आकर हिल रहे थे और मैं पीछे हटना नहीं चाहता था। मेरी काली पलकें आँसुओं के बोझ तले भारी हो चुकी थीं। उसकी खामोशी से भरी लड़ाई लड़ने के लिए मैंने हाथों की मुट्ठियाँ भींच ली थीं।

पर उसकी आँखों ने मुझे बद्तमीज बनने से रोक दिया, उसके होंठों ने मुझे चिल्लाने से रोक लिया, उसकी साँसों ने मुझे बात करने से रोक लिया।

आँसू की एक लंबी धार मेरे गालों को छूती हुई निकल गई और इस तरह आँसुओं की बाढ़ आ गई।

मैं रोता रहा, मेरी आँखों से लगातार आँसू बहते रहे। मेरे गले से जोर-जोर से सुबकने की आवाज आती रही, पर फिर भी मैं वहीं अड़ा रहा। वह बिना कोई दर्द महसूस किए वहीं खड़ी रही। मैं एक शब्द भी न कह पाया। उस दिन मुझे

महसूस हो गया कि मैंने उसे खो दिया है। मैंने उसकी मुसकान हमेशा के लिए खो दी है। उसकी दोस्ती खो दी है। मैंने अपना आराम खो दिया है। मैंने हमेशा के लिए उसकी आवाज खो दी है, पर फिर भी मेरे दिल में कहीं-न-कहीं यह बात जज्ब थी कि वह मेरी गर्लफ्रेंड थी—मेरी खामोश गर्लफ्रेंड!

वह मुझे देखती रही और फिर मेरे आँसू पोंछे बिना वह मुझे छोड़कर चली गई। मैं इसलिए नहीं रोया था कि मैं उसे दिखा सकूँ कि मैं अंदर से कितना मजबूत हूँ, पर उसकी आँखों ने मुझे यह एहसास करा दिया था कि मैंने जिंदगी में उसे हमेशा के लिए खो दिया है।

मैंने यह मान लिया था कि अब वह मुझसे बात नहीं करेगी। चार महीने बीत गए थे, पर अभी भी मेरी आँखें जल रही थीं और मेरा दिल अंदर से भरा हुआ था। मैं साफ-साफ नहीं देख पा रहा था। मुझे सिर्फ इतना पता था कि वह मेरी जिंदगी से चली गई थी, हो सकता है हमेशा के लिए। मैं अपने हॉस्टल की छत पर अकेला था और वहाँ खड़ा होकर मैं अपना अकेलापन याद करने लगा।

मैं टूट चुका था और अपने आप में ही रहना चाहता था। अब मैं विरले ही मुसकराता था। जिंदगी में कोई मजा बचा नहीं था और न ही मैं अपने दोस्तों से बात करता था। मैं छत पर अकेला बैठ उसके बारे में सोचता रहा। मेरे तीसरे सेमेस्टर में मैंने एक भी क्लास नहीं की थी और न ही मैंने पुस्तकें खरीदी थीं, पर मैं हर दिन कॉलेज गया। मैं हर दिन कॉलेज जाता, क्लास के बाहर बेंच पर बैठता और उसे देखता रहता। मैं उसे यह महसूस कराना चाहता था कि मैं उसके बिना कुछ भी नहीं हूँ। मैं अब अपने माँ-पापा से भी मुश्किल से ही बात करता था और अपने में ही रहता था। मेरी उनसे तभी बात होती थी, जब वे मुझे फोन करते थे।

मैं अकेला ही बैठा हुआ था, तब अन्ना छत पर आकर मेरे पास बैठ गया और कहने लगा, "अरे रोहन, तुम यहाँ अकेले में क्या कर रहे हो?"

मैं उसे देखकर ऐसे ही मुसकराया और उस रोड की तरफ देखते रहा, जहाँ मैं और वैदेही साथ में बातें किया करते थे। अन्ना ने एक सिगरेट निकाली और उसे जलाने लगा। जब वह मुँह से धुआँ उड़ाने लगा, तो वह धुआँ मेरी तरफ आने लगा। मुझे उसे भुलाने के लिए कुछ चाहिए था।

मैंने अन्ना की तरफ देखकर कहा, "क्या मैं सिगरेट ले सकता हूँ?"

उसने कहा, "पर तुम तो नहीं पीते!"

मैंने अपनी इच्छा बताई कि मैं अंदर से पूरी तरीके से जल रहा हूँ, सिर्फ धुआँ नहीं दिख रहा है। अब वह धुआँ भी बाहर आने दो।

"यह बहुत कड़क सिगरेट है।"

जहाँ हम बैठे हुए थे, वहाँ मेज पर रखे हुए उसके पैकेट में से मैंने एक सिगरेट निकाली।

उसने अपनी बड़ी-बड़ी आँखों से देखते हुए कहा, "सच में?"

मैंने मन बना लिया था कि मैं धूम्रपान करके ही रहूँगा। मैंने सिगरेट अपने होंठों पर दबाई और फिर सुलगाई। मैंने सिगरेट का एक कश लिया और उसे अपनी छाती तक अंदर खींचा। मैं खाँसा और बहुत जोर से खाँसा। अन्ना ने मेरी पीठ को सहलाया और उसके बाद आँसू मेरी आँखों से बह निकले, पर मैं एक कश और लेना चाहता था।

मैंने अन्ना का हाथ धकेला और फिर एक कश लिया और अब अपने मुँह से धुआँ निकाला। मेरे दिमाग में एक अजीब-सी बात कौंधी। मुझे पता था कि मैं कुछ गलत कर रहा हूँ, पर मुझे वे सारी बातें करने में अब मजा आ रहा था, जिससे मेरी जिंदगी दयनीय लगे।

अन्ना ने मुझसे पूछा, "परीक्षा की तिथि आ चुकी है। सत्र अगले महीने से शुरू होनेवाला है, जिसके बाद तीसरे सेमेस्टर की परीक्षा होगी। क्या तुमने तैयारी कर ली है?" मेरे लिए यह एक ब्रेकिंग न्यूज की तरह था, क्योंकि पिछले चार महीने से मैंने एक भी क्लास नहीं की थी।

मैं बुझा-बुझा-सा मुसकराया और फिर कुछ और कश खींचे और सामने देखता रहा, जैसे कि परीक्षा या पढ़ाई मेरे लिए कोई फिक्र की बात न हो।

मैंने पूछा, "क्या मैं एक और सिगरेट ले सकता हूँ?"

अन्ना ने कहा, "क्यों नहीं, पर ज्यादा सिगरेट मत पियो।" मेरा वह दोस्त जो खुद एक चेन-स्मोकर था, वह मेरे बारे में चिंता कर रहा था। क्या विडंबना है! "अच्छा, मैं कमरे में जा रहा हूँ, मुझे मैकेनिक्स के पहले सत्र के बारे में पढ़ना है।" वह ऐसा कहते हुए अपना सिगरेट का पैकेट लेकर चला गया और मैं वहाँ मैकेनिक्स के बारे में सोचते बैठा रहा। क्या यह विषय मेरे इस सेमेस्टर में था?

मुझे तीसरे सेमेस्टर के विषयों के बारे में कुछ पता भी नहीं था, पर मुझे कोई चिंता भी नहीं थी। मैं सिर्फ उसकी आवाज सुनने के लिए लालायित था।

मैं हॉस्टल में अकेला घूमता रहा। मैं अपने कमरे में चला गया और कमरे का दरवाजा बंद करके ऐसे बैठ गया, जैसे मैं उसकी सारी यादें अपने अंदर कैद करके रख लूँ। एक बार अगर मैंने जैसे ही दरवाजा खोला, सारी यादें मेरे पास वापस आकर मेरे चेहरे पर ऐसा तमाचा मारेंगी कि मैं फिर से दुःख के सागर में डूब जाऊँगा।

वैसे तो मेरे हॉस्टल के दोस्त मेरे साथ हमेशा ही थे, पर सच तो यह था कि मैं अकेला पड़ गया था।

मैं अपने कमरे में रखे बिस्तर पर बैठ तकिए पर झुकता हुआ अपने मुँह में सिगरेट रखे हुए था और आकाश दूसरी तरफ बैठ मैकेनिक्स सत्र के लिए तैयारी में लगा हुआ था।

आकाश ने अपनी चिंता जताते हुए मुझसे पूछा, "तुम सत्र की तैयारी क्यों नहीं करते?" मैं उसके सवाल का जवाब देना जरूरी न समझ सिगरेट के छल्ले उड़ाता रहा।

"मैं तुमसे बात कर रहा हूँ, रोहन। उस लड़की ने तुम्हारी जिंदगी बरबाद कर दी है। अपने भविष्य के बारे में सोचो और सिगरेट पीना बंद करो।"

मैं उसकी तरफ देखकर मुसकराने लगा। "वह मुझसे प्यार करती थी। यह तो मैं ही हूँ जो बरबाद हो जाना चाहता हूँ।"

उसने मुझे समझाते हुए कहा, "ऐसा करके तुम्हें कुछ फायदा नहीं होनेवाला। तुम अपनी जिंदगी और समय खुद बरबाद कर रहे हो।"

मैंने अजीब-सा चेहरा बनाते हुए कहा, "यह समय ही तो सबसे बड़ी समस्या है मेरे दोस्त। मैं आगे बढ़ना चाहता हूँ और यह समय ही सका कुछ नहीं कर सहा। यह मेरी यादों के साथ रुक गया है। मेरी जिंदगी उसके साथ बहुत अच्छी थी और अब जब वह साथ नहीं है, तो ऐसी बकवास जिंदगी का क्या फायदा?" उसने मेरी फ्रिक करते हुए फिर से दोहराया, "रोहन, चार महीने गुजर गए हैं, मेरे दोस्त। इससे बाहर निकलो।"

मैं उठा, अपनी सिगरेट की डिब्बी उठाई और यह कहते हुए बाहर निकल गया, "तुम्हें परेशान करने के लिए माफी चाहता हूँ, तुम पढ़ो। मैं अपना समय नीचे सीढ़ियों में जाकर बरबाद करता हूँ।"

वह पीछे से चिल्लाते रहा, "रोहन, रुको। मेरी बात सुनो…", पर मैं रुका नहीं।

मैंने पूरी रात लॉबी एरिया में रखे सोफे पर बैठकर गुजार दी। मैं सुबह पाँच बजे अपने कमरे में सोने के लिए गया। मुझे पता था कि मैं अपना भविष्य बरबाद कर रहा हूँ, पर मेरा दिल और दिमाग यह सुनने के लिए तैयार नहीं थे।

उसके लिए मेरी यह भावनाएँ तब तक खत्म नहीं होंगी, जब तक मेरा यह शरीर काम करना बंद न कर दे और मेरी आत्मा मुक्त न हो जाए। मेरा दिमाग मुझे डूबने से बचाना चाहता था, पर मेरा दिल मुझे आगे धकेले जा रहा था। मैं अभी भी यही सोचता था कि मैं जितने गहरे खड्डे में गिरूँ, वह मुझे वहाँ जरूर पकड़ लेगी।

सत्र के पहले दिन मैं तैयार होकर कॉलेज पहुँचा। सत्र के लिए शरीर में किसी प्रकार की दिलचस्पी एवं ऊर्जा न होते हुए भी मैं वहाँ सिर्फ मजे के लिए गया, क्योंकि मैंने तो पुस्तकें भी नहीं छुई थीं।

जब मैं आकाश और विनीत के साथ कॉलेज पहुँचा तो मेरी आँखें लाल थीं और मेरे होंठों पर सिगरेट थी। मैंने कैंपस में घुसने से पहले सिगरेट बुझाकर फेंक दी थी।

मैं चिंतित भी था, क्योंकि मैंने थोड़ी सी पढ़ाई भी नहीं की थी। मैं फेल हो जाने की बात से परेशान नहीं था, पर इस बात से चिंतित था कि मुझे अपने दोस्तों और वैदेही के सामने कितनी शर्मिंदगी उठानी पड़ेगी!

हम जैसे ही अंदर घुसे, हमारे सारे सहपाठी कॉलेज के अहाते में जमा हुए और सीढ़ियों और थोड़ी उठी हुई जमीन पर बैठ गए। उनके हाथों में पुस्तकें थीं और वह पाठों के बारे में आपस में बात कर याद कर रहे थे और उन्हें याद करने की कोशिश कर रहे थे। मेरे पास कोई नोट्स या पुस्तकें नहीं थीं। मेरा दिमाग एकदम खाली थी। लोगों ने बहुत पढ़ाई की थी, वे सारे सोच रहे थे कि मौखिक परीक्षा बहुत सख्त होगी।

मेरी आँखें इधर-उधर घूम रही थीं। मैंने देखा कि वैदेही कमरे में सबसे आगे बैठी हुई है, जहाँ वाइवा (मौखिक परीक्षा) चल रहा था। उसके हाथों में मैकेनिक्स की पुस्तक थी और वह कुछ बुदबुदा रही थी। मुझे पहले और दूसरे सेमेस्टर की परीक्षा की याद आई, जब मैं उसके बगल में बैठा हुआ था और हम दोनों हँस रहे थे और मजे लेकर पढ़ाई कर रहे थे, पर समय अब बहुत बदल गया था। दूसरे मैकेनिक्स के बारे में जो बातें कर रहे थे, मैं उनकी बातें ध्यान से सुनने की कोशिश कर रहा था। मुझे पता था कि मुझे कुछ नहीं आता, पर कुछ सुनकर ही कुछ समझ लूँ।

उस दिन बहुत गरमी थी। मेरे माथे से बहते हुए पसीने से मैं महसूस कर सकता था, मैं अपनी बाँहों से अपने माथे के पसीने को पोंछने की कोशिश कर रहा था। वैदेही ने मेरी तरफ देखा। मैंने उसके हाथ में उसका रूमाल देखा, पर उस दिन उसने मुझे वह रूमाल नहीं दिया। वह पढ़ती रही और मैं अपने में यूँ ही सोचता रहा।

आधे घंटे के बाद पाँच विद्यार्थियों का एक बैच, जिसमें अनुराग भी शामिल था, कमरे से बाहर आया। हर कोई उनके पास यह मालूम करने के लिए दौड़े आए कि क्या-क्या सवाल पूछे गए। अनुराग खुश नहीं था। मैं खड़ा हुआ और उसके पास गया।

अनुराग ने अपने स्टाइल में कहा, "भाई, अंदर बैठा एक्सटर्नल पागल है। इस गरमी में उसके दिमाग में भी गरमी चढ़ गई है।"

उन परेशान इंजीनियर्स की फौज में से किसी एक ने उससे पूछा, "पर भाई हुआ क्या? वह क्या पूछ रहा था?"

"वह मैकेनिक्स के बहुत ही कठिन प्रश्न पूछ रहा था, जैसे बल कितने प्रकार के हैं, पैरलेलोग्राम का सिद्धांत, वेरीग्नोन्स थ्योरम आदि।" उसकी बात सुनकर बुद्धिमान लोग तो मुसकराने लग गए और जिन लोगों ने पढ़ाई नहीं की थी, किनारे बैठकर अपनी पुस्तकों के पन्ने पलटते रहे कि फिर से एक बार सारे प्रश्नों पर सरसरी निगाह डाल लें।

मैंने पिछले छह महीने में उन शब्दों के नाम भी नहीं सुने थे। मुझे तो वह किसी विदेशी भाषा के शब्द लगे।

परेशान होकर मैं सबकी ओर देखने लगा और फिर मेरे सिर में दर्द होने लगा। मैं उदास-सा महसूस कर रहा था और अंदर से मेरे अंदर ऊर्जा की कमी भी लगने लगी थी। मैं बिल्डिंग के पीछे गया, जहाँ पीने का पानी मिलता था।

मैंने अपना चेहरा धोया, थोड़ा पानी पिया और किनारे बरगद के पेड़ के साये में खड़ा हो गया। मैंने एक सिगरेट निकाली और आसपास किसी टीचर को न पाकर सिगरेट सुलगाई। मैंने अपना चेहरा अपनी बाँहों से पोंछा और एक कश लिया। तभी मैंने देखा कि वैदेही अपनी दोस्त चारु के साथ नल की तरफ ही आ रही है।

उसने मुझे अजीब तरीके से देखा। मुझे पता था कि मुझे सिगरेट पीता देख उसे अच्छा नहीं लगता है, पर मैं उसी के कारण सिगरेट पी रहा था, और मैं चाहता था कि वह यह देखे। मैं चाहता था कि वह मेरा दर्द महसूस करे, मैं चाहता था कि वह मेरे बारे में सोचे।

वह पानी पीती रही और मैं उसे देखकर सिगरेट पीता रहा। चारु मुझे देखकर मुसकराई और मैं भी उसे देख मुसकराने लगा। वे दोनों पानी पीकर चले गए और मैं उन्हें दूर खड़े देखता रहा।

मैं सिगरेट पीता रहा, तभी मैंने वैदेही का रूमाल ऊँची उठी दीवार पर रखा देखा। मैंने अपनी जलती हुई सिगरेट फेंकी और उसे उठाने चला गया। क्या उसने यह मेरे लिए छोड़ा होगा या वह भूल गई है। मैं इस बारे में पक्का नहीं था, पर मैंने रूमाल उठा लिया और बिल्डिंग के उस ओर चला गया, जहाँ वह खड़ी थी।

मैंने चारु को रूमाल बढ़ाते हुए कहा, "प्लीज, यह रूमाल वैदेही को दे दो।"

चारु ने रूमाल मेरे हाथ से लिया, जबकि वैदेही मुझे एकटक देखती रही। चारु ने उसे रूमाल दिया और उसने वह लेकर अपनी आँखें वापस अपनी पुस्तकों की ओर मोड़ लीं।

जैसे ही मैं मुड़ा और पीछे आया, तो मैंने देखा कि एक और बैच बाहर निकल रहा है। वे भी परेशान दिख रहे थे। अचानक मेरा गला सूखने लगा और मेरे दिल की धड़कन तेज होने लगी। मैं पसीने से भर गया था और मेरा सिर भारी हुआ जा रहा था। मैंने आकाश की ओर देखा और धुँधला-सा दिखने लगा। उसके बाद मुझे कुछ नहीं याद।

मैं बेहोश हो गया था और जमीन पर गिर गया। मेरे सहपाठी, जो मेरे बगल में खड़े थे, ने मुझे जल्दी से उठाया और मुझे छाया में ले गए और मुझे कुरसी पर बैठाकर आराम कराया और मेरे शर्ट के बटन खोले। मुझे याद है कि अनुराग पानी लेकर आया और मेरे मुँह पर पानी के छींटें मारे और किसी ने मुझे ग्लूकोज का पानी एक गिलास में पिलाया। मेरे पास बहुत सारे लोग इकट्ठा हो गए और मेरी याद्दाश्त के अनुसार, उन सभी लोगों में एक चेहरा, जो सबसे ज्यादा परेशान था, वह था वैदेही का—मेरी खामोश गर्लफ्रेंड का, जो मेरे सामने उस समय खड़ी थी। कोई मेरा चेहरा पोंछ रहा था, मैं रूमाल से उसकी खुशबू भाँप सकता था।

कुछ समय बाद मैं अच्छा अनुभव करने लगा और मैंने आँखें खोंली। विनीत और अनुराग ने मुझे आराम करने की सलाह दी और मुझे तब तक वहीं बैठने को कहा, जब तक सत्र में मेरी बारी न आ जाती। मैंने सिर हिलाया और चुपचाप बैठा रहा और अपना सिर पीछे की ओर हिलाता रहा। मैं उसे अभी भी कुछ दूरी पर खड़ा देख पा रहा था, जो अभी भी चिंतित थी। उसका गीला रूमाल मेरे बगल में पड़ा हुआ था।

क्या उसने रूमाल का इस्तेमाल उस दिन नहीं किया था। वह लगातार पढ़ती रही और मैं मेरे बगल में पड़े रूमाल को लगातार एक प्रमाण के रूप में देखता रहा। तुम मेरे लिए चिंतित लग रही हो, यही मेरे लिए ऊर्जावान चीज है। जब तुम मुझसे बात नहीं कर रही हो, तब भी मैं तुम्हारा प्यार महसूस कर पा रहा हूँ। मैं तुम्हारी मौजूदगी का एहसास तब भी कर सकता हूँ, जब तुम मेरे पास नहीं हो। मुझे पता है कि तुम भी मेरे बारे में ऐसा ही सोचती हो, पर मेरा दिमाग तुम्हारी चुप्पी देख-देखकर खाली हो गया है।

"रोहन, उठो! अब सत्र के लिए तुम्हारी बारी है, ऑल द बेस्ट।"

अनुराग ने मुझे उठने में मदद की और वह मुझे दरवाजे तक ले गया।

मैं वाइवा वाले कमरे में गया, जहाँ मेरे साथ वैदेही तथा तीन और सहपाठी थे। हम पाँचों एक बड़ी मेज के आगे कुरसी पर बैठे थे। हमारे एक्सटर्नल और इंटर्नल टीचर हमारे सामने बैठे थे। हमारे सामने पेपर और एक रजिस्टर रखा था, जिसमें हमारा नाम लिखा हुआ था।

हमारे ऊपर जो पंखा चल रहा था, वह इतनी ठंडी हवा तो दे ही रहा था जितनी मुझे जरूरत थी।

हमारे इंटर्नल प्रोफेसर ने पहले हमारी अटेंडेंस ली और फिर मेरा नाम पुकारा। उन्होंने मुझे अपने चश्मे के अंदर से देखा और फिर व्यंग्यात्मक ढंग में पूछा, "क्या तुम कोई नए विद्यार्थी हो, तुम्हें मैंने पहली बार देखा है?"

मैं बहुत उदास था और नीचे देख रहा था। उन्होंने मुझसे पहला प्रश्न किया कि—

"ब्वॉयलर्स क्या हैं?"

मैं परेशान था, क्योंकि मुझे उसका जवाब नहीं आता था तो वैदेही ने जवाब देना शुरू किया और एक साँस में खत्म कर दिया। एक्सटर्नल प्रोफेसर ने उसकी तारीफ की और दूसरा सवाल वेदांत से पूछा, "फोर्स सिस्टम के कितने प्रकार हैं?"

वेदांत, जो पढ़ाई में औसत था और पिछले दो सेमेस्टरों में मुझसे से तो काफी पीछे था, ने उस बारे में उन्हें बताया। उसके जवाब सुनकर मैं और घबरा गया, क्योंकि मेरे पास कोई जवाब ही नहीं थे।

एक्सटर्नल ने मेरी तरफ देखा, क्योंकि मैं नीचे देख रहा था और उनसे आँख मिलाने से बच रहा था। उन्होंने मुझसे पूछा, "क्या तुम बता सकते हो, कितने प्रकार के ब्वॉयलर्स होते हैं?"

मैं तो निःशब्द ही हो गया। इसका कारण यह था, क्योंकि बॉइलर्स भी विभिन्न प्रकार के होते हैं, यह मेरे लिए एक आश्चर्य की ही बात थी। मैंने छत में लटका पंखा देखा और यह दिखाने की कोशिश की कि मैं जानता तो हूँ, पर मुझे याद नहीं आ रहा। वह मुझे देखते रहे और फिर मैंने वैदेही के हाथों को देखा। वह एक पेपर लेकर आई हुई थी, जिसे उसने मेज के नीचे छिपा रखा था, प्रोफेसर की निगाह पड़ने से पहले मैंने उसे देख लिया।

मुझे देखे बिना, उसने बड़े-बड़े अक्षरों में लिखा था, 'वाटर ट्यूब और फायर ट्यूब।'

मैं समझ गया कि वह मेरी मदद करना चाहती है, और मैंने वह पढ़ लिया। वह इतना स्पष्ट तो नहीं था, पर मैंने ऐसा दिखाकर उसे पढ़ लिया, जैसे कि मैं कुछ याद करने की कोशिश कर रहा हूँ। मैंने बहुत ही धीमे-से कहा, "वाटर, फायर ट्यूब।"

एक्सटर्नल ने कहा, "सही है," पर वह मेरे जवाब से संतुष्ट नहीं था। उन्होंने मुझसे दूसरा प्रश्न किया, "बॉयलर्स में मेनहोल्स से तुम क्या समझते हो?" मुझे समझ नहीं आया कि क्या कहूँ? मैंने झुककर देखने की कोशिश की कि क्या वैदेही कुछ लिख रही है। मैं देख रहा था कि वह कुछ लिख तो रही है, पर क्योंकि वह वस्तुनिष्ठ प्रश्न नहीं था, इसलिए मैंने अपना माथा पोंछ लिया।

प्रोफेसर ने मुझे डाँटते हुए कहा, "तुम मेनहोल्स के बारे में नहीं जानते हो? तुम इधर-उधर क्यों देख रहे हो? कौन कहेगा कि तुम इंजीनियर बननेवाले हो? अपने माँ-बाप का पैसा बरबाद मत करो।" बगल में बैठे मेरे दोस्त यह सुनकर परेशान हो गए, क्योंकि एक्सटर्नल गुस्सा हो गए थे और वह अब उनकी क्लास भी लेंगे।

पर उसी समय वैदेही बीच में बोल पड़ी, "सर, यह लड़का पढ़ाई में बहुत अच्छा है। सत्र शुरू होने के ठीक पहले वह इतनी गरमी के कारण बेहोश हो गया। साथ ही, इसे तेज बुखार भी है।"

मैं उसे एकटक देखता रहा। वह मेरी परवाह करती है। मैंने बहुत दिनों के बाद उसकी आवाज सुनी। उसकी आवाज से मेरी नस-नस में ऊर्जा बहने लगी।

"वैदेही, यह जानकारी देने के लिए तुम्हारा शुक्रिया। रोहन, तुम भी तो हमें यह बता सकते थे। कृपया उठो और अगले बैच को भेज दो। रोहन, तुम जाकर आराम करो।"

मैंने उन्हें 'शुक्रिया' कहा और सब बाहर आ गए। हम लोग जैसे ही कमरे से बाहर आए, तो उसके करीब जाकर मैंने उससे कहा, "शुक्रिया, वैदेही।" पर उसने कोई जवाब नहीं दिया और वह चारु के साथ चली गई। मैं वहाँ इस उलझन में खड़ा रहा कि वह क्या चाहती है? वह मेरे लिए यह सब क्यों कर रही थी?

मैंने चारों ओर देखा और विनीत को ढूँढ़ने की कोशिश की। मैं उसे बताना चाहता था कि अभी अंदर क्या-क्या हुआ था। मैं उसकी ओर भागा और उसका कंधा पकड़कर उसे खींचकर किनारे लेकर आया।

"क्या हुआ रोहन? तुम्हारा वाइवा कैसा रहा?"

मैं उसे किनारे ले गया और जो कुछ भी अंदर हुआ, मैंने उसे जस-का-तस बता दिया। मैंने वैदेही के इस व्यवहार के बारे में उसकी प्रतिक्रिया माँगनी चाही।

उसने मेरी बातें सुनकर कुछ देर तक सोचकर यह जवाब दिया, "रोहन, मुझे क्या लगता है कि एक इनसान होने के नाते वह तुम्हें पसंद करती है, तुम्हारा ध्यान रखती है। वह भीतर से एक बहुत अच्छी लड़की है और उसने तुम्हारी मदद भी की। अगर तुम्हारी जगह कोई और होता तो भी शायद उसने यही किया होता। इसका यह मतलब नहीं है कि वह तुमसे प्यार करती है। अब जो वह तुमसे बात नहीं कर रही है, तो मुझे लगता है कि वह एक महत्त्वाकांक्षी लड़की है और उसके अंदर बहुत घमंड है। वह एक ऐसे लड़के के साथ तो कतई नहीं जाएगी, जो हर चीज में औसत है। वह जानती है कि वह बुद्धिमान है, वह कॉलेज टॉपर है, सुंदर है और इस बारे में कोई शक भी नहीं है। वह जिंदगी में अपने भविष्य के लिए सर्वोत्तम चुन सकती है। तुम यह समझने की कोशिश करो, रोहन। उसे भूल जाओ। वह तुम्हारी पार्टनर तो कभी नहीं बन सकती। वह तुम्हारे साथ एक दोस्त की तरह थी और जिस दिन उसे यह पता चल गया कि वह तुमसे कहीं ज्यादा आगे है, उस दिन उसने अपने कदम पीछे खींच लिये और यही सच्चाई भी है।"

उसने सबकुछ साफ-साफ शब्दों में कहा, पर वह गलत था। वह पिछले एक साल में हमारे बीच में हुई बातों के बारे में कुछ नहीं जानता था, जैसे कि हमने कितनी बार एक-दूसरे को चूमा और हमने अपने भविष्य के लिए क्या-क्या सपने संजोए थे, मैं उसे जाने नहीं दे सकता।

जब तक हम दोनों बात कर ही रहे थे, मैंने उसे मुख्य द्वार से बाहर स्कूटी से जाते देखा। मैं उससे बात करना चाहता था। मैं इस बात का जवाब चाहता था कि जब वह मुझसे प्यार नहीं करती तो उसने मुझे मदद क्यों की? मैं उसका नाम ले जोर से चिल्लाया और विनीत को पीछे धक्का मार भाग गया। उसने मुझे रोकने की कोशिश की, पर मैं नहीं रुका। जब उसने मुझे खींचने की कोशिश की तो मेरे शर्ट के बटन टूट गए, पर मैं उसके पीछे भागता गया। वह मेरी आवाज नहीं सुन सकती थी, पर मैं एक पागल आदमी की तरह उसका नाम ले चिल्लाता रहा। विनीत ने मेरा पीछा किया। मैंने थककर अपने माथे का पसीना पोंछा। मेरे बढ़ते कदम भी ढीले पड़ गए। मेरा दिल जोरों से धड़कने लगा, पर मुझे पता था कि मुझे ऐसा करना जारी रखना पड़ेगा। मैं उसका नाम चिल्लाता रहा और उसने अपनी स्कूटी की गति बढ़ा ली। विनीत अपना बैग और पुस्तकें पीछे छोड़ मेरी ओर ज्यादा तेजी से मुझे पकड़ने

के लिए भागा। मेरी साँस टूटी जा रही थी और तभी विनीत ने पीछे से मेरी शर्ट पकड़ ली। उसने मुझे पकड़ा और मुझे उस गरम अलकतरेवाली रोड पर धक्का दे दिया। मैं नीचे गिर पड़ा। मैंने उसे फिर धक्का दिया और अपने को फिर खड़ा कर उसके पीछे भागने लगा। चोट लगने के कारण मेरे शरीर से खून निकल रहा था। विनीत भी उठा और फिर मेरे पीछे भागा, पर इस बार उसने मुझे पीछे खींचा और तड़ाक से जोरों का एक थप्पड़ मारा।

मैं चिल्लाता हुआ रोने लगा, "मोटू¨। वह जा रही है मोटू¨। मुझे उससे बात करनी है, मुझे जाने दो।" विनीत ने मुझे रोका। उसने मुझे जोर से गले लगा लिया और मुझे शांत करने की कोशिश की।

उसने मुझे चुप कराते हुए कहा, "रोहन, रुको। वह घर जा रही है, वह तुम्हारी जिंदगी से नहीं जा रही है। तुम उससे बाद में भी बात कर सकते हो।" विनीत ने मुझे गले लगाया और मेरे आँसू पोंछे। मैं उसकी आवाज सुनना चाहता था। मैं उसके सीने से लिपटकर लगातार रोता रहा और मेरे हाथ उसकी जैकेट को पकड़े हुए थे।

वह बिना कुछ कहे फिर से चली गई थी और मैं अपनी उस गर्लफ्रेंड को, जो अब खामोश गर्लफ्रेंड बन गई थी, को याद कर अपने मुँह में सिगरेट सुलगाए खड़ा रहा।

मैं उसकी यादों में खोया हुआ हॉस्टल में अपने कमरे में खुद को बंद किए हुए था। सिगरेट ही अब मेरी प्रिय साथी थी और मेरा सहपाठी आकाश मेरा सड़ा हुआ चेहरा देखने से बेहतर दूसरे कमरे में पढ़ना पसंद करता था। तीसरे सेमेस्टर की पहली परीक्षा शुरू होने में सिर्फ तीन दिन बचे थे और पहला पेपर गणित का था, जिसकी मैंने अभी तक पुस्तक भी नहीं खरीदी थी। मुझे कुछ फर्क भी नहीं पड़ता। मैं उसे खुद को हारता हुआ दिखाना चाहता था। मैं उसे दिखाना चाहता था कि मैं कितने दर्द में हूँ!

मैं अभी गहरी सोच में डूबा ही था कि किसी ने दरवाजा खटखटाया। दरवाजा खुला। यह तो नीरज सर थे, जो दिल्ली के रहनेवाले मेरे सीनियर थे। वह अंदर आए और उन्होंने अंदर से दरवाजा बंद कर दिया। वह हाथ में सिगरेट लिये हुए थे। उन्होंने सिगरेट का एक कश लिया और मेरे पास आए। मैं उन्हें देखकर मुसकराया और 'गुड इवनिंग' कहकर उनका अभिवादन किया।

वह ही एक ऐसे सीनियर थे, जिन्होंने मेरी रैगिंग नहीं की थी। वह आए और मेरे आगे आकर कुरसी पर बैठ गए और मैं अपने बिस्तर पर बैठ गया। वह मुझे एकटक देखते रहे। मुझे नहीं पता था कि वह क्या सोच रहे होंगे। उन्होंने फिर अपनी सिगरेट फेंकी और मुझसे पूछा, "तुम्हारा नाम क्या है?"

मैं मुसकराया "सर आप जानते हैं, मैं रोहन हूँ..." उन्होंने मुझे एक जोर का थप्पड़ मारा। मैं हैरान था, क्योंकि रैगिंग तो कब की हो चुकी थी और वह तो कभी इन सबमें पड़े भी नहीं थे। वह झापड़ इतना करारा था कि मेरा माथा और मेरी आत्मा दोनों ठनक गए।

उन्होंने फिर पूछा, "तुम्हारा नाम क्या है?"

इस बार मैंने जवाब दिया, "मेरा नाम रोहन वर्मा है।" उन्होंने फिर एक झापड़ रसीद दिया। इस बार का झापड़ और जबरदस्त था। इससे पहले कि वह मुझसे कोई और सवाल करते, मुझे रैगिंग के नियम याद आ गए, "सर, मेरा नाम रोहन वर्मा है, सर।"

वह पीछे झुके और मेरी तरफ देखते रहे। "दर्द होता है, रोहन?" मैंने उन्हें देखा और सहमति में सिर हिलाते हुए 'हाँ' कहा। उन्होंने फिर कहा, "तुम्हें इससे

इतनी चोट नहीं पहुँची होगी, तुम्हें पहले इससे तेज थप्पड़ मिल चुके हैं। तुम्हें चोट इसलिए लगी, क्योंकि तुमने कभी यह नहीं सोचा होगा कि मैं भी तुम्हें मारूँगा।" मेरे आँसू मेरे गालों के रास्ते बहने लगे और फिर उन्होंने कहा, "तुम दर्द में हो, क्योंकि तुमने यह सोचा भी नहीं होगा कि वैदेही तुम्हें धोखा देगी। उसी तरह, तुमने भी उसे दु:ख दिया होगा, जिसकी उसने तुमसे कभी कल्पना भी नहीं की होगी। परीक्षा में फेल होकर तुम अपने माता-पिता को चोट पहुँचाओगे, क्योंकि उन्होंने भी तुमसे इसकी अपेक्षा नहीं की होगी। जब कोई ऐसा काम करता है, जिससे उसकी अपेक्षा न हो तो बहुत दर्द होता है, रोहन। तुम क्या सोच रहे हो? क्या तुम इस इमोशनल ड्रामे से बाहर निकल पाओगे? तुम उसे भुला दो रोहन, हमेशा के लिए भुला दो।

"वह एक महत्त्वाकांक्षी और बुद्धिमान लड़की है। वह एक ऐसे लड़के से कभी प्यार नहीं करेगी, जो अपनी ही भावनाओं के आगे घुटने टेक दे। कोई भी लड़की ऐसे लड़के को पसंद नहीं करेगी, जो खुद अपनी देखभाल नहीं कर सकता। वह तुम पर कैसे भरोसा कर सकती है?" वह बोलते रहे और मैं सुनता रहा।

"इनसानों के बारे में मैंने एक बात सीख ली है कि किसी व्यक्ति के काम करने के तरीके से नहीं, अपितु उस काम के प्रति उसकी लगन से उस व्यक्ति की ताकत का पता लगा सकते हो, चाहे वह काम कितना ही छोटा क्यों न हो? तुम ही बताओ, वह अभी तुम्हारे अंदर कैसी लगन देख रही होगी?"

मैं चुप रहा। उनके थप्पड़ ने मेरे दिमाग के रास्ते खोल दिए।

"मुझे पता है कि वह तुमसे प्यार करती थी, मुझे विश्वास है कि वह अभी भी तुमसे ही प्यार करती होगी, क्योंकि लड़कियाँ लड़कों की तरह नहीं होतीं। अगर वह किसी से प्यार करती हैं, तो वह पूरे मन से प्यार करती हैं, वह तुम्हें धोखा नहीं दे सकती। पर हाँ, जिस तरह तुम उसके सामने यह सब दिखावा कर रहे हो, इससे वह अब जरूर सोचती होगी कि क्या वह तुमसे प्यार करके सही कर रही थी? मैं उसे इतने अच्छे से नहीं जानता, पर लोग कहते हैं कि वह बहुत भाव खाती है और अगर ऐसा है, तो सबसे पहले उसके इस घमंड को तोड़ डालो। यह जानने की कोशिश करो कि उसमें इतने तेवर, इतना घमंड क्यों है? इसलिए कि वह सुंदर हैं? तुम खुद बहुत सुंदर हो, क्योंकि वह आकर्षक है? तुम भी बहुत आकर्षक थे। क्या वह बहुत होशियार है? वह तो तुम भी हो। क्योंकि वह कॉलेज टॉपर है। हाँ रोहन और यहीं तुम मात खा गए। इसलिए यह ही एक कारण है कि उसने तुम्हें छोड़ दिया। रोहन, मर्द बनो, हिम्मत मत छोड़ो।

"तुमने पिछले छह महीने में उस तक पहुँचने की हर भरसक कोशिश की है, पर तुम फेल हो गए। अब दूसरा तरीका इस्तेमाल करो। उसको दिखा दो कि वह क्या है? याद करो, जिस दिन तुमने कॉलेज में दाखिला लिया था, उसी दिन वह तुम पर आकर्षित हुई थी। अब वह भाव खा रही है, उसे उसी का आईना दिखाओ।

"मैं तो तुम्हें यही समझा सकता हूँ कि अगर उसे वापस लाना चाहते हो तो अपने भीतर वही ऊर्जा, वही नएपन के साथ उस रोहन को वापस लेकर आओ, उस रोहन को उतना ही फुर्तीला और सजीव कर दो। उसे इतना सुंदर बना दो कि वह उस तक पहुँचने से खुद को न रोक पाए। उसे इतना होशियार बना दो कि वह उसके पास सीखने के लिए आए। और जिस दिन तुमने ऐसा कर दिया, मेरा यह वादा है कि वह तुम्हारे पास दौड़ी चली आएगी। यह हमेशा याद रखना कि प्यार का सबसे अच्छा सबूत विश्वास है, तो खुद पर से उसका विश्वास टूटने मत दो, तुम्हारा प्यार हमेशा तुम्हारे पास ही रहेगा।"

उनकी बातें मेरे दिल-ओ-दिमाग पर घर कर गईं। उनके झापड़ असर कर गए। उनकी सकारात्मक ऊर्जा मेरी बंद नसों और दिमाग को झकझोर गईं। मुझे ऐसा लगा कि मुझे जिंदगी में एक नई उम्मीद मिल गई हो। उसे फिर से पाने के लिए मुझे एक नया रास्ता मिल गया। मेरे चेहरे की मुसकान वापस आ गई।

मैं आँखों में आँसू लिये अपने बिस्तर से उठा और उनके गले लग गया। उन्होंने भी मुझे ऐसे गले लगा लिया, जैसे मैं उन्हीं का बच्चा हूँ।

"सर, मैं आपसे वादा करता हूँ कि आप मुझे जिंदगी में कभी अकेला बैठा नहीं देखोगे। आज से मेरा उद्देश्य होगा कि उसे अपनी जिंदगी में वापस ले आऊँ, पर किसी गलत तरीके से नहीं।" मैंने अपने आँसू पोंछते हुए अपनी पूरी ऊर्जा के साथ यह कहा।।

वह मुसकराए और फिर उन्होंने जोर देते हुए कहा, "रोहन, वार्षिक परीक्षा में सिर्फ तीन दिन बचे हैं। खुद को साबित करके दिखा दो। वह सोचती होगी कि तुम तो इस सेमेस्टर में फेल हो जाओगे, पर उसे गलत साबित कर दो। उसे दिखा दो कि पुराना रोहन वापस आ गया है।"

मैंने उनका शुक्रिया अदा करते हुए कहा, "मेरा शरीर एक पिंजरे की तरह हो गया था और आपने अपनी बातों से मेरे मन के ताले खोल दिए हैं। आपने मेरे अंदर का एक ऐसा दरवाजा खोल दिया है, जिसके बारे में मुझे भी पता नहीं था। आपने मेरे भीतर के सारे दु:ख बाहर निकालकर उन्हें सहने लायक कर दिया है और मुझे

असली रोहन वापस दिखा दिया है। अब मैं खुद को आकाश में उड़ते हुए पक्षी की तरह महसूस कर रहा हूँ, जो फिर से खुले आकाश के नीचे गाएगा।"

मेरा हौंसला बढ़ाने के लिए मैंने उन्हें बार-बार शुक्रिया कहा। अब मेरी बारी थी कि मैं साबित करके दिखाऊँ। मुझे बस अपनी तैयारी शुरू करनी थी और सबको दिखा देना था कि रोहन वर्मा वापस आ चुका है।

वह चले गए और मैं वॉशरूम चला गया। मैंने अपना चेहरा शीशे में देखा और खुद को मैला व फटेहाल पाया। मैं ऐसा तो बिल्कुल भी नहीं था। मैंने अपने चेहरे पर थोड़ा फोम लगाया और अपने गालों पर फैला लिया। मैंने रेजर निकाला, जो महीनों से बिना किसी उपयोग के अंदर पड़ा हुआ था। मेरे चेहरे पर चल रहे ब्लेड के साथ एक ऊर्जावान रोहन फिर से बाहर निकलकर आ रहा था।

"वैदेही तुमने अभी तक दो तरह के रोहन देखे हैं। अब तीसरा रोहन बाहर निकलेगा, जो मेहनती, मस्तमौला और दोस्ताना व्यवहारवाला होगा।"

मैंने अपना चेहरा धोया और एक नए रोहन का जन्म हो चुका था।

मैंने साफ-सुथरे कपड़े पहने और सीढ़ियों से नीचे उतरकर एस.टी.डी. बूथ गया। मेरे अधिकतर दोस्त अपने-अपने कमरों में गणित की परीक्षा की तैयारी कर रहे थे।

मैं एस.टी.डी. बूथ में घुसा और अनुराग के घर का नंबर डायल किया। उसने फोन उठाया और मैंने कहा, "अनुराग, भूल गया क्या मुझे?"

उसने कहा, "अरे रोहन! तुम बहुत दिनों के बाद काफी खुश सुनाई दे रहे हो।"

मैंने समय बरबाद न करते हुए कहा, "मुझे तुम्हारी मदद चाहिए। क्या तुम हॉस्टल में अभी आ सकते हो?"

उसने एक सेकंड सोचा और फिर मान गया। मैं नीचे सीढ़ियों पर उसका इंतजार करते रहा।

मैंने उसे जैसे ही स्कूटर से आते देखा, उसे देखकर मैं उसकी ओर भागा और जब वह रुका तो मैंने उसे गले लगा लिया। उसने खुश होते हुए कहा, "वाह! हमारा रोहन वापस आ गया।"

मैं वापस मुसकराया और कहा, "क्या तुम मुझे हनुमान ताल ले जा सकते हो? मुझे तीसरे सेमेस्टर की पुस्तकें खरीदनी हैं।"

अनुराग तुरंत तैयार हो गया और मुझे उसके स्कूटर पर पीछे बैठने को कहा। जब सारी दुनिया साथ छोड़ देती है, तब एक सच्चा दोस्त ही साथ चलता है।

अनुराग उन्हीं दोस्तों में से एक है।

हमने जब पुस्तकें खरीद लीं, तो उसने मुझे हॉस्टल में छोड़ दिया। मुझे अभी भी पता नहीं था कि मैं तीन दिनों में अपना सिलेबस कैसे पूरा करूँगा, पर मुझे पूरा विश्वास था।

मैं अपने कमरे की कुरसी पर बैठ गया और सोचते हुए अपनी आँखें बंद कर लीं। अब शुरुआत कैसे करूँ ?

अब मेरे पास इतना समय नहीं बचा था कि एक-एक सवाल की तैयारी करूँ। मुझे उन्हें पढ़ लेना चाहिए।

यही एक समाधान था। अच्छा यही था कि मैं पुस्तक पढ़ लूँ और विभिन्न प्रकार के सवालों और उनके समाधान के तरीकों को याद कर लेना चाहिए। इतने कम समय में मेरे सामने इतने सारे सिलेबस को पूर्ण करने का एक यही तरीका था।

मैंने गणित की पुस्तक निकाली और पढ़ने लगा। अगले तीन दिनों तक मैं सिर्फ पढ़ रहा था और सिगरेट पी रहा था। मैं हर दिन लगभग सोलह घंटे पढ़ता था और मेरी आँखें सिर्फ पुस्तकों पर केंद्रित थीं और मैं सवाल हल करने के एक-एक स्टेप को याद कर रखा था, जिससे मैं फेल होने से बच जाऊँ।

तीसरे दिन मैं परीक्षा देने के लिए कॉलेज पहुँचा। मैं परेशान था, मुझे पता था कि मैंने सिर्फ थोड़ी पढ़ाई ही की है और कुछ भी अभ्यास नहीं किया है। मैंने देखा कि वैदेही ध्यान से अपनी पुस्तक के पन्ने पलट रही है और सारे फॉर्मूले याद करने की कोशिश कर रही है।

पिछले डेढ़ साल में ऐसा पहली बार था कि उसने मुझे परीक्षा के लिए शुभकामनाएँ नहीं दीं। मैं उसके बगल से गुजरता हुए कक्षा के अंदर आकर बैठ गया। वैदेही की सीट मेरे ठीक बगल में थी।

प्रोफेसर ने प्रश्न-पत्र वितरित कर दिए। परीक्षा बहुत मुश्किल थी। प्रश्न-पत्र देखकर मैं जितना वापस याद करने कोशिश कर सकता था, मैंने उतना किया। मैंने जब उसकी ओर आँख उठाकर देखा तो वह अपना प्रश्न-पत्र हल करने में व्यस्त थी।

मैं आराम से लिखता गया और पहले उन प्रश्नों को हल किया, जो मेरे लिए आसान थे। पर अगले एक घंटे में, मैं खाली हो गया, क्योंकि मैं जितने प्रश्नों को हल कर सकता था, उतने मैंने कर लिये थे। मुझे यह नहीं पता था कि मैं पास भी होऊँगा या नहीं, पर मैंने अपना सर्वोत्तम किया था।

कुछ समय के बाद मैंने फिर से वैदेही को देखा। उसने मुझे एक मिनट के

लिए देखा और फिर अपनी उत्तर-पुस्तिका मेरी ओर खिसका दी और फिर मुझे घूरती रही। बिना एक शब्द कहे उसने मुझे जतला दिया कि उसने वह कॉपी मेरे लिए नीचे खिसका दी है।

मैंने उसकी उत्तर पुस्तिका देखी, जो मेरे पाँव के पास पड़ी थी। मैंने वह पुस्तिका देखी, फिर उसकी आँखों में देखा। मैंने पुस्तिका उठा ली होती, पर मैं उसकी आँखों में खोया रहा। उसे पता था कि उसकी उत्तर-पुस्तिका मेरे बगल में गिरी हुई है, पर उसे उठाने के बदले मैं उसे देखता रहा।

उसने बात करनी बंद कर दी थी, उसी के कारण मैं आज यहाँ खड़ा संघर्ष कर रहा था। मैं उसकी मदद क्यों लूँ? अगर वह मेरी मदद करना ही चाहती है तो उसे मुझसे बात करनी चाहिए। मैं कोई उसकी दया का पात्र नहीं हूँ। मेरी अपनी भी इज्जत है और मैं उसकी कोई मदद नहीं लूँगा।

मैंने निर्णय लिया कि मैं उसकी कोई मदद नहीं लूँगा। मैंने उस पर से अपनी निगाहें हटा लीं और उसकी उत्तर-पुस्तिका पर से अपना ध्यान हटा फिर से लिखने लग गया। फिर मैंने उसकी आँखों में झाँकते हुए अपना हाथ नीचे बढ़ा उसकी पुस्तिका उसी की ओर खिसका दी। इनविजिलेटर को यह नहीं पता था कि यहाँ क्या हो रहा है? वह मुझे देखती रही और फिर अपनी उत्तर-पुस्तिका की ओर वापस देखने लग गई। मैंने भी उसके पेपर को आगे बढ़ाने से पहले उसे भी एक घमंडी लड़के की तरह देखा।

अगले एक माह मैं अपनी पढ़ाई में व्यस्त रहा और फिर सिलेबस को खत्म करने के लिए वही तरीका अपनाया। और जब रिजल्ट आए, तो सिर्फ छह विद्यार्थी पांचों विषयों में पास हो पाए और मैं भी उनमें से एक था।

सफल एवं असफल व्यक्ति में अपनी क्षमताओं के कारण कोई भेद नहीं होता। अपनी क्षमताओं तक पहुँचने की जिज्ञासा ही उन्हें एक-दूजे से अलग करती है। मैं हमेशा उसका ध्यान आकर्षित करने की कोशिश करता रहता था और इसी बात ने मुझे परीक्षा में पास करने के लिए प्रेरित किया।

मेरा अगला टारगेट था कि मैं कॉलेज में अगले सेमेस्टर में सबसे ज्यादा अंक प्राप्त करूँ, पर मेरी आँखें उसे अभी भी बहुत मिस करती हैं और मेरे कान उसकी मधुर आवाज के लिए तरसते हैं।

आज देहरादून में

मैंने अपना मेलबॉक्स खोला और विनीत का इ-मेल एड्रेस खोजने की कोशिश की। वहाँ से मैंने उसका नंबर लिख लिया।

कॉलेज के बाद, विनीत ने एक बड़ी सॉफ्टवेयर कंपनी को ज्वॉइन कर लिया था और वह पुणे में रहने लग गया था। उसकी अगले हफ्ते शादी थी। उसे अपनी एक सहकर्मचारी से प्यार हो गया था और वह उसके साथ जल्द-से-जल्द घर बसाना चाहता था।

मैंने उसका नंबर डायल किया और कुछ देर घंटी बजने के बाद किसी ने फोन उठाया। मैं संगीत, हँसी और गपियाते लोगों की आवाज पीछे से सुनाई दे रही थी। वह फिर फोन के पास आया और पूछने लगा, "हैलो, आप कौन बोल रहे हैं?"

"मोटू, मेरी जान, मैं रोहन बोल रहा हूँ।"

उसने जोश में कहा, "अरे रोहन, कैसा है तू मेरे दोस्त? मैंने तुझे इतने सारे इ-मेल भेजे और यहाँ तक कि तेरा नंबर भी कई बार लगाया, पर अधिकतर बार वह लगा नहीं।"

अधिकतर समय मैं साइट पर रहता हूँ, जहाँ कोई मोबाइल नेटवर्क नहीं होता। पर अभी मैं उसे मोबाइल नेटवर्क से संबंधित किसी तरह का जवाब देने के मूड में नहीं था।

मैंने मुसकराते हुए उससे कहा, "वह मुझसे बात करना चाहती है, विनीत।"

संगीत की आवाज इतनी तेज थी कि वह मुझे साफ तरीके से नहीं सुन पा रहा था, इसलिए उसने मुझे एक बार फिर बोलने के लिए कहा।

"मैंने कहा, वह मुझसे बात करना चाहती है।"

उसने पूछा, "कौन?"

मैं चुप हो गया और फिर वह चिल्लाकर बोला, "क्या तुम वैदेही के बारे में बात कर रहे हो?"

मैं मुसकराया और कहा, "हाँ, मोटू। उसने मुझे मैसेज किया है। वह मुझसे बात करना चाहती है।" वह बहुत खुश होकर कहने लगा, "बहुत अच्छी खबर है, दोस्त। आखिरकार तुमने कर दिखाया, जाओ उससे बात करो।"

"मैंने कई बार फोन लगाया पर उसका नंबर स्विच्ड ऑफ है।"

उसने कहा, "कोई बात नहीं, कल सुबह फिर से कोशिश करना। मुझे हमेशा से ही पता था कि वह तुम्हें प्यार करती है।"

मैंने उससे पूछा, "यार, तेरी शादी की तैयारियाँ कैसी चल रही हैं?"

उसने पूछा, "क्या तुम मेरे पीछे से आनेवाला शोर सुन सकते हो? मेरे सारे रिश्तेदार यहाँ आ चुके हैं। मैं तुम्हें बहुत मिस कर रहा हूँ। तुम कब पहुँच रहे हो?"

मैंने कहा कि मैं छह दिनों के बाद पहुँच पाऊँगा। मैंने उससे विदा ली और बिस्तर पर जाकर अगली सुबह का इंतजार किया, जब मैं वैदेही की आवाज सुन पाऊँगा।

अगली सुबह मैंने सबसे पहले उसका नंबर डायल किया, पर फिर उदास हो गया, क्योंकि नंबर फिर से बंद था। मैं होटल के बाहर गया और एक नया मोबाइल हैंडसेट खरीदा और एक स्थानीय डिस्ट्रीब्यूटर की दुकान में गया। वहीं कमल ने मुझे बताया कि उसे नया सिम मिल गया है।

मैंने अपने ड्राइवर को मेरठ वापस चलने को कहा और रास्ते में वापस जाते हुए मैं उसका नंबर लगाने की कोशिश करता रहा, पर कोई फायदा नहीं। उसका नंबर पता नहीं बंद क्यों था? सिर्फ मुझे पता था कि हम लोगों के कॉलेज खत्म करने के बाद, वह जबलपुर में ही रही और उसी कॉलेज में एड-हॉक में पढ़ाने लगी। यह बहुत आश्चर्य की बात थी, क्योंकि पूरे विश्वविद्यालय में उसे दूसरा स्थान मिला था और उसके पास सारी नामी बड़ी कंपनियों से ऑफर भी आए थे।

मैंने मेरठ पहुँचने तक सैकड़ों बार उसका फोन लगाया। मैं चिंतित था, क्योंकि मुझे यह नहीं पता था कि वह अभी कहाँ पर है? फिर मुझे एक विचार आया। हम फोन के बंद होने से पहले तक उपभोक्ता की अंतिम लोकेशन मालूम कर सकते हैं। वैसे तो यह प्रणाली अपराधियों को खोजने के लिए मालूम की जाती है, और मैं भी इसका प्रयोग उसके अंतिम लोकेशन के बारे में जानने के लिए कर सकता हूँ।

मैं मेरठ में अपने ऑफिस पहुँचा और मोबाइल नंबर के सीरिज खोजने लगा। मैंने कमल से पूछा कि क्या वह यह मालूम कर सकता है कि यह नंबर भारतवर्ष के किस राज्य में प्रयोग किया जा रहा है। एक अच्छा दोस्त होने के नाते उसने मेरे लिए यह खोजा और बताया कि इसे मध्य प्रदेश से प्रयोग किया जा रहा है।

अब मेरा अगला निशाना था कि मैं उस स्थान का पता लगाऊँ, जहाँ पर उसका मोबाइल बंद हो गया था। मैंने कमल को फिर से मदद करने को कहा।

उसने मोबाइल के इंदौर ऑफिस में अपने एक दोस्त को फोन किया और उसे वैदेही का नंबर दिया। कुछ ही मिनटों में मुझे सारी सूचना मिल गई। जबलपुर में उसका फोन शहीद स्मारक चौक के पास बंद हो गया था।

इसका मतलब था कि वह अभी भी जबलपुर में है। मैं उससे मिलने का अब कोई और मौका नहीं गँवाना चाहता था। बिना कोई समय गँवाए, मैंने अपने बॉस को फोन किया और उनसे कहा कि मुझे अतिआवश्यक कार्य के लिए एक हफ्ते की छुट्‍टी चाहिए। वह पहले तो छुट्‍टी नहीं देने पर अड़े थे, पर बाद में मान गए।

अगले दिन मैं दिल्ली से महाकौशल एक्सप्रेस ट्रेन में बैठ जबलपुर के लिए चल पड़ा। मैंने अपनी आँखें बंद कीं और सोचा—

मेरे पीछे मत चलो, हो सकता है मैं तुम्हें रास्ता न दिखा पाऊँ, मेरे आगे भी मत चलो, मैं तुम्हारा अनुगमन नहीं कर पाऊँगा। मेरे साथ चलो और मेरे दोस्त बने रहो।

मैंने कॉलेज में उसे पछाड़ने के लिए बहुत मेहनत की थी, पर मैं दिल से उसके साथ रहना चाहता था। यह तो मेरा गुस्सा और तनाव था, जिसके कारण पढ़ाई के प्रति मेरा झुकाव हो गया। यह कहना गलत न होगा कि मेरी सफलता के पीछे उसी का हाथ है। मैं आराम से बैठकर उन चौथे सेमेस्टर के दौरान घटित घटनाओं को याद करने लगा।

तीसरा सेमेस्टर पूरे होने के बाद मेरी जिंदगी का एक ही मकसद था कि मैं उसे चौथे सेमेस्टर की परीक्षा में हरा दूँ। मैं तीसरे सेमेस्टर की छुट्टियों में घर नहीं गया और वहीं हॉस्टल में अकेले रहकर सारा समय पढ़ता रहा। मेरी जिंदगी बदल चुकी थी। मैं हर दिन लगभग बारह घंटे पढ़ता था। अब मेरे बहुत से दोस्त बन गए थे और मैंने वैदेही की तरफ से अपना ध्यान हटा दिया था। उसने मेरी जिंदगी बदल दी थी, और यही एक बहुत बड़ा कारण था कि मैं उसे और प्यार करने लगा था।

मैं वह रविवार भुलाए नहीं भूलता। अनुराग हॉस्टल में चिल्लाकर मेरा नाम लेता हुआ दौड़ता हुआ आया। मैंने जैसे ही हॉस्टल का अपना कमरा खोला, तो उससे पूछा, "क्या हुआ अनुराग ? तुम इतना क्यों चिल्ला रहे हो ?"

उसने हाँफते हुए कहा, "रोहन, तुमने चौथे सेमेस्टर में टॉप किया है। तुमने प्रथम स्थान हासिल किया है।" उसने मुझे गले लगा लिया।

मैं मुसकराया और हैरान होकर सुन्न-सा पड़ गया। मैं अपने बिस्तर पर बैठ गया। मैं महसूस कर पा रहा था कि मेरी आँखों में आँसू आ गए हैं, पर मैंने उन्हें बहने नहीं दिया। मैंने उससे पूछा, "उसका क्या हुआ, क्या तुमने उसका रिजल्ट

चेक किया?" वह मेरे बगल में बैठा और अपना हाथ मेरे कंधे पर रखकर बोला, "उसे दूसरा स्थान मिला है।"

मुझे समझ में नहीं आया कि खुश होऊँ या दुःखी, पर अब मुझे पक्का पता था कि वह मेरे सारे सवालों के जवाब देगी।

मैं कॉलेज गया और अनुराग और विनीत के साथ उसे खोजने लगा। किसी ने मुझे बताया कि वह कॉलेज की छत में धूप सेंक रही है। बिना समय गँवाए, मैं उसकी ओर भागा और उसे वहाँ रीना के साथ पाया।

मैं उसके पास गया। वह उस दिन और गोरी दिख रही थी। उसकी आँखें सूजी हुई थीं। हो सकता है कि वह रोई हो, क्योंकि उसने टॉप नहीं किया था। मैं उसके पास गया और उसे आगे से घेर लिया क्योंकि वह मेरी लगातार अनदेखी कर रही थी। जब से उसने मुझे छोड़ा था, उसकी त्वचा खिलने लगी थी, वह दिन-प्रतिदिन गोरी हो रही थी। मैं उसके इन गोरे गालों को चूमना चाहता था।

मैंने उसके सामने खड़े होकर पूछा, "क्या हम बात कर सकते हैं?" मैंने कुछ ही देर में उससे फिर से यही पूछा, पर उसने कोई जवाब नहीं दिया। मैं उसके जवाब की प्रतीक्षा करता रहा, पर कोई फायदा नहीं। विनीत और अनुराग भी मेरे साथ खड़े होकर उसके जवाब का इंतजार कर रहे थे।

रीना ने बीच में बोलते हुए कहा, "वह तुमसे बात करने के लिए तैयार नहीं है, तुम उसे छोड़ क्यों नहीं देते?", पर मैंने उसकी बात पर ध्यान नहीं दिया और फिर से वैदेही से कहा—

"इस बिल्डिंग में तीन तल हैं और अगर तुम मुझसे बात नहीं करोगी, तो मैं यहाँ से कूद जाऊँगा।"

मैं जानता था कि वह मुझसे प्यार करती है और मुझे नीचे कूदने नहीं देगी।

वह अपनी पुस्तकों की ओर देखती रही, पर मुझे पता था कि वह कुछ नहीं पढ़ रही हैं। मैंने फिर से जोर देकर कहा, "मैं मजाक नहीं कर रहा हूँ। मैं सही में नीचे कूद जाऊँगा।"

ऐसा सुनकर, विनीत, अनुराग और रीना—सभी डर गए। रीना ने उसका हाथ छूकर उससे कुछ पूछना चाहा। उसने उसे भी अनसुना कर दिया।

मैं आगे जाकर छत के किनारे खड़ा हो गया।

अनुराग ने चिल्लाकर कहा, "वैदेही, उसे रोको। वह पागल हो गया है।" पर वह मूर्ति की तरह बैठी रही।

विनीत ने वैदेही से कहा, "अच्छा ठीक है, अगर वह कूदेगा तो मैं भी उसके साथ यहाँ से कूद जाऊँगा। इसलिए कह रहा हूँ, उससे बात करो।"

मैं उसे आश्चर्य से देखता रहा।

रीना एकटक उसे देखती रही और फिर कहा, "विनीत, तुम किसलिए कूदोगे?"

इससे पहले कि विनीत कुछ कहता, अनुराग ने बीच में टोकते हुए उससे कहा, "सिर्फ वह ही नहीं, मैं भी इन लोगों के साथ कूद जाऊँगा। यह हमारा सबसे अच्छा दोस्त है। हम हमेशा साथ रहे हैं और हम साथ ही मरेंगे भी।"

क्या फिल्मी डायलॉग था? मुझे समझ नहीं आ रहा था कि क्या हो रहा है? मैं अपने प्यार को वापस पाने की खातिर छत के किनारे पर खड़ा था और मैं सोच रहा था कि मेरे दोस्त मुझे ऐसा करने से रोकेंगे, पर ये तो मेरे साथ कूदने के लिए तैयार खड़े थे!

वह उठने लगी और मेरी आँखों में देखने के बाद सीढ़ियों की ओर जाने लगी, तो मैंने उसे चेताया कि "वैदेही मैं तीन तक गिनूँगा। अगर अब भी तुमने बात नहीं की, तो मैं कूद जाऊँगा।"

अनुराग ने आगे कहा, "हाँ वैदेही! हम भी अपने दोस्त के साथ नीचे कूद जाएँगे।" पर वह हमें देखे बिना आगे जाने लगी।

मुझे पता था कि मेरे दोस्त ऐसा कर उस पर दवाब बना रहे हैं, पर मैं मजाक नहीं कर रहा था। मैंने गिनना शुरू किया। मेरी बढ़ती गिनती के साथ उसके कदम भी नीचे जा रहा हे और मैं सोच रहा था कि वह अब तो कुछ बोलेगी। मैंने जैसे ही तीन गिना, तो मैंने कूदते हुए कहा, "बाय वैदेही!" मुझे गिरता देखा अनुराग और विनीत भी मेरे साथ पीछे से कूद लिये और मैंने सोचा, हे भगवान्, ये क्यों मेरे साथ कूद गए?

रीना हमारी तरफ दौड़ी। हम लोग जमीन की ओर आ चुके थे। मुझे अभी भी विश्वास नहीं हो रहा था कि अनुराग और विनीत मेरे साथ नीचे कूद चुके थे। जल्दी ही आवाज सुनाई पड़ी कि तीन लोग घास पर ऊपर से गिरे हैं।

सारे लोग उस तरफ दौड़कर आए। मैंने देखा, अनुराग मेरे बाईं और पड़ा है और विनीत दाईं ओर, और उसके दोनों हाथ ऊपर की ओर थे। मैं जल्दी से उठा। पता नहीं कैसे, पर हल्की चोट को छोड़कर मुझे कुछ नहीं हुआ था, मैं बाल-बाल बच गया था। पर वे दोनों इतने भाग्यशाली नहीं थे, उन्हें जल्दी से अस्पताल

पहुँचाया गया। विनीत के दोनों हाथ टूट चुके थे और अनुराग का पैर टूट गया था।

इस पूरे घटनाक्रम के बाद मुझे एहसास हुआ कि मैंने वैदेही को हमेशा के लिए खो दिया है, क्योंकि ऐसी घटना, जिसमें मेरी जान भी जा सकती थी, ने भी उसकी चुप्पी नहीं तोड़ी। वह अब मुझसे प्यार ही नहीं करती थी। मैंने तभी उसके बिना, उसकी यादों के सहारे जिंदगी में आगे बढ़ जाने का मन बना लिया।

मैंने हर सेमेस्टर में बहुत ज्यादा मेहनत की और उससे आगे निकलने की होड़ रखी। उसकी चुप्पी ने मुझे बदल कर रख दिया। रोहन वर्मा, जो स्कूल में हमेशा सेकंड डिवीजन में पास होता था, अब इंजीनियरिंग कॉलेज में टॉप करने लग गया था। स्कूल में मैं जो सबसे शर्मीला-सा लड़का था, आज वही कॉलेज में सबसे दोस्ती करनेवाला बहुत ही एक्टिव लड़का बन गया। मैं जिम जाकर खुद को फिट रखने भी लग गया।

अब मेरे बहुत से दोस्त हो चुके थे और उन सबके साथ बिताने के लिए समय अब कम पड़ जाता था। हर गुजरते दिन के साथ मेरी जिंदगी मुसकराने लगी थी, जबकि वह और परेशान, चिंतित, घबराई हुई और विस्मयकारी ढंग से और गोरी होती जा रही थी।

मुझे पता नहीं, पर उसकी चुप्पी ने मेरी जिंदगी में सकारात्मकता बदलाव के रंग भर दिए, पर अपने दिल से मैं हमेशा उसके प्यार की आवाज को तरसता रहा।

वर्तमान काल

अगले दिन मैं जबलपुर पहुँचा। रेलवे स्टेशन के रेस्टरूम में फ्रेश होने के बाद मैंने उसका नंबर फिर से डायल किया, पर अभी भी फोन बंद था।

मैं पिछले पाँच सालों में उसे फोन करना भूल गया था। मैंने अपने दिमाग से उसकी यादें निकालने को कोशिश की थी, पर वह फिर से आशा की किरण बनकर आ गई थी। मुझे फिर से उसी तरह नकारात्मक होकर नहीं सोचना चाहिए और इस सोच को अब खत्म कर देना चाहिए। या तो उसे मेरे साथ हाथों में हाथ डाले आ जाना चाहिए या मुझे उसी की यादों में छोड़ देना चाहिए।

मैंने सोचा कि अब सीधे उसके घर जाना चाहिए और उससे आमने-सामने बैठकर मुलाकात करनी चाहिए। मैं उसके घर की ओर पैदल, हाथों में लाल गुलाब का गुलदस्ता लेकर जाने लगा। वह सड़क बहुत सुनसान थी और एक-आध लोग ही आ-जा रहे थे। दुनिया की सबसे सुंदर जगह में वापस आना अपने आप में एक अलग ही अनुभूति है, और एक ऐसी जगह जहाँ आपने प्यार करना सीखा हो।

मैंने मुख्य द्वार खोला और घर के दरवाजे तक चलकर गया, जो बंद था। मैंने दरवाजे की घंटी बजाई और दरवाजा खोलने के लिए किसी का इंतजार करता रहा। वहाँ खड़े होकर मैंने चारों ओर देखा तो उनके बगीचे की स्थिति बहुत ही बुरी थी। उनके पेड़-पौधों की हालत बहुत बुरी थी, वे मुरझा रहे थे और ऐसा लगा उनमें कई दिनों से पानी नहीं दिया गया है। मैंने फिर से घंटी बजाई, पर किसी ने जवाब नहीं दिया।

मुझे ऐसा करते देख उसके एक पड़ोसी बाहर आ गए।

उन्होंने बाउंड्री वॉल की दूसरी तरफ से मुझसे पूछा, "हैलो, क्या आप शर्माजी से मिलना चाहते हैं?" मैंने सहमति में सिर हिलाया और फिर उन्होंने बताया, "उनकी बेटी की तबीयत ठीक नहीं है और वह शहीद स्मारक चौक के पास नेशनल हॉस्पिटल में भर्ती है।"

मैं यह सुनकर सकते में आ गया कि वैदेही की तबीयत ठीक नहीं है और वह अस्पताल में भरती है। अब मुझे समझ में आया कि क्यों उसका मोबाइल बंद है और क्यों उसकी अंतिम लोकेशन शहीद स्मारक चौक दिख रही थी। मैंने उनसे पूछा, "उसे क्या हुआ है?"

"उसकी तबीयत कई सालों से सही नहीं थी और वह अपनी बेटी के लिए परेशान थे।"

मैंने इस सूचना के लिए उनका शुक्रिया अदा किया और वहाँ विह्वलित दिमाग के साथ जूझता रहा। मैं बाहर की ओर भागा और ड्राइवर को शहीद स्मारक चौक चलने को कहा।

मैं नेशनल हॉस्पिटल बीस मिनट में पहुँच गया। मैंने रिसेप्शन में पूछा, "वैदेही शर्मा, क्या आप उनका कमरा नंबर बता सकती हैं?" उन्होंने अपने कंप्यूटर में खोजा और फिर कहा, वैदेही शर्मा, द्वितीय तल, बिस्तर संख्या 12, आईसीयू।

क्या? वह आईसीयू में है? उसे क्या हुआ है?

मैं सीढ़ियों से ऊपर की ओर भागा और द्वितीय तल पर जल्दी से पहुँच गया। मैं जैसे ही आईसीयू के बाहर पहुँचा, मैंने वहाँ बैठी नर्स से पूछा, "क्या मैं वैदेही शर्मा से मिल सकता हूँ?" मेरी बात सुनकर आईसीयू के बाहर एक कुरसी से बैठे एक वृद्ध व्यक्ति ने मेरा कंधा सहलाया और कहा, "रोहन, मेरे साथ आओ।"

मुझे आश्चर्य हुआ कि वह मेरा नाम जानते हैं, ऐसे जैसे कि मैं उनसे पहले कभी मिला हूँ।

मैं उनके पीछे चलता गया। वह उसी कुरसी में वापस आकर बैठ गए, जहाँ वह पहले बैठे थे और मुझे अपने बगल में बैठने को कहा।

"उसने मुझे हमेशा यह बात कही थी, 'पापा, रोहन मेरे पास एक दिन जरूर आएगा। मेरे लिए वह परेशान जरूर होगा, पर मुझे विश्वास है कि मेरे मरने से पहले वहाँ पहुँच जाएगा'।"

ऐसा कहते हुए उनकी आँखों से आँसू निकलने लग गए। वह वैदेही के पिता थे, पर वह ऐसा क्यों कह रहे थे? उसे क्या हुआ है, क्या वह सही नहीं है?

उन्होंने आगे कहा, "एप्लास्टिक एनीमिया एक दुर्लभ बीमारी है, जिसमें शरीर में मौजूद बोन मेरो और हेमोटोपोइटिक स्टेम कोशिकाएँ नष्ट हो जाती हैं। इसके कारण तीनों रक्त कणों में कमी आ जाती है—तीनों रक्त कणों मतलब लाल कण, सफेद रक्त कण और प्लेटलेट्स। एप्लास्टिक का अर्थ है, स्टेम कोशिकाएँ नया खून बनाने में अक्षम हो जाती हैं। यह बीमारी 13 साल से लेकर 20 साल से अधिक उम्र के किसी भी व्यक्ति को हो सकती है।" मैंने इस बीमारी के बारे में पहले कभी नहीं सुना था और आज उनसे ही पहली बार सुन रहा था। "उसकी यह बीमारी पाँच साल पहले पता लग गई थी। एक बाप के लिए उस जैसी प्यारी बेटी कोई हो ही

नहीं सकती। वह सिर्फ मेरी प्यारी बेटी ही नहीं, बल्कि मेरी सबसे अच्छी दोस्त भी है। उसने मुझे अपने जीवन की छोटी-से-छोटी बात तक बताई है। मुझे पता है कि वह तुमसे बहुत प्यार करती है, पर मुझे पता है कि वह कितने दर्द में जी रही है। गुजरते हर दिन के साथ, उसका शरीर एनीमिक होता जा रहा था। वह पीली एवं सफेद होती जा रही थी, पर वह तुम्हें अपने जीवन में हर दिन याद करती थी। दो दिन पहले, उसने मुझे तुम्हें मैसेज करने को भी कहा। वह तुमसे बात करना चाहती थी, पर तुमने वापस फोन ही नहीं किया। उस रात उसकी साँसें छोटी होती गईं और धड़कन भी असामान्य हो गई और उसे आईसीयू में शिफ्ट कर दिया गया।" उन्होंने अपना चश्मा उतारा और अपने आँसू पोंछने लग गए।

मैं उन्हें देखता रहा। मैं अपनी सीट से नीचे उतरा और उनके पाँवों में जाकर बैठ गया। उनके पैर पकड़कर मैंने कहा, "अंकल, आपके आँसुओं ने सारी कहानी बयान कर दी है। पर आप मुझे एक बात बताइए, क्या वह ठीक हो जाएगी ?"

उन्होंने मेरी बात सुनी और फिर रोने लग गए, ऐसे जैसे कि कोई दर्द में चिल्ला-चिल्लाकर रोता है। मुझे समझ में आ गया कि वह बुरी तरह से बीमार है। मेरी आँखों से भी आँसू बह निकले। मैं चाहता था कि मुझे कोई गले लगा ले। मैं खड़ा हुआ और मैंने नर्स से पूछा, "क्या मैं वैदेही से मिल सकता हूँ ?" उसने मुझे देखा और फिर अंकल को देखा, और उन्होंने मुझे साथ ले जाने का इशारा किया। उस नर्स ने मुझे साथ चलने को कहा। वह एक बड़ा सा कमरा था, जिसमें तीन बिस्तर लगे हुए थे और वैदेही बीच में लेटी हुई थी। अगल-बगल के बिस्तर खाली पड़े हुए थे।

मेरे पाँव भारी हो गए और मैं खुद को खींचकर उसके पास ले गया। वेंटिलेटर से लगातार आती आवाज मेरे कानों को चुभ रही थी। नर्स ने परदा खींचा और मैंने वैदेही को देखा, जो आईसीयू के बिस्तर पर पड़ी हुई थी। उसके शरीर में बहुत सारे तार लगे हुए थे। उसका चेहरा ऑक्सीजन मास्क से ढका हुआ था। उसकी आँखें बंद थीं और वह काफी भारी साँसें ले रही थी। मेरे जीवन का सबसे सुंदर उपहार मेरे सामने जिंदगी हारकर पड़ा हुआ था। मैं उसके बगल की सीट पर बैठा उसे अपलक देखता रहा। नर्स ड्रिप्स देखने के बाद बाहर चली गईं। मैं उसे देखता ही रहा। ऐसा लग रहा था कि वह अभी उठेगी और कहेगी, "रोहन, अब मैं तुमसे बात कर सकती हूँ, क्योंकि मैं तुमसे प्यार करती हूँ।"

मैंने धीमे से कहा, "वैदेही, आई लव यू..." और रुककर फिर कहा, "तुम्हें

पता है, जब तुमने मुझसे बात करना छोड़ा था, मेरी जिंदगी में सबकुछ रुक-सा गया था। मैं पूरी तरह से टूट चुका था। मैंने अपनी जिंदगी में सिर्फ तुमसे प्यार किया और तुम्हारी आवाज मेरे लिए दवा का काम करती थी। जिस दिन से तुमने मेरी उपेक्षा करनी शुरू कर दी, उसी दिन से मैंने भी जिंदगी की उपेक्षा शुरू कर दी। पर मैं हर दिन जीना चाहता था, क्योंकि मुझे पता था कि एक न एक दिन तुम मेरे पास वापस भागकर आओगी और मुझे गले लगाकर चूम लोगी।

"अब चुप्पी साधने का यह खेल खत्म करो और उठो मेरी जान! तुम पिछले पाँच सालों से खामोश हो, पर अब तुम्हें बोलना होगा।"

पर वह शांत थी। "उठो वैदेही, ज्यादा भाव मत खाओ।"

मैं उसे देखता रहा और उसके आगे आने के लिए उठा। मैंने अपने हाथों से उसके पैरों को छू लिया और फिर उसके पास गया। "अरे वैदेही, तुमने अपने पैरों से मुझे छू लिया है, अपने हाथ दो। मुझे तुम्हें सॉरी कहना है। भगवान् के लिए अपने हाथ उठाओ और मुझे दो। वैदेही, उठो जान, उठ जाओ।"

मैंने अपने चेहरे पर उसका हाथ रखा, उसे चूमा और अपने माथे तक उसको लगा इंतजार करता रहा कि वह अब अपनी आँखें खोलेगी। मैंने जैसे ही उसका हाथ अपने हाथों में रखा, वह नीचे निष्प्राण-सा गिर गया।

मैं उस पर चिल्लाया, "आई लव यू…। मेरी मदद करो। मेरे साथ बैठो, मेरा हाथ पकड़ो। मुझसे बात करो। मुझे अपना दोस्त कहकर बुलाओ। मेरी आँखों में देखो, क्योंकि मैं हार रहा हूँ।"

मैं उसके जवाब के इंतजार में, अपनी खुली आँखों से देखता रहा। मेरा कलेजा मुँह को आ गया, कोई तो हो, जो मुझे बच्चे की तरह समझा सके।

फिर मोटे-मोटे गरम आँसू तेजी से मेरे स्वेटर पर गिरते गए।

"मेरी जान, क्या तुम्हें पता है कि तुम्हारे अंदर एक चमक और उत्तेजना है, जो तुम्हें जीवंत बनाए रहती है, तुम्हें हमेशा जिलाती है और मैंने हमेशा इन गुणों की तारीफ ही की है। मुझे वह बहुत पसंद है और मैं जानता हूँ कि तुम बहुत जल्दी ठीक हो जाओगी।"

मैंने अपने आँसू पोंछे और उसका माथा चूमकर बाहर आ गया।

मैंने उनसे पूछा, "अंकल वह जिस डॉक्टर के ऑब्जर्वेशन में है, मैं उनसे कहाँ मिल सकता हूँ?"

उन्होंने कहा कि डॉक्टर का नाम डॉ. चावला है और उनका केबिन ग्राउंड

फ्लोर पर है। मैं सीढ़ियों से नीचे उतरकर उनसे मिलने चला गया। वह एक अधेड़ उम्र के डॉक्टर थे और काफी अनुभवी लग रहे थे।

"सर, मैं वैदेही के बारे में आपसे जानना चाहता हूँ", "और तुम कौन हो, बेटे?" उन्होंने पूछा।

मैं रुका और फिर मैंने जवाब दिया, "सर, मैं उसका मंगेतर हूँ, मेरा नाम रोहन है।" मुझे पता है कि मैं झूठ बोल रहा हूँ, पर मेरी अंतरात्मा ने ही मुझे ऐसा कहने को कहा।

उन्होने मुझे अप्लास्टिक एनीमिया के बारे में बताते हुए कहा, "रोहन, मैं तुम्हारी चिंता समझ सकता हूँ, जैसाकि तुमने कहा कि तुम उनके मंगेतर हो, इसलिए मैं तुमसे झूठ नहीं कहूँगा। हम अपनी तरफ से बहुत मेहनत कर रहे हैं, पर उसकी हालत अब बहुत बुरी है।" उन्होंने मुझे यह भी बताया कि पिछले पाँच साल से उसकी इस बीमारी का इलाज चल रहा है।

मुझे यह एहसास हुआ कि मैं उसे गुजरते हर सेकंड के साथ खोता जा रहा था। वह मेरे साथ ऐसा नहीं कर सकती, ऐसा फिर से नहीं कर सकती। मैं भगवान् को कोसे जा रहा था, जिसने मेरी गर्लफ्रेंड को पाँच साल पहले खामोश कर दिया था और अब वह उसे हमेशा के लिए खामोश करनेवाला है। मैं सारी उम्मीदें खोकर केबिन से बाहर निकल आया।

मैं फिर से अंकल के पास गया, जो अब वैदेही की माँ के साथ बैठे हुए थे। मैं उनके पास गया और फिर उनके पैर छुए। उन्होंने मुझे बड़े आश्चर्य से देखा और फिर बैठने को कहा। मैं उनके बगल में एक सीट पर बैठ गया।

मेरी जान अंदर सो रही थी, एकदम अकेले और शांति की गोद में।

उन्होंने बहुत ही धीमी आवाज में रोते हुए कहा, "मुझे उम्मीद है कि तुम एक दिन हमारे घर के दामाद बनोगे।"

मैंने उनके कंधे पर अपना हाथ रखा और फिर उनके गले लग गया। "हमने एक-दूसरे से बात करना बंद कर दी थी, चाहे हम शादी न कर पाएँ, पर दिल ही दिल में हम दोनों जानते हैं कि हम एक-दूसरे से कितना प्यार करते हैं! मैं जब अकेले था, तब मैं खयालों में ही उससे बातें कर लेता था, जैसे वह मुझसे कर लेती थी। मैं हमेशा ही आपका बेटा बनके रहूँगा।"

वह फूट-फूटकर रोने लगीं, "बेटा, वह तुम्हारे लिए बहुत रोई है। वह मुझे हमेशा कहती थी कि वह तुमसे बहुत प्यार करती है। मैंने उससे कई बार कहा कि

तुम उसकी उपेक्षा करना बंद करो और उसे सच बताओ, पर उसने एक नहीं मानी और अपनी बात पर अड़ी रही।"

मेरे आँसू बहते ही जा रहे थे और मेरी आवाज थरथरा रही थी। "घबराइए नहीं आंटी, मेरा दिल कहता है कि वह ठीक हो जाएगी, वह जल्द ही उठ बैठेगी।"

वह मेरी बाजुओं में अपने को छिपा एक बच्चे की तरह रोती रहीं।

वैदेही के पापा भी अपने आँसुओं को रोक नहीं पाए। जब वह रो रहे थे, तो ऐसा लग रहा था कि उनके घाव अभी कितने हरे हैं, नई चोट में जैसे कोई रोता हो। उन्होंने रोते-रोते किसी चीज को सहारे के लिए पकड़ लिया, या तो वह एक मेज थी, या कुरसी का पिछला हिस्सा था, पर उनका पूरा शरीर काँप रहा था।

मैं उनके पास गया और उन्हें सांत्वना देने की कोशिश की, "अंकल आपकी बेटी जुझारू है। उसे पता था कि वह एक दुर्लभ बीमारी से ग्रसित है, पर उसने किसी को भी पता चलने नहीं दिया। आप लोग खुश रहें, इसलिए वह मेहनत से मन लगाकर पढ़ती रही। उसे पता था कि आप लोगों के लिए उसका पढ़ना कितना महत्त्वपूर्ण है। आपको उसके लिए मजबूत होना पड़ेगा। मुझे विश्वास है कि वह इस तरह जिंदगी से लड़कर वापस हमारे पास आ जाएगी और अपना रास्ता खुद निकाल लेगी।"

उन्होंने मुझे देखा और फिर कहा, "उसने मेरे लिए कभी पढ़ाई नहीं की, बेटा। मैंने तो हमेशा ही उसे जिंदगी में मजे करने को कहा, पर उसने मुझे हमेशा कहा, 'पापा, मैं रोहन के लिए पढ़ रही हूँ। वह इसलिए पढ़ रहा है कि वह मुझे पढ़ाई में मात दे सके, मैं उसकी प्रतियोगी बनना चाहती हूँ। अगर मैं पढ़ना छोड़ दूँगी, तो वह भी पढ़ना छोड़ देगा।' वह चाहती थी कि तुम अपनी जिंदगी में हमेशा ही सफल बनो। वह तुम्हारे साथ कोई प्रतियोगिता नहीं करना चाहती थी, पर वह तुम्हें जिंदगी में बड़ी परेशानियों से जूझने के लिए तैयार कर रही थी।"

उनके इतना कहते ही मेरा दिल टूट गया।

कॉलेज में मैंने बहुत मेहनत से इसलिए पढ़ाई की ताकि मैं उसे हरा पाऊँ। जबकि मैं तो अनजाने में यह सोच रहा था कि मैं उसका घमंड तोड़ दूँ, पर वह तो मेरा अभिमान बढ़ाए जा रही थी। मैंने हमेशा यही सोचा कि मुझे ज्यादा अंक लाता देख वह दु:खी होगी। पर मेरी जानकारी में न होते हुए भी मुझे उससे ज्यादा अंक लाता देख सबसे ज्यादा खुश होनेवाली इनसान थी। मेरा मन कितना बुरा है और मेरी जान भीतर से भी पुण्यात्मा निकली।

मैं ऐसे रोने लगा जैसे कि कोई मेरे दिमाग के टुकड़े-टुकड़े कर रहा हो। मेरे मुँह से रोते समय ऐसी कराह भरी आवाज निकली कि कोई अनजान भी अगर मुझे रोते हुए सुन ले, तो उसका भी रोना निकल जाए। मैंने रोते हुए एक कुरसी का सहारा ले लिया कि अगर मैं रोते हुए ज्यादा थरथराने लगूँ तो मैं गिर न पड़ूँ। मेरी आँखों से मोटे-मोटे आँसू लगातार गिरते गए। सारी दुनिया मेरे लिए उसी समय खत्म हो गई, जिंदगी में सिर्फ दुःख ही बच गया था। मेरे दुःख का पारावार इतना था कि वह मेरी सोच को इतना बदल दे कि मैं टूट ही जाऊँ।

मैंने खुद को सँभाला, किनारे गया और अपने घर का फोन नंबर डायल किया। पापा ने फोन उठाया और कहा, "हैलो, कौन बोल रहा है ?"

"पापा, मैं रोहन बोल रहा हूँ।"

उन्होंने पूछा, "कैसे हो रोहन ? आज ऑफिस के समय में फोन कर रहे हो ?"

उनसे बात करते हुए मेरी आवाज काँपने लग गई, "पापा, मैं मेरठ में नहीं हूँ, मैं आज सुबह जबलपुर आ गया था।"

"जबलपुर, ऑफिस के किसी काम से ?"

मैंने कहने की कोशिश की, पर मेरी आवाज फिर काँपने लग गई। मेरा गला आँसुओं से रुँध गया। "नहीं, वैदेही⋯"

वह समझ गए कि मैं रो रहा हूँ। उन्होंने पूछा, "क्या, क्या हुआ वैदेही को ? मुझे याद है, वह कॉलेज में तुम्हारे साथ पढ़ती थी, तुम्हारी सहपाठी थी।"

"पापा⋯। वह मुझे छोड़कर जा रही है⋯मुझे आपका साथ चाहिए।" और मैं फूट-फूटकर रोने लगा।

वे भी परेशान हो गए और उन्होने कहा, "तुम कहाँ हो, मुझे बताओ ! मैं अभी आता हूँ।"

मैंने उन्हें अस्पताल का पता बताया और साथ में उसकी हालत के बारे में भी बता दिया और फोन नीचे रखने लगा तो मैंने उनको कहते हुए सुना, "रोहन, तुम्हारी माँ ने मुझे बहुत पहले ही बता दिया था कि तुम उससे प्यार करते हो। पर मुझे यह नहीं पता था कि तुम उसे इतनी गहराई से पसंद करते हो, पर तुम्हारी आवाज से साफ जाहिर होता है तुम उससे कितना प्यार करते हो ? अपना दिल छोटा मत करो, उसे अपना सारा प्यार दो। हो सकता है कि वह आँखें बंद किए हुए हो, पर उसका मन तुम्हारी बातें सुन रहा होगा। तुम उसी के साथ रहना, मैं जल्दी आ रहा हूँ।"

मैं वापस आईसीयू में गया और उसके बगल में बैठ गया। मैंने अपने आँसू

पोंछे और उसे निहारता रहा। मैंने यह महसूस किया कि वह पिछले कुछ साल में बहुत गोरी हो गई थी, पर यह नहीं पता था कि वह खुद एक बीमारी के कारण बरबाद हुए जा रही थी। "तुम इतनी स्वार्थी कैसे हो सकती हो, वैदेही? तुम मुझे बता सकती थी। हम साथ में हर पल को मिलकर जी सकते थे।"

मैं उसके बगल में बैठा हुआ था और उसके पापा अंदर आए और उन्होंने अपनी जेब से एक लिफाफा निकालकर मेरी गोद में रख दिया। मैंने उस लिफाफे को रोते हुए देखा। उन्होंने कहा, "उसे पता था कि एक-न-एक दिन तुम जरूर आओगे और उसने कहा था कि उस दिन यह चिट्ठी मैं तुम्हें दे दूँ।"

मैंने वह लिफाफा लिया और खड़ा हो गया। मेरी आँखों से न रुकनेवाले आँसू बहे जा रहे थे। मैं कहीं जाकर छुप जाना चाहता था। शाम के छह बज गए थे। मैं हॉस्पिटल के बाहर गया और जबलपुर के व्यस्त रास्तों में अपने हाथों में वह लिफाफा लेकर चलने लगा।

मैंने एक ऑटोवाले को रोका और मुझे आर.के. कॉलेज ऑफ इंजीनियरिंग छोड़ने को कहा। मैंने अपने आँसू रोकने चाहे पर हर बार मैंने जब भी यह करने की कोशिश की, उसकी याद में मेरे आँसू और तेज बह निकलते। अगले बीस मिनट में, मैं कॉलेज के मुख्य द्वार पर पहुँच गया।

शाम के समय कॉलेज का कैंपस खाली थी, सिर्फ स्ट्रीट लाइट जली हुई थीं। मैं गेट के अंदर घुसा और धीरे-धीरे चलने लगा और वहाँ उसके साथ बिताए हुए सारे खूबसूरत पलों को याद करने लगा। मेरी नजर उस क्लासरूम की ओर गई, जहाँ मैंने उसे पहली बार डेस्क पर डांस करते हुए देखा था। मैं अब भी उसकी मौजूदगी का एहसास कर पा रहा था। मैं क्लासरूम के पीछे खड़े पेड़ों के किनारे की ओर चला गया। यह वह जगह थी, जहाँ हम लोग क्लास बंक करके जाते थे। यह वही किनारा था। जहाँ हमने पहली बार एक-दूसरे को चूमा था।

मैं किनारे खड़ा रहा और उन्हीं पुरानी दीवारों को ताकता रहा। मेरे आँसू बहते-बहते गालों पर बहने लगे और फिर मैंने उसकी चिट्ठी थरथराते हाथों से खोली।

मैंने लिफाफा खोला और उसमें अंदर रखी हुई चिट्ठी को निकाला और उसे पढ़ने लगा—

"मेरे प्यारे रोहन,

मैं उन्हीं शब्दों के साथ इस चिट्ठी की शुरुआत करूँगी, जो तुम लंबे

समय से मिस कर रहे हो। मैंने तुमसे बात करना बंद कर दिया, तुम्हारी उपेक्षा की, पर इन सबके बीच एक चीज, जो मैंने कभी नहीं छोड़ा, वह था—तुम्हें प्यार करना।

अब तक तो तुम मुझसे बहुत घृणा करने लग गए होगे, मुझे अब तक तो भूल भी गए होगे, हो सकता है कि तुम्हें मुझसे भी ज्यादा और अच्छी लड़की मिल गई होगी, पर तुम्हें मेरी जैसी कोई और नहीं मिलेगी, जो तुम्हें खुद से भी ज्यादा प्यार करे।

मैंने जैसे ही चिट्ठी पढ़नी शुरू की, मेरे अंदर से एक अजीब-सी भावना उत्पन्न होने लगी। मेरी आँखों से आँसू ऐसे गिरने लगे जैसे किसी जलप्रपात से पानी मेरे चेहरे पर गिरे जा रहा हो। मेरी ठुड्ढी ऐसे काँपने लगी, जैसे मैं कोई छोटा बच्चा हूँ। मैंने आजतक ऐसी गहरी-गहरी साँसें कभी नहीं ली थीं। मैं हाँफ रहा था पर हवा मेरे आसपास नहीं थी। मेरे अंदर ठंडी हवा के झोंके घूम रहे थे, मैंने फिर पढ़ना शुरू किया।

जिस समय तुम यह चिट्ठी पढ़ रहे होगे, उस समय तक मैं स्वर्ग पहुँचकर तुम्हें ऊपर से नीचे देख रही होऊँगी। पर तुम मुझसे वादा करो कि तुम कभी आँसू नहीं बहाओगे। मैंने तुम्हें मेरे प्यार में कैद कर बहुत बड़ी गलती की, पर फिर जब मुझे पता चला कि मैं तुम्हारी जिंदगी का सर्वोत्तम विकल्प नहीं बन सकती, तब मैंने अपनी गलती सुधारने की भरपूर कोशिश की।

हमारे दूसरे सेमेस्टर की छुट्टियों के दौरान, पापा एक बार तुमसे मिलने हॉस्टल आए थे, क्योंकि मैंने उन्हें बताया था कि मैं तुमसे कितना प्यार करती हूँ, पर उन्हें आता देख जब हॉस्टल के लड़के मेरा नाम लेकर तुम्हें बुलाने लगे, तो उनका दिल ही टूट गया और वह चले गए। उन्होंने जब मुझे इस बारे में बताया तो मैं तुमपर बहुत गुस्सा हुई और मैंने निर्णय ले लिया कि अब मैं तुमसे बात नहीं करूँगी, क्योंकि तुमने हमारे रिश्ते को छुपाकर नहीं रखा और अपना वादा नहीं निभाया। मैं तुम पर गुस्सा थी, पर यह कभी नहीं सोचा था कि तुमसे हमेशा के लिए बात नहीं करूँगी। मैं तुम पर उस रात गुस्सा भी हुई थी, जब तुमने सागर से मुझे फोन किया था। पर भगवान् ने मुझे एक इशारा कर दिया था कि मैं तुम्हें और अपने प्यार को कैसे सँभालूँ। कुछ दिनों के बाद मुझे पता चला कि मैं एप्लास्टिक एनीमिया से ग्रसित हूँ और मेरी जिंदगी चंद दिनों की मेहमान है।

मैं दर्द में थी। मैं चाहती थी कि तुम्हें गले लगा लूँ। मैं अपने अंतिम दिनों में तुम्हारे साथ होना चाहती थी, पर मैं इतनी मतलबी कैसे हो सकती थी? मैंने तुम्हारी उपेक्षा करनी शुरू कर दी। मैं चाहती थी कि तुम नव्या के पास वापस लौट आओ। मैं चाहती थी कि तुम मुझे भूल जाओ और मुझसे ज्यादा बेहतर किसी और के हो जाओ।

जब तुम दुःखी हुए और टूट गए, मैं हर रात रोती रही। जिस दिन तुमने मुझे यह बताया कि जब तक मैं तुमसे बात नहीं कर लेती, तब तक तुम कॉलेज के बाहर से हिलोगे नहीं, उस दिन मैं तुम्हारे लिए परेशान और चिंतित रही। मैंने अपना नाम बताए बिना आकाश को तुम्हारे हॉस्टल के एस.टी.डी. बूथ पर फोन किया और उसके लिए यह संदेश छोड़ा कि वह तुम्हें देखकर आए। मैं उस रात कॉलेज के गेट पर तुम्हें देखने के लिए आई थी, पर तुम्हें वहाँ न पाकर बहुत खुश हुई।

जब तुम बीमार थे और परेशानी में थे, मैंने तुम तक हर तरीके से मदद पहुँचाने की भरसक कोशिश की। जब तुमने मेरा ध्यान आकर्षित करने के लिए सिगरेट पीनी शुरू की और धुएँ के छल्ले उड़ाने शुरू किए, मेरा दिल सिगरेट की ही तरह अंदर तक सुलगता रहा। मैं खूब पढ़ती रही कि तुम मुझसे ज्यादा मेहनत कर आगे निकलो। मेरा यह सपना था कि तुम सफलतम व्यक्ति बन जाओ।

तुम हमेशा यह सोचते थे कि विनीत, आकाश, अनुराग, रीना और चारु हमारे लव गेम में तुम्हारी तरफ हैं, पर तुम्हें यह नहीं पता था कि वह सारे वही कर रहे थे, जो मैं उनसे करवा रही थी। मैं चाहती थी कि वे तुम्हारी ही तरफ रहें, मैं चाहती थी कि वह तुम्हारा समर्थन करें, मैं चाहती थी कि वह तुम्हारे दोस्त बनकर रहें।

जब तुम छत से कूद गए थे, तुमने सोचा होगा कि मैं तुम्हें देखने के लिए एक बार भी नहीं आई, पर तुम्हें तो पता ही नहीं था कि उस दिन कॉलेज से दो एंबुलेंस गई थीं, जिसमें एक में मैं थी, जो तुम्हारे कूदने की खबर से बेहोश हो गई थी।

तुम सोच रहे होगें कि अब मैं तुम्हें यह सारी बातें क्यों बता रही हूँ? क्या मैं महान् बनने की कोशिश कर रहीं हूँ? नहीं रोहन, मैं कोई महान्-वहान नहीं बनना चाहती। मैं यह सब इसलिए लिख रही हूँ कि मैं नहीं चाहती कि जिससे

तुमने प्यार किया था, उसे तुम एक घमंडी, स्वार्थी, जिद्दी लड़की की तरह कभी याद करो।

मैं इसलिए यह सब लिख रही हूँ, ताकि तुम्हें बता सकूँ कि मैं तुमसे कितना प्यार करती हूँ। मैंने तुम्हें जितने भी दुःख दिए, उसके लिए तुम मुझे प्लीज माफ कर देना, वह सारे दर्द, जो मैंने तुम्हें दिए, उसके लिए तुम मुझे माफ कर देना, मैंने तुम्हें जितना प्यार किया, उसके लिए भी माफी देना, तुम्हें मुझसे प्यार करने के लिए मुझे माफ करना, तुम्हें इस तरह छोड़ देने के लिए मुझे माफ कर देना और मुझे इस तरह खामोश बन जाने के लिए भी माफ कर देना।

मैं तुम्हें अपने पूरे दिल-ओ-दिमाग से प्यार करती रही हूँ, जैसे कोई तारों भरे आकाश को देखकर प्यार से प्रफुल्लित हो जाता है। मेरी जिंदगी में प्यार करने के लिए जगह और समय की कोई पाबंदी नहीं रही, क्योंकि इसकी कोई सीमा नहीं है और यह बहुत आत्मिक भाव है। प्यार अपने आप एक जगह आकर रुक जाता है, उसमें शीत-सी शीतलता है, उसमें अपने आप ही एक गरमाहट और प्रकाश है और आगे बढ़ने के लिए वह आशा का मार्ग प्रशस्त करता है। अगर तुम ठंड से जकड़े हो, तो मेरी जान, मैं तुम्हें ऐसे उठाऊँगी जैसे बसंत में फूल खिलते हैं, मैं तुम्हें धीरे-धीरे आगे बढ़ते देखूँगी, तुम्हें उन फूलों की भाँति खिलते हुए देखूँगी, उस ठंड में भी मेरा प्यार तुम्हें गरमी देगा। मेरा जो भी है, वह तुम्हारा है। मैं सिर्फ तुमसे इतना ही कहूँगी कि तुम अपना उतना ही ध्यान रखना, जितना तुम उसका रखते थे, जिसे तुम दिल-ओ-जान से चाहते थे, मैं भी वैसे ही तुम्हें उतना ही प्यार करूँगी।

जिंदगी में कभी अफसोस मत करना। मेरे लिए तो जिंदगी में कभी भी कोई अफसोस मत करना। तुम मुझे प्यार करते थे, मैं इसी बात से खुश हूँ। मैं बहुत खुश हूँ कि मैं तुम्हारे सपनों में आती थी। मैं बहुत किस्मतवाली हूँ कि मैंने तुम्हें चूमा।

तुम मुझसे वादा करो कि तुम अब कभी सिगरेट नहीं पीओगे। वादा करो कि तुम मुझसे ज्यादा बेहतर किसी और लड़की से शादी कर लोगे। वादा करो कि तुम अपने सपने पूरे करोगे। वादा करो कि तुम हमेशा मुसकराओगे, वादा करो कि तुम मुझे भूल जाओगे।

मैंने तुमसे जब बात करनी छोड़ दी थी, तब तुम्हें अंदर तक चोट लगी

होगी, पर मेरी खामोशी में ही बहुत सारे शब्द छुपे हुए थे। आशा करती हूँ कि एक-न-एक दिन तुम मेरी खामोशी को जुबाँ दोगे और अपनी इस खामोश गर्लफ्रेंड की भावनाओं को समझोगे।

हर दिन मैं अपने दिमाग में बहुत सारे बातें करती थी, हालाँकि मैं खामोश थी, पर मैं तुमसे बात करती रहती थी। और जब मैं मर जाऊँगी, तब भी मैं तुमसे बात करती रहूँगी। तुम मेरी आवाज हवाओं के झोंकों में सुन पाओगे, बारिश की टिप-टिप में मेरी आवाज तुम तक पहुँच जाएगी, तुम्हारी मुसकराहट में ही तुम मेरी आवाज पाओगे। मैं तुमसे हमेशा ही बात करती रहूँगी, बस तुम मेरा एहसास करते रहना।

जब-जब बारिश होगी, तब-तब मैं तुमसे कहूँगी, 'आई लव यू'। जब-जब कोई मुसकराएगा, मैं तुम्हें तब भी 'आई लव यू' कहूँगी, जब-जब तुम साँस लोगे, मैं तुम्हें तब-तब 'आई लव यू' कहूँगी।

मैं तुम्हें अनंत की गहराइयों से प्यार करूँगी, मैं तुम्हें सितारों की ऊँचाइयों तक प्यार करूँगी। तुम मुझे भूल जाओ, बस इतनी ही मैं प्रार्थना करती हूँ।

तुम्हें हमेशा प्यार करती रहूँगी,

तुम्हारी खामोश गर्लफ्रेंड, वैदेही''

मेरी आँखों से गंगा-जमुना की तरह आँसू बहने लगे। मैं टूट चुका था, हार चुका था। मैंने उसके खत में अपना मुँह छिपा लिया। मैं उसे खोने के डर से उसका नाम चिल्लाता रहा। उसने मुझे दिखला दिया कि आज मैं जो भी हूँ, उसकी वजह से ही हूँ उसने मेरा सारा चैन छीन लिया।

मैं सुबक-सुबककर रो रहा था, तभी मैंने कैंपस के अंदर स्कूटी के रुकने की आवाज सुनी। मैं खड़ा हुआ और दीवार के पीछे से झाँककर देखा कि कौन है।

मेरे सामने वह खड़ी थी, अपनी स्कूटी पर और सीधे मेरी तरफ वह बढ़े चली आ रही थी। सफेद सलवार-कुरती पहने उसका चेहरा आभावान् था और वह मुसकरा रही थी। उसके बाल खुले थे। मैं दूर से ही उसकी खुशबू पहचान सकता था। उसने अपनी स्कूटी पार्क की और मेरी तरफ आने लगी। मैं उसे देखता ही रह गया। मेरे आँसू उसे देखते ही सूख गए। मैं उसे एक पहेली की तरह देखे जा रहा था। वह चेहरे पर चमक लिये हुए मुसकराये जा रही थी। मैं अपनी आँखें उसपर से न हटा पाया। मैं सीधे उसके पास चला गया।

वह आई और सीधे मेरा हाथ पकड़कर मुझे खींचते हए पेड़ों के किनारे बिना कुछ कहे ले गई, पर उसकी मुसकान बहुत कुछ बयाँ कर रही थी। उसने मुझे खींचा और एक दीवार के किनारे टिका दिया। वह पास आई, इतने पास कि मैं उसकी साँसों को महसूस कर सकता था।

"तुमने कहा कि मेरा प्यार कोई नए गाने की तरह नहीं है, पर यह एक नई पुस्तक खोलने जैसा है, जिसमें नई भाषाएँ गढ़ी गई हैं, जो तुमने पहले कभी नहीं पढ़ीं। मैं चाहती हूँ कि तुम जानो कि मैं भी ऐसा ही महसूस कर रही हूँ। तुम्हारा प्यार मेरे लिए सबसे खूबसूरत चीज है, तुमसे मिलना मेरे लिए किसी अनबूझ पहेली से मिलने से कम नहीं है। मुझे यह नहीं पता कि तुम मेरी इस दुनिया में कैसे रह गए, पर 'हाँ' तुम मेरी दुनिया का एक हिस्सा हो। इसलिए मैं तुम्हें अब यह कहती हूँ कि तुम्हें मैंने अपने दिल से, दिमाग से, आत्मा से, शरीर से बहुत प्यार किया है। तुम ही मेरे लिए वह फंदा हो, जिसके गले मैं जिंदगी भर के लिए पड़ना चाहती थी। जो नजाकत तुम चाहते थे, मैं तुम्हारे लिए वहीं हूँ। तुम मेरे दिल और दिमाग के लिए एक झूले जैसे हो।"

वह रुकी और मैं उसे देखता ही रह गया, उसने फिर कहा, "मैं तुम्हें हमेशा ही प्यार करती रहूँगी।"

उसकी कुरती मेरी शर्ट को छू रही थी और मैं फिर शरमा रहा था।

मैंने अपनी आँखें खोलीं तो देखा कि मैं तो अकेला अँधेरे में खड़ा हूँ। वह तो कहीं भी नहीं थी, ऐसा लगा कि वह उसकी छाया है। उसके पापा मुझे फोन कर रहे थे। मैंने फोन उठाया और ऐसा कुछ सुना, जिससे मेरी जिंदगी की सारी कहानी ही खामोश हो गई। उन्होंने कहा, "वैदेही, हमें अकेला छोड़कर चली गई।"

मेरा मोबाइल मेरे हाथों से गिर गया। मेरे दिल ने धड़कना बंद कर दिया। ऐसा लगा कि मेरे पैरों से जमीन खिसक गई और मैं जोर-जोर से चिल्लाने लगा।

मैं रोता-धोता मेन गेट की तरफ दौड़ा। मुझे कोई रिक्शा नहीं मिला तो मैं रोड की तरफ ही दौड़ता चला गया। मैं इतनी तेज भाग रहा था कि मेरी साँस उखड़ रही थीं। मैं उसका नाम ले चिल्लाता रहा ऐसे, जैसे वह मुझे हमेशा के लिए पीछे अकेला छोड़ मेरे आगे तेजी से चली जा रही हो। मुझे ऐसा महसूस हो रहा था कि जैसे वह स्कूटी में चली जा रही है और मैं उसके पीछे दौड़ रहा हूँ। मैं फिर रोड पर फिसलकर गिर पड़ा। मैं वहाँ बैठ गया और जोर-जोर से रोने लग गया। तभी वहाँ से एक टैक्सी लेकर मैं अस्पताल पहुँचा।

मैं अस्पताल की ओर भागा और वहाँ मैंने उसकी मृत देह एक कपड़े में लिपटे हुए देखी। उसके शरीर से सारे जीवनरक्षक उपकरण हटा लिये गए थे। उसके पापा, उसकी माँ को लिये किनारे खड़े सुबक-सुबककर रो रहे थे। उसका भाई आँसू भरी आँखों से उसे वहाँ से ले जाने के लिए सारी औपचारिकताएँ पूरी कर रहा था।

मैं जैसे ही उसके पास जाने लगा, मेरे पाँव भारी होते गए। मेरी दिल रो रहा था, मेरा दिमाग इतने सारे पापों का बोझ ढोकर भारी हो चुका था। मेरे हाथ काँप रहे थे और मैंने उसके चेहरे से कपड़ा हटाने की कोशिश की।

वह वहाँ शांति से पड़ी हुई थी। ऐसे, जैसे कि वह सारे बंधनों से मुक्त हो गई है। पर उसका चेहरा अभी भी मुसकरा रहा था, उसके होंठ अभी भी चमक रहे थे।

एक अंतिम बार मैंने उसके पाँव छुए और उसके कानों के पास धीरे से कहा, "वैदेही, गलती से तुमने मुझे अपने पाँवों से छू लिया हैं, क्या तुम मुझे अपना हाथ दोगी कि मैं उन्हें छूकर सॉरी कह सकूँ।" मैं रुका, अपने आँसू पोंछे और फिर कहने लगा—

"वैदेही तुम मेरे साथ ऐसा नहीं कर सकती, अपनी हथेली आगे करो और मुझे छुओ...एक अंतिम बार ही सही..."

पर वह खामोश रही। इस बार उसने अपना हाथ मेरी ओर मुसकराते हुए आगे नहीं बढ़ाया, इस बार उसने कोई इशारे नहीं किए, इस बार उसने अपने वही पुराने तेवर नहीं दिखाए।

मैं उसे आँसुओं से भरी आँखों के बीच से निहारता रहा। भगवान् इतने निर्दयी नहीं हो सकते। मैंने उसका हाथ पकड़ा और उसका सिर पकड़कर उसके गले लगने लगा। वह अब मुझे नहीं जकड़ रही थी। उसका शरीर ठंडा पड़ चुका था, उसकी आँखें बंद हो चुकी थीं। मैं उसे एक बार और गले लगाना चाहता था, पर वह मुझे अकेला छोड़कर इस दुनिया में खामोश छोड़ चली गई।

मैंने जो भी बातें असली में या सपनों में उससे कहीं, वह एकदम सच है। मैं उससे प्यार करता था और उससे प्यार करता रहूँगा और यही मेरी जिंदगी का सच है। मैं उसे अपने सीने के पास लाकर रोने लगा। मेरे आँसू उसके चेहरे को गीला कर रहे थे। मैं रो रहा था, सुबक रहा था और उसके गले लग रहा था, तब मेरी आँखें उसके रूमाल पर गईं, जो उसके तकिए के नीचे रखा हुआ था। मैंने वह रूमाल खींचकर निकाल लिया और उसी से उसका चेहरा पोंछा, जो मेरे आँसुओं

के गिरने के कारण गीला हो गया था।

उसके पापा पीछे से आए और भरे हुए दिल से मुझे गले लगा और पीछे खींचने लगे। वह एक छोटे बालक की तरह रो रहे थे।

उन्होंने मुझे बताया, "हम लोग कल सुबह इसका दाह-संस्कार करेंगे।" एंबुलेंस पहुँच चुकी थी, उसका शरीर अस्पताल के स्टाफ द्वारा कपड़े में लिपट चुका था। आँसुओं की अंजलि देते हुए हम उसके पीछे थे, और चाहते ही नहीं थे कि उसे एक सेकंड के लिए भी छोड़ें। उसकी माँ फूट-फूटकर रो रही थीं, और भाई माँ को जोरों से जकड़े हुए था।

मेरा मोबाइल बजा, यह पापा का फोन था। मैंने फोन उठाया और बिना कुछ सुने रोने लगा, पापा ने मुझे सांत्वना देते हुए पूछा "रोहन, तुम कहाँ हो? मैं जबलपुर पहुँच गया हूँ। अब रोना बंद करो, बेटा।"

मैंने उनसे कहा कि वैदेही के घर आ जाओ, उसका शरीर अभी यहीं रखा है। मैंने उन्हें फोन पर मैसेज भेज दिया।

उसका शरीर घर की ओर जा रहा था। मैं ऑटो में बैठा एंबुलेंस के पीछे-पीछे रोते हुए, उसे अपनी यादों में कैद कर रहा था। जैसे ही ऑटो हमारे कॉलेज गेट के पास पहुँचा, मैंने ऑटोवाले को वहाँ कुछ समय के लिए, जब तक मैं वापस नहीं आ जाता, रुकने को कहा। मैं उस जगह पर उसकी मौजूदगी का एहसास करना चाहता था, जहाँ मैं उसके प्यार में पड़ा था।

भारी मन के साथ, मैं उस क्लास में पहुँचा, जहाँ मैं उससे सबसे पहली बार मिला था। मैं जैसे ही क्लास में पहुँचा, मेरी आँखें उस बेंच पर रुक गईं, जहाँ वह नृत्य करने के लिए खड़ी थी और अपना सिर और हाथ हिलाते हुए नाच रही थी। और मुझे उससे प्यार हो गया था।

मैं उस कुरसी पर बैठ गया, जहाँ वह मेरे बगल में बैठा करती थी और मैंने उसकी मौजूदगी के एहसास के लिए अपने पैर हिलाने शुरू कर दिए, पर मुझे वहाँ सिर्फ खालीपन मिला।

अब वह मेरे बगल में कभी नहीं बैठेगी, अब मुझे देखकर वह कभी नहीं मुसकराएगी, अब वह मुझे कभी नहीं देखेगी। मेरे दिल और दिमाग में बहुत सारे विचार कौंध रहे थे। मेरे दिल-ओ-दिमाग में उसके ही विचार कौंधे जा रहे थे, मैं उसे बहुत बुरी तरीके से मिस कर रहा था।

मैं रोता रहा और फिर कभी वापस न आने के लिए कैंपस से चला गया।

ऑटो में बैठा और उसके घर चला गया।

जैसे ही मैं उसके घर में पहुँचा, वहाँ पहले से ही उसके लिए भीड़ जमा थी और उसके रिश्तेदारों का जमावड़ा लगा हुआ था। मैं उनको पार करता हुआ आगे चला गया, जहाँ उसका शरीर नीचे जमीन पर पड़ा हुआ था और हर किसी की आँखें आँसुओं से नम थीं। उसकी मृत देह के ऊपर टँगी उसकी फोटो की ही तरह वह मुसकरा रही थी।

मेरा दिल और दिमाग यह यकीन ही नहीं कर रहा था कि वह मुझे अकेला छोड़कर चल गई। मैं उसके पास गया और उसके बगल में बैठ कहने लगा, "वैदेही बहुत ज्यादा भाव खा रही हो। देखो, सारे लोग परेशान हैं, तुम्हारी माँ रो रहीं हैं, पापा रो रहें हैं। मुझे पता है कि तुम एकदम चुप रहना चाहती हो। तुम हम सबको ऐसे नहीं रुला सकती हो। जब तुमने मुझसे बात करना बंद कर दिया था, मैं तो देखो जिंदा रह गया था, पर अपने माँ-पापा के साथ ऐसा मत करो। वह तुमसे बहुत ज्यादा प्यार करते हैं, मेरे प्यार से भी ज्यादा।"

मैं एक बेजान पड़े हुए, ठंडे शरीर से बात कर रहा था, जबकि दूसरे लोग अपनी नम आँखों से मुझे देखे जा रहे थे। मेरे पापा आए और उन्होंने मुझे उठाया। मैं उनकी तरफ दर्द भरी निगाहों से देखने लगा और फिर मैंने कहा, "पापा, यह वैदेही है। मैं आपको हमेशा इससे मिलवाना चाहता था। यह मुझसे बहुत दिनों से बात नहीं कर रही थी, पर मुझे पता है कि यह मुझसे बहुत प्यार करती है।"

मैं उसकी तरफ मुड़ा और कहने लगा, "वैदेही, देखो पापा तुमसे मिलने आए हैं। तुमने मुझसे पहले पूछा था न कि तुम उनके पैर छू सकती हो या नहीं? आज वह तुमसे गले मिलने के लिए आए हैं। प्लीज उठो। हमारे आनेवाले भविष्य के लिए उनका आशीर्वाद लो।"

पाप ने मुझे फिर उठाया और आँसुओं से बोझिल आँखों से मुझे गले लगा लिया। "पापा, प्लीज इससे उठने के लिए कहो। यह मेरी बात सुन नहीं रही है। यह पिछले पाँच सालों से मुझे इग्नोर कर रही है।"

मैंने उसके पापा से कहा, "अंकल, आप इससे कहो कि यह मुझसे बात करे। यह मुझसे बात नहीं कर रही है। वैदेही आपसे बहुत प्यार करती है, यह जरूर आपकी बात सुनेगी।" मेरे पापा मेरी ओर बढ़े और एक बार फिर से मुझे गले से लगा लिया। मैं चिल्लाने लगा, जबकि पापा मुझे पकड़े रहे, "वैदेही···वैदेही, अब ज्यादा तंग मत करो, उठो और मुझे स्टुपिड कहो, प्लीज···"।

मैं रोता रहा, चिल्लाता रहा और फिर बेहोश हो गया।

सुबह के दो बज रहे थे। मैं नीचे किनारे बैठा उसे अपलक देखे जा रहा था। उसके पापा बाहर, बगीचे में अपने किसी रिश्तेदार के साथ खड़े कुछ बात कर रहे थे। मेरे पापा रात में हमारे किसी रिश्तेदार के पास चले गए थे, पर मैं रातभर उसी के साथ वहीं बैठा रहा।

मैं खुद को उसका प्यार न समझने के लिए जिम्मेदार मान रहा था। उसने मुझे हमेशा ही प्यार किया था और मेरे हाथ में पड़ी हुई उसकी चिट्ठी इस बात का सबूत है। मैं उठा और उसके पापा के पास गया।

"अंकल, क्या मैं आपसे एक प्रार्थना कर सकता हूँ?"

उन्होंने मेरे कंधे पर अपना हाथ रखा और अपनी बात कहने को कहा। उसने मुझे जो चिट्ठी लिखी थी, वह मैंने उन्हें पकड़ाई। उन्होंने अश्रुपूरित नेत्रों से वह चिट्ठी खोली और पढ़ी।

मैं उनसे गिड़गिड़ाते हुए कहने लगा, "आशा है कि आप समझ गए होंगे कि वह मुझे कितना पसंद करती थी। मैं आपसे कुछ प्रार्थना करना चाहता हूँ और आप प्लीज 'न' मत कहिएगा।"

उन्होंने मुझसे पूछा कि "बेटा प्लीज, मुझे बताओ कि मैं तुम्हारे लिए क्या कर सकता हूँ?"

"इससे पहले कि इसका शरीर यहाँ से विदा ले, क्या मैं इससे शादी कर सकता हूँ?"

उनके आश्चर्य का ठिकाना न रहा और उन्होंने काँपती हुई आवाज में रोते हुए मुझसे कहा, "रोहन बेटा, क्या कह रहे हो? वह अब मर चुकी है, और मरे हुए लोग शादी नहीं करते।"

"अंकल प्लीज समझा, कीजिए, हम सब इनसान हैं और हमें पता है कि शरीर मर जाता है, पर हमारी आत्मा जिंदा रहती है और वह अब भी हमें कहीं से देख रही है। प्लीज ना मत कहिएगा। मैं चाहता हूँ कि वह जहाँ भी हो, वहाँ वह खुश रहे।"

मैंने रोते हुए उनसे प्रार्थना की। वह मुझे देखते रहे और फिर अंदर जाकर उसकी माँ से बात करने चले गए। मैं बाहर खड़ा उनके निर्णय का इंतजार करता रहा।

वह कुछ देर में बाहर आए और मैं उन्हें देखता रहा। उनकी आँखों ने मुझे

जवाब दे दिया था। उन्होंने मेरे कंधे पर अपना हाथ रखा और मुझे गले लगा लिया, वहीं वैदेही की माँ दरवाजे पर खड़े होकर रोती हुई मुझे देखने लगीं।

अगली सुबह सभी लोग क्रियाकर्म के लिए एकत्रित हुए। पापा भी तब तक आ गए थे और उन्हें मेरे निर्णय के बारे में पता चला। मुझे पक्का पता था कि वह मेरे निर्णय को नहीं स्वीकारेंगे। वह मेरे पास आए और मुझे किनारे ले जाकर मेरी आँखों में आँखें डालकर पूछने लगे, "रोहन, क्या तुम अपने निर्णय पर अडिग हो?" मैंने उनसे पूछा, "पापा, क्या तुम मुझे एक अधूरे पुरूष के रूप में देखना चाहते हो?"

वह कुछ देर तक मुझे देखते रहे और फिर उन्होंने मुझे गले लगा लिया, "मुझे तुम पर गर्व है, मेरे बेटे। आज मुझे तुम्हारा पिता होने पर गर्व महसूस हो रहा है।" उनके शब्दों ने मुझमें यह सब करने की शक्ति दी।

मैं अंदर गया और मैंने वैदेही के शरीर को लाल लहँगे में और सिर लाल चुनरी से ढके सजा हुआ देखा। उसका चेहरा सफेद और पीला पड़ गया था, पर मेरी दुल्हन आज भी सबसे सुंदर लग रही थी।

तुम्हारी माँ रो रही हैं। मुझे पता है कि तुम्हारे संदर्भ में अब कुछ नहीं हो सकता है, पर मैं अपने जीवन की रूपरेखा तैयार कर रहा था। हो सकता था, मैं वही सर्वश्रेष्ठ ढंग से कर रहा था। मैं जब उसकी देह के समीप बैठा था, तो उसकी माँ एक प्लेट में सिंदूर लेकर मेरे बगल में आईं। उन्होंने भी मुझे मेरे निर्णय पर पुनःविचार करने को कहा, पर मेरा निर्णय अटल था और मुझे पता था कि मैं क्या कर रहा हूँ। मेरे पापा पीछे से आए, मेरे कंधे पर अपना हाथ रखा और मुझे मेरा कर्तव्य पूरा करने को कहा। रोते हुए मैंने उस लाल चूरे को अपनी उँगलियों से पकड़ा और उसकी सूनी माँग भर दी।

मैं उसे देखता ही रह गया और उसकी माँ विलापने लग गई। पापा ने मेरा कंधा पीछे से पकड़ा और वैदेही के पिता ने मेरे पापा के आँसू पोंछे।

"मेरी खामोश पत्नी, तुम्हें यह शादी मुबारक हो।" मैं घुटनों के बल बैठ जोर-जोर से रोने लगा। मेरे पापा मुझे पकड़े रहे। उसी समय अनुराग और विनीत भी पहुँच गए।

"मुझे जिंदगी भर के लिए खामोश करके चली गई वैदेही।" जैसे ही मैं रोने लगा, विनीत ने मुझे गले लगा लिया।

उसके बाद क्रियाकर्म की विधि भी शुरू हो गई। उसे सेज पर लिटाया गया,

जिसे मैंने आगे से पकड़ना था। जैसे ही वह घर से जाने लगी, उसकी माँ और रिश्ते के भाई-बहन दहाड़ें मार-मारकर रोने लग गए। मैं जब उसे कॉलेज के जमाने में घर छोड़ने आता था, मैंने तब भी ऐसा कभी नहीं सोचा था कि ऐसा भी एक दिन आएगा। मैंने जैसे ही उसके शरीर को अपने कंधे पर उठाया, मुझे वैसे ही याद आया कि कैसे हम दोनों सुरभि दी की शादी में उस चुनरी को अपने ऊपर लेकर जा रहे थे और उसने किस तरह शादी की उन विधियों के संबंध में मुझसे इशारा किए था। वह हमेशा से ही शादी करना चाहती थी। उसे शादी की सारी विधियाँ बहुत पसंद थीं। पर शादी तो नहीं, उसके बदले उसकी क्रियाकर्म की विधियाँ संपन्न हुईं।

हम जैसे ही श्मशान घाट पहुँचे, मेरे पैर भारी हो गए, मेरा दिल रुक गया। मन का डर मेरे मस्तिष्क में बैठा जा रहा था। मैं उसे हमेशा के लिए खोने के लिए वहाँ खड़ा था। कुछ ही समय बाद मैं उसे सिर्फ एक तसवीर में ही देख पाऊँगा। मैं उसे जोर से गले लगाकर नहीं छोड़ना चाहता था, पर उसे विदा करने का समय आ गया था।

उसके चेहरे पर मुसकान थी, जैसे कि वह मुझसे शादी करके बहुत खुश थी, वह चंदन की सेज पर लेटी हुई थी। उसके शरीर को ठीक करने के क्रम में मेरे हाथों ने उसके पैर फिर से छू लिये। मैंने अंतिम बार उसका हाथ उठाया और अपने माथे पर लगाया। "मेरी जान, मुझे माफ करना।"

मैं उसकी बंद आँखें देखता रहा, ताकि हमेशा के लिए उसे अपनी नजरों में कैद कर लूँ और उन्हें अपनी यादों में सँजो लूँ। हम मुसकराते हुए एक-दूजे से मिले थे और खामोश हुए एक-दूजे से जुदा हो रहे थे।

उसके पापा ने कहा, "तुम्हें ही उसका अंतिम संस्कार करना होगा, क्योंकि तुम उसके पति हो।"

मैंने अपनी जिंदगी का सबसे कठिन काम अपने हाथों में लिया। घंटों पहले बनी अपनी दुल्हन को मैंने मुखाग्नि जो देनी थी।

"मुझसे यह काम मत करवाइए, मैं नहीं कर पाऊँगा", उनकी बाँहों में रोते हुए मैं ऐसा कहने लगा। वह भी मुझे पकड़कर रोने लग गए। "कोई भी बाप अपनी जिंदगी में यह दिन नहीं देखना चाहता। मैंने पिछले जन्म में कोई पाप किए होंगे, तभी यह दिन आज मेरे सामने आया है।"

मैं सुबकता रहा और उन्होंने मेरे हाथों में आग लगी लकड़ी पकड़ा दी और

मैं चंदन की लकड़ी की सेज पर रखे उसके मृत शरीर के चारों ओर घूमने लगा। मुझे उसकी मुसकान याद आ रही थी। मुझे उसके तेवर, उसका नृत्य, उसका चूमना याद आने लगा। मुझे वह रात याद आने लगी, जब हम तारों भरी रात देख रहे थे, और उस रात हमारा नाचना और हँसना मुझे बरबस याद आकर आँखों के सामने तैरने लगा। मुझे उसके साथ बिताए हुए सारे अच्छे दिन ही याद आ रहे थे, उसकी मेरे प्रति जो खामोशी थी, वह मैं पूरी तरह भूल चुका था।

वह अभी भी खामोश थी। वह मेरी खामोश प्रेमिका थी और यही उसकी कहानी है। मेरी खामोश प्रेमिका, वैदेही मैं तुम्हें हमेशा प्यार करता रहूँगा, अपनी अंतिम साँस तक।

"आवाज हम सबको उपहारस्वरूप ईश्वर से प्रदत्त है। जब दिल से निकली किसी बात को सही शब्दों के इस्तेमाल से अच्छे से बयाँ किया जाए तो यह बहुत कुछ कह जाती है, हालाँकि मैं खामोश थी, पर मेरी आँखें, मेरा दिल, मेरी आत्मा सभी कुछ तुमसे बातें करते थे, रोहन। मैं तुमसे, अपने शरीर के हर हिस्से से बातें कर रही थी। आशा करती हूँ कि मेरे पास तुम्हारे साथ रहने, बातें करने के लिए एक लंबी जिंदगी हो।

तुम्हारी खामोश प्रेमिका,
वैदेही"

चारु का इ-मेल

''हैलो रोहन,

मैंने वैदेही के बारे में कल रात सुना। मैं यू.एस. में रह रही हूँ और एक कंपनी के लिए काम कर रही हूँ। मैं कल पूरी रात उसके लिए रोती रही और फिर मैंने सोचा कि तुम्हें इ-मेल करूँ। मैं स्कूल के दिनों से उसकी दोस्त रही हूँ और उसे तुमसे ज्यादा जानती हूँ, पर जब से तुम उसकी जिंदगी में आए, वह बदल गई। मुझे हमेशा ही लगा कि तुम गलत रास्ते चले गए हो, क्योंकि वह तुमसे एकदम अलग स्वभाव की थी, पर तुम्हारे लिए उसने जिस तरीके से खुद को बदला, वह काबिले तारीफ था। उसने एक बार मुझे बताया था कि वह तुमसे कितना प्यार करती है, उसे सुनकर मुझे लगा कि तुम्हारे प्यार के सामने मेरी दोस्ती को कम करके आँका जाएगा। पर जब उसने तुमसे बात करनी बंद कर दी थी, मैं ही हमेशा उसके साथ रहती थी, जब वह रोती थी। मुझे पता था कि तुमसे बातचीत बंद करने के बाद वह हमेशा दुःखी रहती थी, पर उसने कभी नहीं बताया कि उसने ऐसा क्यों किया! मैं हमेशा उससे पूछती रही। मैं इस बात के लिए भी उससे लड़ती रही, पर वह उसने भी जिद पकड़ रखी थी कि वह किसी को नहीं बताएगी कि क्या हुआ! जिस दिन तुम कॉलेज के बाहर खड़े रहे और उससे कहा कि तुम वहाँ से हिलोगे नहीं, उस दिन वह भी बिना खाये-पीए तब तक खड़ी रही, जब तक तुम वहाँ से चले नहीं गए। मैं तुम दोनों के बीचे के प्यार को समझ तो नहीं पाई, पर एक बात पक्की है कि जितना प्यार तुमने उसे किया है, उतना उसे कोई और नहीं कर सकता और तुम्हें भी उससे ज्यादा प्यार करनेवाला अब कोई नहीं मिलेगा। अब जब वह हमेशा के लिए चली गई है, तो वह हमारी यादों का हिस्सा बन, हमारे चारों ओर अपनी मौजूदगी का एहसास कराती रहेगी। भगवान् उसकी आत्मा का शांति दें और उसके प्यारे पति को यह सब सहने की ताकत दें। मुझे तुम पर बहुत ज्यादा गर्व है, रोहन।

तुम्हारी दोस्त,
चारु''